绿土地上的影子

胡正银 著

花山文艺出版社

河北·石家庄

图书在版编目（CIP）数据

绿土地上的影子 / 胡正银著. -- 石家庄：花山文艺出版社, 2024. 7. -- ISBN 978-7-5511-7320-9

Ⅰ. I267

中国国家版本馆CIP数据核字第2024MK9793号

书　　名：绿土地上的影子
　　　　　LÜ TUDI SHANG DE YINGZI
著　　者：胡正银

责任编辑：梁东方
美术编辑：王爱芹
封面设计：圣立文化
出版发行：花山文艺出版社（邮政编码：050061）
　　　　　（河北省石家庄市友谊北大街330号）
销售热线：0311-88643299/96/17
印　　刷：四川金邦印务有限公司
经　　销：新华书店
开　　本：710毫米×1000毫米　1/16
印　　张：15
字　　数：193千字
版　　次：2024年7月第1版
　　　　　2024年7月第1次印刷
书　　号：ISBN 978-7-5511-7320-9
定　　价：76.00元

（版权所有　翻印必究·印装有误　负责调换）

目 录
CONTENTS

第一章　故里徽章

岁月风干的印痕　　　/ 002
大江神臂　　　　　　/ 021
坪上光影　　　　　　/ 039
菜河园·春日　　　　/ 058
边　砦　　　　　　　/ 071
光阴中的柔情　　　　/ 086
香　火　　　　　　　/ 101

第二章　山河筑梦

索玛花开　　　　　　/ 118
一片甲骨惊天下　　　/ 139
彩色的天空　　　　　/ 151
出　厢　　　　　　　/ 168

第三章　绿林争峰

日　子　　　　　　　/ 188
生命的极致　　　　　/ 213

第一章 故里徽章

——合江两千多年的绿色生态文明史，就是一部翻开着的典籍。

岁月风干的印痕

端午节过后，再次去福宝古镇时，忽然有了不一样的感觉。再看街景，原貌没有一点改变，一时竟不知不一样从何而来。细细梳理才发现，这感觉来自古镇新的旅游开发：疯传不久之后，古镇将迎来大的变化，不知道这个变化会是什么样，隐隐有一点迫切，还有担忧。

福宝镇是中国历史文化名镇——当然指的是福宝场的老街。有一句话说，名胜可以反复看。岁月沧桑，季节流转，年轮增叠，每一次看，其实都不一样，以至让"反复"也有了新意。所以，每一次来都有不同的心境，应该很正常。

盆地的6月，天已经比较热了，特意赶了个大早，到的时候太阳还是升起老高了。街上很清静。太阳从屋檐斜射过来，把窄窄的街道分为了半阴半阳，几个人凌乱的脚步，悄没声儿地踏碎了半街光影，而后越过从一处门洞里飘出的几缕茶香，继续往街心走。

其实老街很小，一上一下才1000来米，早先去过多次。进山的道路还是泥石路面的时候，曾经在人气最旺的新街住过。旅店就在蒲江边。蒲江也称大槽河，从山里悠悠然流来，到这里水面开始平缓开阔，可以通船。早晚凭窗凝望一江碧水，总见袅袅晨雾散过，有鱼跃于水，鹭游于天，翠

福宝古镇一角

竹遮阴河岸——满眼诗情画意，难以尽述。不能不说，人有时的要求是很低的，一点点的惬意与澄怀就心满意足了。但也不妨说，如今的福宝真的很美，走一路，眼睛只感觉不够使。

爬坡，下坎，街房很旧，却一步一景。正街上看，一色的木板壁、青瓦顶，一檐到顶的两层楼房，与别的乡场旧时建筑无异。但再爬坡上一道坎，转到场后，就能看到，其实这些街房大多是三到四层甚至五层，整个建筑嵌在一座叫明月山的小山冈上。一条叫白色溪的小溪将山冈环绕成半岛，然后注入蒲江。依山而建的建筑倒影，在溪水中隐隐约约，极像臆想中的蓬莱仙境。眼帘里，偶有零星一堵砖墙高高伸出屋脊，其余几乎一色的木架穿斗房梁。叩开门，走进一户人家，里边却是窄巷深深，排屋相连，外间套里间。前店后宅，当中夹个天井，杉木铺就的楼板，透过缝隙可以望见下面的房间。小心翼翼扶着楼梯往下，一层套着一层。走过三四层后，下到最底层，竟有后门与外相通，不必出屋就能看到白色溪潺潺的水流。

出后门绕到外面再回头看，则完全是另一番景象：所有的房屋都是由一根根原木支撑的吊脚楼——当地人叫"虚脚楼"。虚就是空，最低的一层或两层往往只有凌空的梁柱结构，非常轻盈。看得出来，之所以出现这种建筑形式，是因为明月山山脊很窄，左右都是陡坡，而房子两进加一个天井做院坝，总进深十几米甚至二十几米，前边店面在街上，后边住宅就挑出到半空中了，于是用木结构架起，封上板壁就成了楼层，构成了"空中楼阁"。

有一个疑问始终在我脑子里萦绕：福宝场为什么要建在山上？合江另一个很出名的古镇尧坝也是山地，尧坝场就是沿山脚修建的，很平坦。前来担任临时导游的镇文化干部钟惠宣说，清华大学有一个叫陈志华的教授数年前来考察，写福宝场，也有过同样的疑问。后来看了地形，了解当时社会状况后，得出的结论是三个因素。一个是不占农田。大山里农田很少，十分宝贵。一个是便于防匪。旧时这里土匪很多很有名，福宝场就累遭土匪抢劫甚至焚烧。最后一个也是最重要的一个是防洪水。山区夏季雨量充沛，蒲江河、白色溪两条小河在这里交汇，洪水来得快也涨得大，即使修在山上，也有几次把低处的房子淹没的记录。他这么一说让我豁然开朗，真正佩服劳动人民的无穷智慧。这样建造的场镇，不但内部街景变化多端，外侧景观也同样丰富多彩，这或许是连当时建造者也没曾想到的好处。只要站到东面的观景台，就能看见一长排高高低低的吊脚楼参差错落，欹侧进退，组成像仙山楼阁般的壮观图景。感慨之中，抚摸每一根木头、每一堵板壁，无不刻满岁月的沧桑。我仿佛看见一群又一群人肩挑背扛走来，把印迹深深刻在这些木头上。风霜雕刻出来的陈旧，表明这街和这房的确有些年头了。

钟惠宣说古街建于明代，看我的眼神有些疑问，赶快补充说老街南边的福华山寺里有一块碑，刻的是大明"洪化年"，欲用以说明老街的历史。可到福华山寺，却没见着石碑。再考明代年号，的确有洪武或弘治，却并无洪化或弘化，倒是有个成化年。回来后查《合江县志》，得"福宝场，明代创建，清康熙中扩充之"，方信他所说是有依据的。

我很好奇是什么原因，促使人们在这样的深山中修建这样一个场镇。

钟惠宣说他早前也曾疑惑，那年做陈志华教授的向导，陪着一行人调查走访了10多天，才弄明白，福宝场之所以发达，其一是川黔茶马古道的开辟。福宝场距合江县城50多公里，距贵州省界70多公里，是到遵义最近的一条捷道。大约从明代开始，有人在原始森林开辟出一条通道，从合江县城经福宝到贵州遵义，节省了近百公里路程。还有逆白色溪而上的另一条道，过山到先滩镇再翻越四面山就到重庆，古时重庆到贵州走陆路也要经福宝。马帮驮队驮着盐茶，穿行于这条道上，至今还能看到当初统治者在川黔边界上设立的收税哨卡和兵营遗迹。古道开通蕴含的重大商机，招来了眼光敏锐的生意人，蜂拥到福宝这个两条古道交叉口修房造屋，为马帮驮队提供吃饭、住宿、休息的场所。后来聚集的人多了，联排筑起了街房，形成了场。不过来筑房建屋的都是商人，新中国成立后1952年土地改革时，场上包括几户绅粮在内全是清一色的工商业经营者，没有一个种地的。其二是福宝"风水好"，是"五龙抱珠"。五龙指的是五条山垭上的路，不过很形象。所指东北的经堂山、东南的岩口山、南偏西的望宾嘴山、西边的银顶山、西北的游狮坪山五条山垭五条路，将狭窄山冈明月山围在盆地里，明月山山上建起来的福宝场，便是五龙所抱的"珠"。这个说法很有趣，跟一般以山形水脉走向为风水的观念有很大区别，且并没有掩盖其风水的美。放眼看去，蒲江从岩口山和望宾嘴山之间流来，自南而北流去，从经堂山和游狮坪山之间流出。从岩口山和经堂山之间流来的白色溪，围着明月山绕了大半个圈子，紧紧抱住老街之后，向东一拐流进蒲江。老街就像一个拧麻绳的机器，把几条进入的细道拧成一条粗大的通道伸向山里。

用道路代替山脉作为风水中的龙，至少反映了旧时福宝场商业的重要性超过了农业。"风水"无非是说周围的环境能给居住者带来利益。福宝人认为，能给他们带来利益的是道路。交通是商业的命根子，道路和航路在这里"会首"，这里当然就是一颗熠熠生辉的明珠了。"五龙抱珠"表露的是商人们的风水观。

"现存的这条街是清乾隆年间修的，早先的街不在这里，也不叫福宝。"

一位长者的话让我惊讶。既然这里不是最早的街，那最早的街又在什么地方，不叫福宝又叫什么？长者用手一指新区说，在白色溪西岸往北一点，叫王家场。因为多次被火烧，才迁到东岸高地上建了王家新场。这可是第一次听说，也让我很感兴趣，坐下来跟长者聊了半天，回来再查县志，的确记载有"南乡离城九十里有个新场"，直到清嘉庆年间（1522—1566年）才改为福宝场。

无论王家场还是新场，都说明福宝场的确存在久远。古老的场镇，伴随无数流布于民间的兴衰故事，随时间的沉淀而沉寂，如石台阶上的苔藓，几度枯荣，曾经腐烂，却又重生。在石台阶上下，仿佛清晰地看见初来者用心刻出的痕迹，听见时光逝去的声音，幸运中捡拾到的几个与之相关的碎片，飞旋跌宕于脑，回荡于心。

其时，眼前出现一栋威风面阔的青砖楼房，正面街房达五开间，这在街窄巷小的福宝老街实属罕见。一问，说是张爷庙。一座庙宇修得如此显赫，充分说明这里的人对神灵的敬畏。走进去，头顶是戏台，对面是大殿。两侧厢房的楼上是看台，左男右女，不相混杂。庙已经残破，院坝里安上凳子作了茶馆。经营的人叫王强，是一位年轻人。我久久地站立，忽而面对戏台，忽而转身俯瞰涓涓流走的白色溪溪水，踟蹰着要不要坐下来跟年轻人聊一聊。王强大约揣摩出了我的心思，抑或想多卖一杯茶水，突然冲我说："坐会儿，喝杯茶吧。"此刻于我，清寂与闲聊或许倒是正好，于是坐到了茶桌前。

说起庙宇，王强找到了话题，说庙宇是福宝人信佛的标志，光这条老街上，就有三宫八庙。然后掰着指头细数：禹王庙、万寿宫、川主庙、王爷庙、五显庙、火神庙、董公祠、乡谊祠、桓侯宫、天后宫，还有一座小庙。另有福华山寺，西河街和铁匠屋基各一座观音庙。经他这么一数，问题就出来了，明明数出了14座，哪里才三宫八庙！后来才弄明白，"三宫八庙"只是一个习惯性说法，形容庙宇多，并不是确定数。这里的宫，其实也是庙。比如川主庙叫清源宫，张爷庙称桓侯宫。川南古镇离不开庙，凡有场镇的地方都有庙，但一个山区小镇有如此多的庙却是少见的。

福宝是个聚宝聚福的小镇，八方生意人来这里，是冲着财和宝，修建如此多的庙宇，真的是因为信佛吗？忽然记起2006年来这里时，曾跟兴隆湾二组78岁的老屠工勾五福聊起过关于庙里卖肉的事。这个记忆冒出来，便感觉这里的庙似乎已经偏离了宗教。与其说修庙是为信佛，不如说是为了崇拜与实用。

中国人对应该记住的人不会忘记，所有神庙里的神，历史上都确有其人，就说明了这一点。有一句名言是这么说的："有的人活着，他已经死了；有的人死了，他还活着。"为记住应该记住的人，让记忆得以永恒，最好的办法就是神化，利用人们对神之虔诚胜过对任何物体的崇拜，为其建庙，让应该记住的人成为神！而修建这些庙的人，又大多为外来的人。比如天后宫就是福建商人修建的。天后宫又称妈祖庙。相传妈祖是福建莆田县（今莆田市）湄洲人，死后"屡显神异"，救海难，退海寇，祛病疠，降旱魔，是多神崇拜中"有求必应"最突出的神灵之一。清雍正（1723—1735年）进士莆田人陈汝亨曾任四川安县知县，于乾隆二年（1737年）为安县天后宫写了一篇记，言："地险山川丘陵，蜀之谓也。利涉大川，后之德也，岂特吾乡人所宜庙而祀之乎？"把妈祖庙给荐了过来。禹王宫是湖南湖北人修建的，被叫作湖广会馆或三楚会馆；万寿宫是江西人修建的，叫江西会馆；张飞庙是客家人修建的……这些人远道而来，赚了钱，精神总得有寄托，最好的方式就是修建会馆、庙宇，崇拜各自的神，于是就有了众多的小庙。还有一个就是实用的需要。试想，一群陌生的来者，突然置身于封闭千年的土著居民中，心中难免恐惧，总是想找到能唬住当地人的图腾，神庙自然是再好不过的首选。

每一座庙都有它的故事，每一个故事都是一片等待探索的世界，这话一点也不夸张。一个不大的小镇拥挤着这么多的庙宇，生存就应该是一大问题吧？仔细问下来，发现这个问题根本不是问题，小庙自有生存的办法。原来小镇真是从实用性来建庙的，所供奉的神都有各自的生存方式，除了用于祭拜，不同的庙自有不同的功用。比方说文坛吧，本来是读书人聚会、设斋坛、烧盆香祭祀孔子的地方，但人们又在文坛后殿设一个白坛，搞抬笔扶乩，做追荐亡灵的法事道场。更多的是做买卖。如川主庙（清源宫）卖大米、杂粮和干鲜；五显庙设赌场，卖豆花、抄手、米线等小吃；张飞庙卖猪肉；观音庙扮灵媒治病赚钱……这些庙都没有和尚，仅有一管庙香师，费用不大，日常进项足够运转，大多庙宇还有香火田。

庙里卖猪肉，和意识中的传统寺庙相去甚远，记起这个话题就对张爷庙特别感兴趣，就想再往深里探。扭头，旁边坐着一高龄老人，悠悠然喝着茶。那神态，让我脑子里立刻就有了"一壶好茶，用心品味，让浮华回归淳朴，让复杂回归简单，让人与灵魂契合"的意象。上前搭讪，老人自报名叫汪志云，83岁，早年做过屠工。说到张爷庙卖猪肉，他连说不止这些，还有屠工授徒、祭奠。卖肉这个功用在所有的庙宇中应该是最特殊的，恐怕也是第一个，抑或唯一一个。不知睡了两千多年的张飞一觉醒来，看见满屋的猪肉会怎么想，或许是高兴的吧，要不怎会一直以来没有半点不满的表露？张飞是蜀汉开国功臣，官封桓侯，发达前是河北涿州杀猪匠。敬其勇武忠烈，屠户们便把其当作行业保护神来崇拜。福宝场虽地处偏远，但却是川渝陆路入黔通道咽喉，商业发达，住民大多是外来经商者，移民使得张飞能在此立庙。

说到授徒，我便傻乎乎地呆愣着，看汪志云晃动着手比画。一个人能听到什么，听得多真多实，跟当时的心境、情绪紧密相关。专注摄入，边听边思，方是所获信息的原点。专注度不一样，原点不一样，所获得信息的广度与深度自然大不一样。汪志云说了半天，我只记住了"仪式"一件事。在福宝场，旧时杀猪做屠户，不论是拜师学艺还是学徒出师，都要到张爷庙举行隆重的仪式。学徒进师要准备四束纸钱，分别是两束长钱（用白纸包好的纸钱）、两束散钱（没包封的纸钱），还要准备一只公鸡、一个刀头（一小块煮熟切方正的猪肉）、一瓶酒。布置一个香案，将张飞像供上。徒弟站在香案前，先给张飞像磕头，然后才给老师和引进师（介绍人）磕头。这个仪式过后才算进师，才可以跟着师傅杀猪。此后，老师除了教徒弟杀猪的本领，还要传授与杀猪相关的风俗仪式，如抽刀、放刀，挖灶选方向，放生，等等。

屠工放生？岂不是笑话！我一片茫然，极像黑格尔笔下身处"自在"状态的人。然而汪志云却说放生是屠工最难学到的仪式，很多师傅舍不得教。究其奥秘，所谓放生，就是屠工为自己开脱的仪式。杀猪前，备四束长钱、一沓散钱、三炷香、一对烛、两杯酒。屠工在猪圈前点燃香烛，作揖，烧纸钱，口中默念："弟子起散钱一烩，交由本宅土地，前去通传。阴传阴教师，阳传阳教师，不传自教师，口传心授之。弟子迎请詹王大帝、张三将军、传度宗师，主人酬还。"然后放猪出圈，逮上杀案。

感觉这个仪式有点古怪，细思发现，原来是在掩饰杀戮，遮盖心中的恐惧。举刀的人或许不知道，这其实完全是自欺欺人的愚弄；或许知道了不愿醒来，让欺骗沉沦于麻醉中，不更好吗？

即便如此，古镇人仍将杀猪念咒语视为放生，视为一种文化，作为仪式传承。从概念上说，是这一活动记录通过时间的积淀而成。时间可以让一件事成熟，也可以被遗忘；可以催生新事物，也可以消亡旧活动。像屠工授徒、放生仪式这样的活动，随时间的推移、社会的变迁，已经近乎消亡。钟惠宣说，伴随古镇一起老去的，还有曾经风行一时的袍哥。

现时的老街清冷、僻静，街上没有多少人。年轻人不是到外地打工，就是搬到白色溪以西的新区了，留下的大多是老年人，加上几个侍奉公婆的媳妇和交给爷爷奶奶照看的小娃娃。日头当顶，白亮亮地照着石板，阳光直射下来，仿佛穿透空气的声音都能听得分明。"早先可不是这个样子的，这街可热闹了。"龚荣德看着街上的日光，摇着头，一副失落的样子。龚荣德是钟惠宣特地为我找来摆摆袍哥文化的。他的父亲龚在书曾经是袍哥，去年才去世，外祖父雷万成是智字号的大爷。在这古镇，他的父辈曾经风光过，而且就在这条街上！而我的眼前，现在和以前来时并没有两样，丝毫没有清冷的感受。或许，是我没有经历过他父亲那样的"热闹"。

龚在书是"嗨"了的。在这山里小场镇上，自然是威风八面。那个时候，在四川，在福宝古镇，只要说谁是嗨了的，就一定是说那人是袍哥。

袍哥即加入了哥老会（也称袍哥会）的人。在当地，加入哥老会称"嗨袍哥"，这是四川特有的话题。辛亥革命之后，哥老会曾长期成为四川大多数成年男性直接加入或间接受其控制的公开性组织，对四川社会各方面都有极为重要的影响，甚至在今天也能看到它的很多痕迹。这一特点，是中国其他任何地区都从未有过的。据说，那时的福宝古镇，袍哥极度盛行，走在街上的壮年男丁，伸手一抓，十个中至少八个是袍哥。

说起袍哥，龚荣德来了兴致，他把两只大拇指竖起来，右腕搁到左腕上，笑眯眯地叫我看手势。见我呆愣愣的一脸懵相，就解释说这意思是"我是大爷"，大爷就是舵把子。说是那年陈志华教授来写福宝场，他父亲这样讲过。接着他把右手往上挪，搁到左前臂中央说，这动作是告诉对方自己是二爷。再往上搁到臂弯，则是告诉人家自己是三爷。袍哥是特定的时代四川特有的文化，只能在那样的社会环境中生长。我们这一代人起，开始陌生，下一代直至以后，或许会更不知袍哥为何物。对于曾经风行一时，在社会历程中烙下深深印痕，带有地方烙印的文化，有必要有所了解，我开始集中精力，听龚荣德的叙述。

哥老会分仁、义、礼、智、信五个堂口，每个堂口有大爷、二爷、三爷，以下是五牌、六牌、九牌和十牌，没有四牌、七牌和八牌。总当家是大爷。二爷不管事，但人品最能服人，叫"圣贤"。三爷是实际管家，说话算数。五牌是三爷的帮手，六牌又是五牌的帮手，九牌是众多的普通成员，十牌是新加入的，又称老幺。普通成员自报身份的方式是用右手拍拍左肩，老幺则是摸一下耳垂。龚荣德继续着话题。

看似一盘散沙的组织，居然结构严密，其联系方式怎么看也像地下工作者接头，内藏多少不为人知的秘密！于我而言，实在新鲜、有趣而神秘。龚荣德说别看都是袍哥，堂口成员是有身份差别的。仁字号成员大多是绅粮和公职人员，义字号是商人，礼字号是小商小贩，智字号是医卜星相、三教九流的人，信字号成员基本都是苦力、无钱的人。

头一回知晓袍哥——看似一团和气里，原来也是等级森严。这样的组织，怎会有那么大的魔力，诱得人们蜂拥而至？龚荣德的叙述断断续续，大概是听来的，需要回忆的缘故吧，说几句就要停一停，喝口茶，再继续。

"潮流"，突然想起这个词。就如现在的年轻人跟风，追逐潮流一样，在当时，加入哥老会是一种风气。街上的成年男子，如果不嗨袍哥，别人就觉得你糊涂，不合群，就会被歧视，会被找麻烦。嗨了袍哥，出门在外，只要到当地相同的袍哥堂口打个招呼，拜了码头，就可能少很多麻烦。遇到事了，当地堂口还会出面协调。这样说来，除了跟风，的确也是有一些好处的。

至于何以会形成这样的组织，龚荣德说不清楚，毕竟他也没亲身经历过。从当时的社会状况和哥老会的作为来看，也许有一个原因是主要的：明清之交，"八大王剿四川"，杀得白骨蔽野，土地荒芜。清兵入川接着杀，四川土著所剩无几。天下大定之后，朝廷大量移民入川。初时地广人稀，政府基层组织不全而软弱无力，血缘的宗族和地缘的会馆因为人口密度不大还来不及形成。但社会是不能没有组织的，于是民间继承天地会的余绪就自发产生了互助组织——哥老会。原本用来相互帮助的哥老会，由于加入人的成分不同，内部也渐渐分化，有好有坏，性质和作用并不一致。有人听命于官府，欺男霸女；有人勾结土匪，强抢豪夺。临新中国成立时，一个叫刘汉民的礼字号大爷，明面是国民党剿匪大队大队长，暗地里跟土匪沆瀣一气，收保护费，做生意的个个都得交。"还有开烟馆，开妓院，开赌场的。"钟惠宣听得来劲，也补充说。他的年纪比我轻，并未亲身经历，话当然是听来的。他是土生土长的福宝人，耳濡目染，知道的自然多。

四川有句俗语"袍哥人家，绝不拉稀摆带"，说的是袍哥刚直义气。由此我想，绝大多数袍哥应该是好的，特别是智字号和信字号，加入的都是社会最底层的人，很难作恶于社会，即使嗨了袍哥，也是为了自保，为了少受欺侮。

其时，故事听得令人有些心酸。忽然想到了上海的杜月笙、黄金荣，想到了青帮红帮。究其性质，哥老会与其无二。类似于这样的社会组织，并没有一个明确的政治纲领，即使有过，也被别有用心的舵爷有意把舵打歪了。他们所看的只是眼前的利益、自己的利益，苦的是下层不明真相的人。

但我好奇心依然浓烈，虽然情绪颤动，却珍惜与哥老会独处的时光，想让茶香弥漫，让清幽舒展，让话题继续……

是的，我不会蠢到这个时候去打断龚荣德的叙述，把谈话阻断。我问龚荣德听没听说过，嗨袍哥有没有烧香磕头、歃血盟誓之类的程序，需不需要有人引荐。龚荣德找来86岁的母亲雷世明，说母亲了解父亲很多，她应该知道。雷世明身体还算硬朗，但走路已经颤巍巍了。她说丈夫龚在书就是爷爷雷万成拉进去的。嗨袍哥要找三个袍哥办手续，分别叫"引、保、恩"。引就是引荐，保是保举，都要五牌以上的人。恩是恩准，就是大爷同意。还要交5升米。哥老会既没有血缘关系也没有地缘关系，只讲哥们义气，所以崇拜以义气流传的刘备、关羽、张飞三兄弟，每年农历五月二十三日举办一次关圣人单刀会来隆重祭祀他们。内部定了若干严格的规矩，比如有不孝父母、不敬尊长、欺侮妇女和乱伦等行为，就要"传查"，大爷、二爷、三爷坐堂审判。轻的磕头认罪，或者割袍哥（开除）；重的打板子甚至死刑。死刑很残酷，有一种"三刀六眼"，就是捅三个窟窿，还有挖坑自埋。我推测，这些刑法恐怕都是针对一般的袍哥，要是大爷、二爷、三爷犯了事，恐怕很难执行。

袍哥的诞生，无疑先天就存在缺陷，然而却像荒郊的野草，疯狂蹿长蔓延。四川几乎所有的城镇、每一个乡场，在当时都有袍哥的码头，而且堂口齐全。福宝这样地处大山深处的小乡场也被席卷。其好好坏坏的经历，尽管形成了自己独特的文化，于我却固自有着某种新鲜得要命的陌生。应该说，这才是我来此的目的之一。

听，听，听到能记住。然后立起，走出石板街，凝眸深空。有人说，时间停滞了，于我而言，那一刻，倒是时间开始了。

从嘀答的时光声里，飘来一缕青烟，袅袅娜娜。那会儿，那座被大榕树罩着的"惜字亭"，巍巍然就在眼前。心里想，所谓惜字亭，定然是落墨极少，惜墨如金吧。年轻时，遍走乡场，却没听说也没见过那玩意儿，不知道是为何物。现如今，只能循着目光，去探究——

走近了，读过刻文，方知是旧时常有的焚烧有字迹纸张的小品建筑。有的地方也叫"焚帛炉"或"仓颉亭"，是中国人对文字特别崇敬的产

福宝老街

物。惜字亭全用石头砌成，呈八边形，七级，攒尖顶，像一座小型石塔。正面进口刻"字库"二字，两侧隐柱上有对联"双毫归杜库，一画入曹仓"。或许是年代久远，石头风化严重，表面呈片状剥落，亭身所刻文字已经不能通读，但"乾隆五十五年岁次庚戌天中月朔穀旦"几个字还较为清晰，应该是记录的建亭时间。以此推算，惜字亭已经存在了200多年。

有人惊呼："这边还有字。"转过去细琢，隐约有"积聚数百家，可称巨镇"字样，显然是描述建亭时福宝场繁荣的状况。可见，福宝场不仅年代久远，而且曾极度繁华。据《合江县志》记载，因为累遭兵祸杀伐，到清顺治十八年（1661年），福宝镇所在的大漕河和小漕河几百平方公里的范围内仅存人口50余户，后来不得不大量移民——"湖广填四川"。试想，在那个靠移民填充的时代，在地广人稀的原始森林里，聚集数百户人家，那是怎样的一种壮观和繁荣！

不仅如此，在川南黔北，乡场小镇建专用焚烧字纸的惜字亭并不多见，凡建有惜字亭的地方，都经济比较发达，文化氛围浓厚。合江县境有据可考建有惜字亭的乡场也不过三五个。推测不是因为建不起，而是读书人太少，人们都在为填饱肚子整日奔波，或是没有闲暇，或是没有意识。而地处深山的福宝场，却建起惜字亭，由此可以窥见，那个时候的福宝不仅人丁兴旺、商业繁荣，文明素质也已经达到了一个显著的高度。那种敬惜字纸，"但看世人文字衰者，家必败也；文字盛者，家必兴也"的观念已根植于土。

可惜，惜字亭早已荒废多年。现代虽然海量用纸，废字纸遍地，但大多随废随扔，谁还如古人那样，惜墨如金，对文字珍惜而虔诚，把废字纸拿到惜字亭焚烧！面对肃穆而圣洁的石亭，感觉里突然生出惭愧。一群身处穷乡僻壤，身处一方文明的根部、底部之人，凭着天性，珍视文明的传承，珍视环境的干净，实在值得敬重！即便彼时，我无法看到当时废字纸焚烧的景象，心也随时空里飘来的青烟在升腾。

我为惜字亭的废弃惋惜——

按说，此时波动的心已被塞满，可石头表层的斑驳，时不时袭来一阵空虚。即便如此，我还是跟着钟惠宣往新区走。我想知道的，当然不仅仅是一座石头砌成的塔亭。蒲江河的对岸，住着匠笔画艺人刘利生——一个跟祖传技艺死磕的人。

见到刘利生，我有些吃惊，看样子也就40多岁。臆想中做这活儿的都是垂垂老矣之人，没想到他这么年轻。

匠笔画就是用石头颜料做墨，柳树枝炭条做笔，在皮纸上画鬼、画神、画菩萨。刘利生边做边解释，说这种画制作很费事，有两样东西必不可少，一是柳枝烧的炭条，二是矿物质颜料。柳枝进炉烧之前，要用草纸一点一点缠好，再用谷草扎紧。烧的时候要掌握好火候——烧过了，成灰，不能用；没烧完全，柳枝没变成炭，画不出线条。之所以要用炭条画，一是方便涂擦修改，二是可以一画两得。早先的匠笔画，为了耐用，大多是用皮纸做画纸的。作画用的皮纸很小张，做一张大画要用若干张皮纸拼贴在一起才成。不过，现在大多都用宣纸，很少用皮纸了。至于一画俩得嘛，是一个诀窍，现在画画搞创作的人，想都想不到。匠笔画作大多是门神之类，一般都是一对。为了使两幅画高矮、大小对称，最好就是一画得两。其实方法很简单。先用柳枝炭条把线条勾画出来，填抹成熟成形，用另一张宣纸覆盖上去，摊平，手掌用力在纸上反复碾压。揭开，炭条画出的黑色线条便留在了另一张纸上，方向正好相反。原理有点似拓片。然后根据需要，对两张画稿修正，再用矿物质颜料着色，就得到两张需要的画作了。之所以用柳枝炭条，是因为炭黑易脱落，容易沾在另一张纸上。

在科技发达的今天，门神这样的年画大多用机器印刷，成本低且质量好。刘利生却丢不下祖传技艺，终致不能富裕，即便顺带卖花圈、纸钱，亦难大富。九天之上的神明与九天之下的尘世，也就隔着一层薄薄的纸，他却戳不破那张纸。好在眼看要绝世的技艺，被列入了省非遗名录保护起来。这些年来，他的日子大有起色，买了房，从乡下搬到了场上。

中国历史源远流长，此人专心致志所做的，是如何将日渐式微的传统文化传承于世，其心着实令人感动。

离开刘利生时，钟惠宣说这种冷门技艺被列入省非遗名录的还有好几个，可惜今天晚了，找不到传人。我问都是些什么，他说还有石工号子、高腔山歌、福宝唢呐……

几天以后，我再次到古镇。石工号子的传人何怒涛，是钟惠宣联系好了的。天下着大雨，屋檐冲下的水砸地有声，老街水流哗哗。踏着雨水，我在老街见到了何怒涛。其时，他刚过49岁，是岩口村的村主任。按说，他农民出身，干着村里的行政工作，与石工不沾边吧？他喝口水润一下喉，张嘴来一声撵山号子，字正腔圆，底气十足，盖住了门外哗哗的雨声，博得一片喝彩。从丹田发力唱出来的音符，打消了一切的疑虑，也勾起儿时的乡音。在场有人补充："人家这一声吼，吼进了中央电视台《地理·中国》，刚刚播出没几天。加上这一回，已经第四回上央视了。"

说到石工号子，何怒涛兴致陡涨，话语滔滔不绝。他说，石工号子分开山号子、撵山号子、抬工号子三个大类，重点是抬工号子。旧时人工开山采石，举大锤须用号子凝聚力气，然后拼力一声震吼，准确将大锤打在钢钎上，才能震开原石。不过，这类号子一般是单个人吼，跟抬工号子不同。抬工号子是几个人协同吼。抬石头，须得有号子，协调步调一致，要不然，不仅石头分量格外重，往往还会掉下伤人，增加危险。让他吼几段，张口就一串，什么"弯弯拱拱，靠得拢拢""这只不抬，那只又来"。号子声是随路的延伸而变化的，什么样的路就吼什么样的号子。领头的人只要一声吼，后面的人就知道该怎么走。比如山道路窄，遇上转弯过拐，领头的吼"弯去弯来"，后边就吼"端去端来"（直去直来）；一边贴壁，领头的就吼"左手（或右手）贴壁"，后边就吼"右手（或左手）亮一"；遇上烂路，领头的就吼"稀泥烂窖"，后边跟吼"乱踩乱跳"；遇到路又窄又烂，领头的就吼"烂巴田坎"，后边跟吼"横踩脚板"……

福宝地居边陲，山路弯弯，乡下居者多以苦力为生，劳动中不断积累创造，让这块钟灵毓秀的土地，有了极为深厚的底层文化积淀。由是可以说，在此地产生这样活化石般的灿烂文化，看似偶然，又是必然。虽然仍没见着高腔山歌传人邓敬禄和唢呐传人张年国，但看到过由合江县文旅局收集编撰的《福宝高腔山歌》一书，听过福宝唢呐的吹奏，他们都和刘利生一样，是与各自式微的文化死磕的人。与他们交谈久了，我似乎闻到了一种从时空飘来的暗香———一种灵魂的香味。

无论如何，惜字亭也好，石工号子也好，高腔山歌也好，在人们的生活中已经淡出，或者说被遗忘。唯一可以欣慰的，是如刘利生、何怒涛这样的一干人，还醉心于自己的技艺，仍将其作为事业在做。在此，向这群把毕生托付于乡土文化传承的人致敬！

午时的福宝老街，依旧没有人头攒动。大雨冲洗后的石板，似乎也感觉到了清冷，细淌的水流如收不住的泪滴。原本靠社交来盘活生意的脚步，在这早前繁华的老街却没有出现。我们也收住脚，开始往新街走。

在转拐处的茶馆里，眼里忽然飞来这样一幕：三位年岁不轻的人坐在那里，桌上一碟豆腐干、一碟酥饼、一瓶酒。"桌子上的东西都是福宝的特产。他们等着你呢。"原来是钟惠宣找来的人。

真要说的，是桌子上的三样东西。

维持生命最重要的要素就是食物。人类从来离不开吃，哪怕一餐不进食，肚子也会饿得慌，三天水米不进，生命或许就会终止。福宝人虽然弄不出山珍海味，却也能靠山吃山，根据山里特点弄出特色食品来。"三样东西是福宝人视为命根子的宝贝，其制作技艺被列入了市非遗保护项目。"这近乎是一个神话，普普通通的食品，实在让人有些看不懂。

坐在上首的人叫穆世乾，身边的女人叫刘芳，是他老婆。两口子是那瓶酒的主人，都是市非遗传人。福宝山深林密，水体纯净，他们利用山泉，40年前在山下建了个小酒厂，用从祖辈那儿继承来的技术酿制高粱酒。几十年坚持用传统工艺，土法生产，酿出来的酒醇厚回甜、纯净爽口、糟香突出，饮后不上头。与现代的浮躁相比，坚持传统技艺的确不容易。中国历史源远流长，合江酿酒历史悠久，早在汉代，当地就盛产"蒟酱"。汉武帝派唐蒙出使夜郎国，就用这种蒟酱美酒赠送竹王多同，将夜郎国纳入大汉朝版图，传为美谈。近年在福宝镇高村、元兴等地发掘出来的崖墓群发现，自西汉初期当地人就已经自酿自饮，自给自足了。其酿造技艺传承2000多年至今，着实不易。它凝结的是当地人民的心血和智慧，其酿制的历史，是大漕河流域民族文化交融汇合的历史见证。当其时也，竟有几位福宝人，喝出了那酒蕴含的文化？2015年，该技艺被列入市非遗项目保护，"老穆家酒"立马跻身福宝名酒。

瓶子里的酒带着淡淡的红色，并不是所说的酒厂生产的原酒。"这是野生杨梅酒，他老婆开发的。"钟惠宣及时为我释疑。

对于酒，世人关心的是其味道的好坏、品质的高低。我也一样。久居于世，喝过很多的酒，却从未关注过技艺的传承、酒品的开发。直到此时，方知道白酒原来也是可以开发出别的品种来的。

——还有石斛花酒。这女人精致着呢。

忽然有所醒悟，这酒也如同社会，可以有开放与包容。你只要遵循其规律，按照内在特性融入，就能培养出需要的物品来。据说这酒特好喝。至于究竟是怎样酿制出来的，因牵涉商业秘密，不便多问。即便问了，别人也未必肯说。高兴的是，最终，酒香穿过古老和浓重的阴影，走向了明亮，为福宝这块厚重的土地增添了另一种文化积淀。

豆腐干其实普遍，制作工艺也简单，但福宝人别出心裁，制作的豆腐干与众不同。碟子里的豆腐干两面油黄，薄如蝉翼。夹一块放进嘴里，麻辣鲜香，嚼劲十足，再好不过的下酒菜。坐在一起的另一位女士庞国志，就是豆腐干制作技艺的传人。她经数十年的努力，制作出了特受欢迎的名品"福宝豆腐干"。无论是当地人还是外来者，多知晓这样一道小吃，常常排队购买。一款普通的日常菜品，能做成享誉一方的特色品牌，的确不简单。庞国志已经60多岁，仍然坚持着，把向晚的生命托付于那一份技艺的传承。

她太专注、太执着了！

即便如此，福宝豆腐干也不完全属于庞国志，还有倪勇宁、周二姐等。初次烤出来，或许她伸手一招，后边就跟来了排着队的人。细雨中，我仿佛听见庞国志在对周二姐说："豆腐要榨干，两面要抹油，要撒花椒，要放盐……"

酥饼的主人不在场，但实物的特点尽显。福宝酥饼表层酥松，入口即化，跟一般月饼区别很大。独特的制作工艺只在师徒间传承。

烟火明灭的人间，哪能缺少食品！福宝人只不过在变着花样，把普通化为特别，把一般升华为精致。酥饼也好，美酒也罢，他们将山里的普通食材，创造性地制作成特色食品，形成了自己独特的文化。

当今，福宝如过江之鲫的游人，匆匆来去，只为美景美食，往往对制作技艺视而不见，生生把传承遗忘。于我，自然会想，不知若生长于此，会不会如他们一般坚守？

文，不仅可以"化"人，也可以成就物。自打明代筑街起，福宝场就从来没有衰落过，哪怕几次毁灭性的大火灾，烧毁了又重建。瓦砾和灰烬中，依旧踩踏着人们的脚印，充满着商人的流连。街上众多庙宇商铺的红火，如传球般此起彼伏。虽然起伏中包含了兴衰成败，但一直坚持到了今天。起起落落中，人们把所有活动融入于物，时光弥久，也就成了文物。

这便是福宝，一座前人用脚板刻出来，被岁月侵蚀600年的古镇。一座场镇中能有的它都有，甚至没有的，它也有。它给予世人的，不仅仅是表面的美。所以，走在福宝老街上，所有的心思，都可以尽情描述，所有的情愫，都可以与古老对话……

大江神臂

当走在静静地躺着的古城废墟上时，心灵无比震撼。我不知道该以怎样的方式来叙述一座曾历经惨烈的古城。这个问题难了我好多年，直到与泸县作家一道，再次去了一趟老泸州遗址神臂城，那流淌着的历史痕迹让我忽然间有了一种悸动。

我们沿长江上行。川江的水觉醒得比上游似乎要早，还在二月早春里，就已经哗啦啦地跑得欢了。车窗外全是黄灿灿的油菜花，我禁不住飞出一句："遍地菜花频问我，谁家燕子早迎春？"贾雨田接过来说："你真是诗兴大发，半年前跑这条路，你就一点都兴奋不起来。"贾雨田说得不错，直通神臂城的快速通道开通之前，需走一条三级水泥路，弯道多，路窄，一个半小时到算快的。

到神臂城镇街口，司机一打方向盘，把车拐了进去。"走错没有？"我提出了疑问。贾雨田说要从场上过，还有几公里的三级水泥路。

恰逢赶场，满街人流如潮，很是拥挤，车从人缝穿过，慢得如蜗牛爬行。盛世真好，我尽情享受繁华中的祥和，感觉到的是一种灵魂的美妙与沉醉。从另一街口出来，油菜花逐渐退去，接踵而来的是繁密的住家小楼。又跑了10多分钟，司机一脚刹车，停在了一片宽阔的水泥坝子上。贾

神臂城城墙

雨田说"到了",第一个跳出车来。

这里是神臂城的神臂门,坐落在长江边陡峭的山岩之上。石头砌的城门,与所有的古城门没有太大区别。但车上下来的人,依旧蜂拥到城墙上,用探寻的双眼眺望江水,俯瞰滩涂。正是枯水季节,长江水道与城墙距离约800米。滩涂上种满庄稼,城墙脚下是绿树,石头上长满苔藓。贾雨田爬到最高的城垛上,用脚踩了踩石头告诉众人,这个位置早先是一座炮台。他是合江县文物局专家,正在配合泸州市对神臂城做考古研究,因此十分熟悉。

我越过几步石梯,也登上去,反复看那城垛,没发现啥特别,于是问:"啥能证明是炮台?"

贾雨田说:"现在你当然看不出来了,早就毁掉了。这段城墙是前几年恢复的,这个神臂门没有完全按照原样复原,只在炮台的地方做了一个垛楼。"

"我早先一个人来过,走马观花看了一遍,只晓得是古战场,具体故事没听过。"泸县作家协会主席邓晓波说。

我说:"贾局长,你给讲讲吧。"

贾雨田走下城垛,请老泸村支书王昌全搬来数块展板,一个一个排好,自己又去车里拿出一张神臂城全景图摊开,让大家围拢来,这才开始介绍:

"神臂城坐落在长江北岸,三面环水,南北宽800米,东西长1200米。南宋淳祐元年(1241年)秋,元军大举入川,攻占成都,沿长江顺流大举杀来,妄称一年内灭亡南宋。11月,理宗皇帝赵昀命在淮东屡立战功的余玠为兵部侍郎、四川制置使兼重庆知府,全面负责四川防务。余玠赴任后,纳用播州人冉琎、冉璞兄弟建策,采取依山制骑、以点控面的方略,于淳祐三年(1243年)选址神臂山。此山顶部阔平,田土肥沃,泉水四季不涸,耕种可以自给自足。于是命泸州知州曹致大在此筑城,依山为垒,据险设防,屯兵储粮,训练士卒。筑城完工,迁潼川府路、泸州安抚司和泸州治所于此。神臂城因山包砌,悬崖峭壁处不筑城墙。东面相对平缓,城墙外面加筑子城、炮台和护城池。城内城外,有一字城和地下坑道相通。江上建有水寨,构成完整的水陆立体防御体系,是以构筑最具特色而唯一受到宋理宗嘉奖的城防。在后来的抗元战争中,五易其手,殊死争夺,独立支撑了34年,延缓南宋36年才灭亡。《元史》记述中,打死蒙哥大汗名扬中外的钓鱼城记载只有54起,而神臂城记载达67起。现存宋建城墙1100余米,以及其他军事、市政设施,是保存最为完整、最壮观的宋元战争长江上游古战场遗址。"

听了贾雨田的话,我心灵震撼。盆地边沿的合江,边塞之地,竟有这样的不屈之城。宋元战争在四川打了几十年,就因为川人的极力抵抗,使得元军不得不绕过四川,经由湖北出击江南,才最终灭亡了南宋。

贾雨田又说,这个地方之所以吸引人们来打卡,全凭一种被敬仰的精神。一座孤城能坚守几十年,没有同仇敌忾和空前团结是做不到的。虽然城郭不大,仅有约2.5平方公里,但却修得异常牢固。尽管破城后遭到全面毁坏，700多年过去，城郭的基础仍保存完好。2013年，被国务院列为全国重点文物保护单位。

我往城门脚下看去，果真在门洞的一旁看到立着一块石碑，上面清晰地刻着国务院授牌全国文保单位的时间。一座镌刻着历史的城市遗迹，的确应该受到保护。

面对着长满苔藓的石头残垣，我心想，在七八百年前的冷兵器时代，在这样交通极为不便的地方筑城，驻守的军民，长年累月遭受战争袭扰以及随时城破殒命的凶险，需要多大的勇气与毅力！

并不宽大的遗址上，矗立着密密麻麻的小楼房，住着老泸村110多户人家3000多口人。停车的水泥坝子边上，就有一栋三层小楼。房门开着，一老一少两个女人坐在门洞里摆龙门阵，旁边躺着三只狗，大概是见惯不惊，我们来来往往，那狗竟然没叫。年纪大的女人面朝我们，说话间不时往这边张望。趁着泸县作家们观看展板的空隙，我过去和女人聊天。年纪大的女人叫王德芳，是小楼的主人，74岁，已经在这儿生活了50多年。

我问："这楼是新修的吧？"

她说已经10多年了。早先在下边木鱼山，一个四合院大屋基，住了六七户人，后来陆续搬了出来，现在拆了，可惜得很。

转到小楼后面，在距离约百米远的地方，果真孤零零地立着几间瓦房，连接瓦房的是石头砌的墙基。王德芳说还住着一户人家。我问老房子有多少年了，她说打小就知道木鱼山，传闻有一两百年了。一两百年与700多年相比，还是太晚。这样算来，连同老房子的人家，也是在神臂城毁灭后很长一段时间才有人搬来居住，逐渐繁衍到现在的。

"晓不晓得这里曾经是古战场？"

王德芳摇摇头说："啥子古战场哟，只听说早先是老泸州城打过仗。"与古城相比，她同我一样，属于晚生，不了解很正常。

离开老房子，站到高处，目力所及，斜面山坡植被丰茂，绿意葱茏，看不到一块空白和荒芜。远处，长江水哗哗地奔来。

我复上城墙，继续沿着岩边探寻，发现宋代所建城墙尚存有1000多米，500多米保存较为完好。贾雨田说，整座城有城墙3000多米。我开始有点蒙，这个长度明显不足以围住全城，突然想起他先前介绍依山包城的话，仔细看过后才明白，因神臂山突兀拔起，险峻难攀，三面大江环绕，滩险水急，构成天然的护城河。凡悬崖峭壁处，皆因山险为城，没有城垣。像大岩上、观音岩这样悬崖陡峭的地方，没有筑城墙的必要。

望着挂满枯藤的悬崖，我满脑子是佩服，佩服古人的坚毅和智慧。后面的人见我挡住了路，催促说："走吧，发啥呆！"

稀疏几滴雨后，天气转晴，远处升起薄薄的轻烟，日光兜头。悬崖上的枯藤长出了新蔓，带着满身水珠，微风中摇晃着努力往上爬，使得光秃秃的崖壁显现出生机。

有植物掩护，悬崖不再那么高悬，使人路过时胆魄变大，一行人没有听到谁发出尖叫。

过了悬崖，走到东北与陆地相连的地方，从城门鱼贯而入，登上古城唯一阻挡陆路攻击的城墙。眼前的地形果真如贾雨田所说，城墙外相对平缓，城墙不仅筑得坚固，还外加筑耳城两道。

贾雨田用手一指说："这条是通往山外的道路，两侧的水潭是护城池，左边的叫红菱池，右边的叫白菱池，早先各有约30亩大小。你看，红菱池现在仍然蓄满水，白菱池三分之二已改作农田，只剩了一个小水潭。前边的坡地，可以看到若干'丁'字形石条砌成的石坎。城外筑耳城，城下凿池，层层设防，只有一条独路进城，出入靠吊桥。加上东南面通向江头与江岸垂直的一字城，构成完整的防御体系。"

邓晓波对城墙感兴趣，很惊讶地说："看到没有，这里的城墙厚，保存完好。"

我低头细看，觉得基石与上层石头不一致，便问贾雨田："这石头是宋代砌的？"

贾雨田说："最底下的两层是筑城时垒的，上边部分城破被毁，清代为防匪患，补筑的。"

我发现底层基石尽管已经有了风化痕迹，在经历几百年的风雨浸淫后，依然坚固，成了一道风景，不由得心生感叹：坚硬的石头能给人一种安全感，却并不能让人真正安全。

从城墙上看过去，耳城不足百米。耳城外围已经看不到城墙的踪影，土筑的高台上，是两户农民的住家，砖砌小楼房。两株李子树开着绚丽的白花，一只母鸡领着几只小鸡在啄食。我想过去看看，与房子主人聊聊，贾雨田却说："看看炮台吧，这可是难得一见的完好炮台哦。"

城墙的正前方，有一左一右两座半圆石砌土堆。左边一个在城墙前边，耳城的后边，右边一个却在耳城的前面。于是就近去了左炮台。

说是炮台，其实只剩了高约3米的台基，基石由1米厚的巨石垒成，内填泥土，很牢固。炮台下是90度的陡坡，有一条羊肠小道，弯弯曲曲地伸向江边，空手爬上来也很吃力。站在炮台脚下，阔大的江面一览无余。不难看出，这座炮台主要是控制眼前这段江面。史料记载，当初元军攻来，数百艘船停靠桃竹滩，宋军用火炮打掉了元军粮船，致使后勤补给困难，延缓了其进攻速度。

不知是谁问了一句："那个时候的炮打不远，炮弹一坨铁疙瘩，准头差，咋个打得中船？"

贾雨田笑笑说："不仅你不信，很多人都不信，主要是不晓得旧时火炮的原理。中国人对火药应用研究早，把火炮所用的炮弹分为了三种：一种是实心弹。这种弹发射距离远，冲击力大，一般用来轰击城墙或远处的船只。另二种是霰弹。霰弹是把若干小弹丸装填进炮筒里，利用火药燃爆的冲击力发射出去。霰弹打不远，主要用来轰击敌方进攻的密集人群。第三种是开花弹，原理要高级很多。开花弹是把引线做了改进，不用先点燃，是在炮膛内利用炮膛的爆炸产生的火点燃炮弹，最后炮弹被爆炸推出去。开花弹的爆炸是可以控制的，要提前算好。"

听完贾雨田的解释，一路都没说话的张明跃绕着炮台基石转一圈，注视江面好久，醒悟似的感慨道："怪不得能打沉元军的粮船。中国人最早使用火药，一座孤城能守30多年，这炮台起了很大作用吧？了不起！"

贾雨田说："不单单是火药，这场战争还使用了一种今天的人想象不到的武器。守城的人把糯米熬成粥，混合进石灰和人粪，趁滚烫时从城墙上倒下，烫伤的伤口很难医治。"

"战争是残酷的，还是和平的日子好。"张明跃感叹道，说完指着炮台脚下的人家，"倒退700年，这家人敢住在这儿？"

这时，山下的江面上有船驶过。这条大江，从有船行就忙碌，尽管现代陆路有火车、汽车，天上有飞机，但是大宗物品运输依然是水路成本最低，所以货船络绎不绝。可以想见，宋时陆路闭塞的川江有多繁忙。有这样的炮台挡道，元军岂能放过？

我避开众人，转去右边的炮台。右边的炮台也仅剩了2米多高的基座。与左边炮台不一样，这座炮台的指向是耳城前面的一片开阔地，是炮击陆路进攻之敌的。其实我的目的是炮台旁边的人家，想了解一下居住在"火药桶"旁的感受。

粗略看过炮台遗址，我便去房前转悠。敲开一家的门，主人陈志斌迎我入座。陈志斌50多岁，在这儿出生长大，儿子在外打工，他和妻子守着老屋子种庄稼。隔壁的屋子是他哥陈志明的，一家人都在贵州务工，很少在家。我问陈志斌收入怎样，他说还过得去。不晓得他说的"过得去"所指的富裕程度，从表象看，应该属于农村中等收入的人家。说到炮台，他说打小就有，没啥感觉，就一堆石头，有啥好怕的。

他是1949年以后生的人，半个多世纪的宁静清朗，炮台没有发过一炮，也没有一发炮弹打过来，确实没有啥怕的。几代人享受了七八十年的和平红利，日子从贫穷逐渐富裕，他说这样很好。

我问陈志斌对这座古城知道多少，他有些不好意思，嘿嘿一笑说："七八百年前的事了，哪个去关心恁多，不过，零零星星地也听说过一些。"我说："这里可是打过很厉害的仗的古战场呢，几十年的拉锯战，最后城破，元军把人杀光了，没留一个活口。有没有发现遗留的刀剑或死人尸骨呢？"他说："箭头倒是有拾到过，不过锈烂了。死人嘛，那么长时间了，早就腐烂了。主城那边有座万人坟，不晓得还有尸骨没有。"顿了顿，他又补一句，"还是和平日子好，战争太残酷。"

他的话，代表了绝大多数底层人的想法。尽管神臂城据险而筑，四周修筑起炮台——大炮在800年前的冷兵器时代，算是最厉害的武器了，本以为坚不可摧，最后还是没能抵挡住元军的马蹄弯刀。战争没有赢家，受难的是老百姓。

从陈志斌那里走出来，我爬上炮台台基的顶端，看着残垣断石，耳边响起前清举人高觐光的《老泸城怀古》一诗："荒台垒砺缠草根，云是营门旧时堡。堡中往往遗镞留，苔花锈涩无人收。"繁华的地表早已耕作成为熟土，哪还有半片遗镞呢。

回到停车的水泥坝子，一行人问下一站去哪儿，我脱口说"去万人坟吧"。喧闹的声音突然沉寂，竟没有人反对，于是，杂乱的脚步快速向那个方向移动。

早春的老泸村很静谧，从江面飘来的薄雾带着水汽轻轻拂过脸庞，冷飕飕却并不带刺。呼吸着潮湿、清新的空气，似乎所有的庄稼和野草的气息都进入了身体，那种朝气与蓬勃激发我大步向前。

距离停车的地方七八百米，矗立着一个石头砌成的圆形高台，台上长满荆林，有两棵碗口粗的杂树冲天而立。贾雨田说是钟鼓楼遗址，原址高

10米，十年动乱中被拆毁，残留的台基约4米。冷兵器时代，通知军队或人员集结，只有钟声最快。所以，古时建城，都要选合适的地方建钟鼓楼，用来召集军队和民众。我欲爬上高台探个究竟，苦于荆棘挡道，只得放弃。

离高台百米，是一片平地。行不远便见一四方形的坑洞口，洞已阻塞，相传为通往城外暗道的出入口。贾雨田说，经过前期探测，这一片平地是当时的州府衙署。问当地人，也说衙门就在坑洞的前面。衙门左侧300米，旧有城隍庙。衙门四周为街区，20世纪50年代农田水利建设，出土过官印、刀剑、箭镞、街面石板、阴沟石、下水洞盖、庙宇屋顶的鳌脊、铁灯杆、神灯碗等物。把钟鼓楼建在衙署旁边，方便传递讯息，可以看出古人对信息传递的重视。

"万人坟在哪儿？"遍寻过后，并没有看见想象中的土堆或荒冢，我便问贾雨田。

贾雨田紧走几步，带我们到靠校场坝西侧的地方，手指与江岸垂直的一条长堤说："这儿就是。"

眼前的长堤有100多米，前端形如碉堡，高10多米，略呈半球形，顶端一个坑口，怎么看也不像坟冢。

贾雨田说，当地人说是"万人坟"，一直以来就这么叫，至于是不是掩埋尸体的确切地儿，需要进一步考证。不过，神臂城陷落时，全城确实死了成千上万的人。据史料记载，1243年，潼川府路、泸州安抚司和泸州治所有军民30万人，即便不全进城，迁来的应该也有好几万人。

其后战争打得异常惨烈。抛开前边几度易手的争夺不说，仅最后时刻的杀戮就让人胆战心惊。1276年，元军加强对泸州的攻势，大军顺长江而下，水陆并进，直逼神臂城。泸州知州梅应春见元军势大，开城投降，神臂城又一次陷落。这里特别要说民意不可违。其时城里一义士先坤朋，有富裕的家和安逸的生活，但家国情怀呼唤着他，凭一腔热血和敢于担当的精神，秘密串联军民，誓要夺回神臂城。派人潜出去合川钓鱼城请兵策应，得钓鱼城守将张珏带兵前来。1277年正月初三夜，先坤朋与宋军里应外合，一举攻破神臂城，全歼元军，生擒梅应春，斩首正典。

神臂城收复，南宋命王世昌出任安抚使兼泸州知州。王世昌动员全城军民加强防卫，筑盘山寨、宝子寨于城外，形成掎角之势。未等军民喘歇，元军大举复至。当年秋天，元军在秃满答儿和拜延的指挥下，铁壁合围神臂城。先破城外两个要寨，将寨内军民"杀戮殆尽"，接着猛攻主城。守城军民同仇敌忾，拿戈执矛，奋起抵抗数月。城内弹尽粮绝，"人皆扶病，不任干戈"。虽陷绝境，但军民仍坚持抵抗，誓不投降。战至冬月，元军趁黑夜发起总攻，指挥水上舟船150余艘封锁江面，陆路强攻东门、南门，很快破城。元军突入城内，军民依旧死战。巷战一天一夜，守城军民全部战死，王世昌壮烈牺牲。此战震动了抗元名将文天祥，他于第二年春天在福州写下了《泸州大将》一诗：

> 西南失大将，带甲满天地。
> 高人忧祸胎，感叹亦歔欷！

虽然是说几百年前的历史，可贾雨田还是情绪愤然，眼眶发红。他说死人需要掩埋，可见万人坟应该确实存在。但是眼前的一字城，根据泸州几位专家考证，在嘉陵江边的钓鱼城也有两处，是用来护送粮秣和取水的道路。它不仅能保护运输，还可以限制敌人在岸上平坝活动。从神臂城的地理情况看，这一长堤有三个作用：一是可以阻挡冲击校场坝，以便演武练兵；二是能防止敌兵沿江岸进攻，特别是能防止其从大桃竹滩方向向神臂嘴靠拢；三是足以保护神臂城南面的城垣，以免敌军从缓坡处攀登。

我用脚踢了一下，土很硬，便寻了根棍子使劲往下撬。沉积了几百年的厚土，哪能轻易撬动，几下过后，地面只出现一个小白点。我只好甩掉棍子问:"那么,这里并不是万人坟?"

贾雨田摇摇头说:"不能确定,当地人这么叫,肯定有一定缘由,等后期考古发掘吧。"

沉重中,我把目光转向上游江中的小岛,那里现在是大桥镇的长江村,其时是拱卫神臂城的水寨,驻有上千名水军。我欲去小岛上,但贾雨田说这会儿去不了,上小岛要从大桥镇那边乘船。

贾雨田还告诉我,经过了这么长时间的侵蚀,小岛上可能什么也没有了,去也是白跑。

我说:"只有实地看过,心里才踏实。"

次日吃过早饭,我打电话给大桥镇文联主席胡国民,问他有空没有,我想去中坝。他说可以去。

我们从神臂城的对岸走,沿通往泸州的厂城大道,去弥陀场过河。胡国民说,已经叫长江村支书先德江约了几位老农。

我原以为真的要乘船,没想到胡国民直接把车开下了河。我问:"车可以开过去?"先德江说:"早先确实是要乘船,为了方便中坝上的农民出入,前几年村里在灌口滩的巨石上修了一条便道,枯水天车可以直接开到坝上了。"

远远看去,中坝在江中只是一个小岛,上去才知道,其实面积不小。从坝尾到坝中的最高处,有1000多米。越过卵石草丛,便是连片的庄稼地,种着玉米和各类蔬菜。

站在小岛往北望去,神臂城遗址在四面陡绝的高山上,面江背山,三面环水。长江从山的北面流来,流过西南面的泥灏头,在神臂嘴绕过一个70度左右的急弯,紧贴南面山脚向东流去。脚下的小岛把大江分成南、北两漕。北漕窄而且深,江石悍利,晒金滩、万年坟、梨子嘴、大涛触、小涛触,滩滩相连,波恶涡诡。从神臂嘴到小涛触不到5公里的江面,险象环生,危机四伏。扳艄稍一不慎,船舟失势尺寸,便会糜碎土沉,下饱鱼鳖。只要春来桃花水涨,南漕可以通船,便不走这条漕口。南漕就是"灌口",手扒岩标准水位2米,重载木船便可通行。这里,南边是一派石梁,绵亘数百丈,从零字水位算起,高可七八米,石梁末端连接的就是脚下的岛屿大中坝。洪水季节,江水从上游方向湍急奔腾而来,穿灏而过。北岸悬崖峭壁,神臂山凌空崛起,四面笔削。山形如臂,伸入江心,遮断半江流水。在它下面,形成巨大的一湾回流。在水上船工们的行话里,这就叫作"西流"了。上游来船,绕过这个山嘴,航向偏移,速度自然降低,江水径直冲向灌口,船舟也就在它夹带之下,直端端地"滚"到"灌口"里去,触礁搁浅,船毁人亡的事时有发生,是长江泸渝段第一凶滩。这时我才明白,神臂城为啥要修建在这个地方。

我看江景的当儿,先德江开始打电话联系小岛上的老农民段太兵和王连友。胡国民则催我上车,直接去了制高点上政府修建的洪水避难所。

坐一会儿,段太兵就来了。段太兵出生于1943年,今年80岁,身体硬朗。一家子11口人,儿孙满堂,说起这个就一脸幸福。闲聊中我说数年前来过,也是春天里,十几个人一起来春游。那时沙地铺到水边,种满甘蔗和蔬菜,风光很美。他说现在跟那个时候又不一样了,变化大得很。我问哪些不一样,他手指房屋和道路。我这才仔细观察,房屋确实修好了,都是清一色的钢筋混凝土小楼房,还有几栋小别墅,道路硬化成了水泥路。

"日子越过越好了。"我说。

他嘿嘿地笑,说:"托共产党的福,政府想得周到。"

我扯到正题,说根据历史记载,这个小岛宋元战争期间做过水寨,打过大仗,问他听说过没有。他摇摇头说没听说过。我问有没有捡到过一些箭头、弯刀之类的东西,他说自己什么也没捡到过。20多年前,邻居李德成家修房子挖到过箭头,都锈烂了。有人在小石坝挖到过一顶帽子,是铁的,中间有个洞,也锈烂了。李德成还开玩笑说:"烧水都要不得。"

我问有啥遗迹没有，他摇摇头说，从来没看到过啥遗迹，也没听说过。

怎么会是这样呢？那天贾雨田说，《宋史》和《永乐大典》上都记载："水寨长约2000米，阔约600米。水寨已毁，遗址犹存。"还说与合江县城的石盘寨、泸州余甘渡并为当时南宋泸州的水军基地。

段太兵见我疑惑，很快补充了一句："有一座黄氏女的坟，不晓得算不算。"

我恢复了兴致，问："是什么年代的，有什么故事？"

段太兵说："不知道是啥年代的，传说是吃斋念佛的人。"

我说："好，那就去看看。"其实我是在想，神臂城那么大的一场战争，不信没在这水寨留下一点痕迹。就想实地走走，留心观察一下，或许能有收获呢。

我们沿村边的水泥道前行，沿途除了泛着绿色的庄稼和蔬菜，就是高耸入云的楠竹，确实没有一丁点水寨的痕迹。我猜想，要么岛上的人早已忘却过去，抑或全新的移民，根本不知道有那么一段历史。

走了七八百米后，穿过两栋小楼，忽见杂乱的丛林。段太兵把我们往丛林里带。从一丛高大的楠竹林边绕过，眼前便是一片坟场，一座比周围坟墓都大的墓堆雄踞其中。走近细看，才发现是用大石板镶嵌成的墓，全裸露在外，里边空空的什么都没有。应该是经历多次江水冲刷，把盖在上面的泥沙冲掉了，才形成了现在的样子。段太兵说，明朝的时候，这个小岛被水全淹过，一个人都没跑脱。果真如我所料。从形制上看，石墓应是宋代的，但很简陋，石板没有雕刻，墓室也不大。与水寨那场战争有没有关联不好说，没有记载，传说也不沾边。毕竟都是后来人，真假都可能存在，我告诉自己。

离开黄氏女墓地，王连友还没来，先德江便带着我们去他家里。

一个农家小院套着一栋两层小楼，进门有一个花台，几株剑兰流绿滴

神臂城玄武石刻

翠。看得出，主人生活闲适。先德江一声"整归一（四川方言，完善、妥当）没有，你难得走，我们来了"，王连友便从屋里迎出来。

这是一位精瘦的老人，背有些驼了，半躬着身子，但脚步敏捷。进屋落座，他便要去拿杯子倒酒，我们赶紧让他坐下，说有事请教。

王连友说，他84岁了，20世纪50年代参军剿过匪，现在国家每年给12800元钱，生活还行。就是喜欢喝酒，每天都要喝点，一年喝300多斤酒。我听了，感觉不可思议。平均每天几乎一斤酒，年轻人也很难达到这个量。先德江说："你看那两个酒罐。"我这才注意到，屋子的角落里，并排着两个盛满酒的酒坛。

我岔开话题，问："您是不是在小岛上长大的？"

王连友说："我出生的时候，小岛上还没几个人。记得只有两栋土墙房子和一座庙，我的房子后面就是庙。现在看到的房子，都是后来修的。"

"听说小岛做过水寨没有？"

"没有。"

"见到过啥古董或遗迹没有呢？"

"没有。"他回答得很干脆。

我问："挖到过啥东西没有呢？"

他又摇摇头说:"没有。"过一会儿又说,"土庙倒塌后,挖到过一个铜制的菩萨,很小,当废铜卖了。"说话间很后悔,说当时没文物意识,可惜了。

我突然想到,这么大年纪的人都不知道水寨存在过,说明时间对过往的磨灭太厉害。

见我一时没说话,王连友站起身,去桌子上拿了几个酒杯,又要去倒酒。胡国民说几个人都在开车,不喝酒。王连友没听他的,执意拿着杯子去门外用水冲洗一下,进屋去酒坛里舀出一碗酒来,把几个杯子灌满,给我们一个人一杯,嘴里说:"跟我谈事就得喝酒,不喝酒就谈不成事。"我笑,先德江也笑。我和胡国民都在开车,不敢喝。先德江看实在推不了,端起一个杯子倒掉半杯,勉强陪他喝了一点。王连友几口就把一杯酒喝干,又去添一杯来,边喝边说:"现在的生活安逸,要吃啥有啥,过着让人开心。你看我这房子,占地面积180多平方米呢,够住了。"

看着他惬意的样子,我知道老人对生活很满足。过往的历史,给不了伤害,也就不会去记。安逸闲适,社会繁荣,代表了这个时代的人想要的生活。

从王连友家出来,再度站到水泥道上瞭望江边,我发现这里作为水寨要冲,长江水枯时节很难守住。岛上除了石头就是堆积的河沙,而且几百米的沙滩平缓,枯水天大军可以从沙滩上蜂拥攻击。据史志记载,中坝水寨就是在冬季枯水天被攻破的,守寨水军全部战死。

对面,神臂城遗址的绝壁高崖犹如从江水中突然立起,高耸而险峻。胡国民说,崖壁上有跟那场大战有关的造像,他去看过。我也知道崖壁上的造像,那天因时间不够,没有去崖下。我决定再去一趟神臂城,到崖下看看。

次日上午,我约了贾雨田和神臂城镇文联主席杨璐、老泸村支部书记王昌全，再度来到神臂城遗址西门。江水依然平静，灌口不竭的涛声已经成为遗址和绝壁的一部分。

下到江边，高崖笔直。一棵榕树长得枝繁叶茂，根须像人体血脉，密密麻麻，夸张地紧抱在光溜溜的石壁上。王昌全说："看到没有，榕树的生命力真是顽强，半点泥土都没有，居然长得这么好，去年那么严重的干旱都没死。"杨璐拿出手机拍照，按下快门后才说："你没看这根系多么发达，没进岩缝的，全插进了崖下的土里。"杨璐年轻，来这里工作不久。我笑着打趣她："就像你，扎根基层，充满活力。你们就是榕树，中国的生命力。"她回一句"胡老师，你太抬举我了"，笑着往前走了。

前行不远，眼前便是高不可攀的绝壁。离地面高约1.5米的拱形石龛里，雕刻着一组造像。正中南面坐一人，高1.9米，肩宽1.5米，头部偏后隆起，有如发髻，两手并置膝上，神情傲慢。坐像身后左右各有侍者，左者高约0.3米，右者形象模糊。贾雨田说，这是当今全国仅见的忽必烈摩崖造像。坐像左下侧膝前跪拜一人，身长约0.9米，肩宽约0.3米。王昌全却说，他们当地人称其为"孙孙打婆"。

贾雨田马上纠正说："据考证，真实的故事是'刘整降元'。"

刘整原是京湖制置司下一名小校，善于练兵，尤其是水军，因此被制置使李曾伯选拔为将入蜀，成为四川制置司下的四大主将之一。因作战骁勇，武艺过人，屡建震惊南宋朝廷的奇勋，被誉为"赛存孝"，1261年4月升任泸州知府兼潼川路安抚副使。身为北方人的刘整以武功获得升迁，南方诸将皆出其下，被贾似道亲信吕文德所猜忌，刘整一出谋划策则被否定，一有功劳则被隐瞒不发，更让与刘整有矛盾的俞兴任四川制置使，用以打击刘整。

吕文德与俞兴勾结，打算诬告迫害刘整。刘整得知消息后，惊恐不安，派人到临安向朝廷上诉。当他看到名将向士璧、曹世雄被奸相贾似道逼死后，"益危不自保"，便一边贿赂、迷惑吕文德，一边秘密遣使向驻守成都的元军刘黑马送款求降。1261年6月，吕文德府上高朋满座，庆贺生辰寿诞。蓄谋已久的刘整撕下伪装，把同僚文武将官集中到公堂，以武力胁迫，喊话道："为南者立东庑，为北者立西庑。"27名贪生怕死之人站到了西庑，只有一位没有留下姓名的户曹威武不屈，站到了东庑，壮烈牺牲。

"最难防的，还是内部的腐朽和背叛。"故事听到这里，我很感慨，禁不住说道。

"为啥又叫'孙孙打婆'呢？"年轻的杨璐没闹明白，追问道。

贾雨田说："那是为了应付当时元朝统治者的谎话。雕像是比照杭州西湖岳飞墓前秦桧四奸绾锁长跪的丑相雕刻的，被当朝的统治者发现了，问雕刻的是啥，老百姓回答是反映一户人家的孙孙打了老祖母，被罚跪的场景，逃过了遭斩杀的厄运。"

王昌全说："我们这里的人嫉恶如仇，并且智慧，要不也不会有像先坤鹏那样的义士。"

我竖起大拇指称赞，他却嘿嘿一笑，显出腼腆来。

离刘整降元组像右侧大约4米远，另刻有一个武将石像。武将双肩并垂，左臂伸出，戟指刘整，貌若甚怒。王昌全说，据老辈人讲，武将臂上原托有一"小孩"，后来风化脱落了。

贾雨田说造像是"许彪孙托孤"。《宋史》卷449《许彪孙传》记载："许彪孙，显谟阁学士奕之子也。为四川制置司参谋官。景定二年，刘整叛，召彪孙草降文，以潼川一道为献。彪孙辞使者曰：'此腕可断，此笔不可书也。'"率一家10余口"由少而长自绞死"。刘整降元，还害得纳溪曹赣阖门死之，湖北副总管、总统援蜀诸军黄仲文惨遭杀害……刘整以所领15个州郡共30万户向忽必烈（元世祖）投拜。南宋方面丢失大半个四川，使战争形势急转直下。

离刘整造像不远，还有一个人物造像，背东向西，半身，高1.8米，宽

1.2米，方头大耳，身着朝服，身材魁伟，仪表堂堂。"这个造像又是谁呢？"我看不明白，问贾雨田。

贾雨田说："很可能是一位有如许彪孙那样的南宋官员，在老泸州城陷之际，身着朝服，从容赴难；也可能是那位不知姓名的户曹，在刘整的屠刀之下，独自'立东庑'，向东拜阙，大义凛然地殉节。个人理解，这造像包含了后人对不屈献身的忠义之士的缅怀和纪念。这个造像当地农民俗称'大土地'。"

王昌全说："这就是民族的血脉。老辈人说神臂城修有暗道，最后一次收复，就是义士先坤鹏派人从暗道出去搬的救兵。全城人不从暗道逃跑，却要死战，可敬可佩。"

杨璐望着造像出神。

文字记载历史，这崖壁雕刻的造像不也记载着历史吗？宋元战争已经远去，正如中坝小岛上的人，没经历过，谁还记得？但造像却让后来的人知晓。

我久久地踟蹰着，忽而面对造像，忽而转身面对奔流的江水。四围静如洪荒。陪我去的贾雨田等人无一言语，连如飞燕般活泼的杨璐，也静立着没有动。过了好久，王昌全才打破沉默说："走吧，去蛇盘龟看看，那儿据说是暗道的出口。"

坪上光影

去白鹿坪那天半阴半阳。光照射下来,影由弱变强。由光而生的影在古道上逐渐成形。曲而窄的道路泛着墨色的青。被光拉长的影,伸出了青色的石板路,向坪下延展。

白鹿坪的夏天来得早,日光已把坪上的庄稼和花草树木照得绿油油的。走在坪上,耳边便是各种生命蹿长的声音。坪上人早已熟悉这种声音,没有人刻意去拔苗或毁绿,却把眼睛盯在脚下的石板上,目光里带着激动,当然也带着探寻。那是一些磨成了小块的石板。他们想保住它们,想着把这些小块石板连接成的道路由光变影,留在坪上的成长里,让石板以另一种形态,在生活中永远留下来。

在古道上行走的人,说起话来总是一串一串的。"这道早呐,老辈的老辈都不晓得好早修的。"其实老街口就有一块石碑,记载得清楚:"白鹿驿道南北走向,清代修建。总长500米,均宽5米,最宽处7.8米,最窄处2.2米。整个驿道依山势而建,街道刚好位于丘陵的山脊之上,整个地形远观好似一只卧睡的野鹿,白鹿之名由此而来……"

我坐在街边的石阶上,盯着街房看。这个时候脑子里就翻涌起历史。破碎的石板古道,其实是一段移民的迁徙史。坪上繁荣的历史并不长,大

白鹿坪老街

约起自明末清初。当然，有人居住应该更早，是后来的历次战乱使得坪上萧条。明朝崇祯年间，张献忠的农民起义在川蜀作战频繁，"杀得鸡犬不留"，后来的明清战争、吴三桂反叛战争，都在合江这块地盘上拉锯过，加上数年天灾瘟疫，三江沃地"十室九空，十不存一"。原本有些生气的白鹿坪，重又成为未曾开垦的荒蛮地。清朝统治者赢得战争后，组织大规模的"湖广填四川"移民。最早来到这儿的多是江浙的人。这样算来，古道存在也就三四百年。

"坐着干啥，走啊。"后面的人上来了，我起身跟随他们的脚步，往深里走。

路两边的木板街房散发着浓浓的旧味。房门大多关闭着。偶有一家开着的，坐在屋里的都是上年纪的老人。道上很清静，除了我们这一拨人，再没有别的人行走。很难想象这是曾经繁华的古道。

走在身旁的白鹿镇党委副书记胡运华说："一哈儿看了前边几个标志性建筑，你就晓得这条古道当初有多繁荣。"

我没有接他的话，立定在一家开着门的老屋前犹豫着。屋里有两位老人，一人在用竹篾编背篼，嘴里和另一人唠嗑。我将半个身子探进门去，问两位是不是这儿的原住民。编竹篾的回答，他是坪上出生长大的，叫尹福兴，今年80岁了。我问见过这路上的驮队吗？他摇摇头说没见过，记事时这条道早已衰落了。他的话让我感叹。世间所有的遗忘，都是从不被需要开始。坪上大马路的开通，步行的古道命运就已经注定，衰落是必然。不论曾经多么繁盛，不随社会前进的东西，终究会被抛弃。

商品货物不从这儿走了，古道和过去的历程渐渐被现代人淡忘。只有生活在这儿的人，有过难忘的记忆，古道才会成为梦里的乡愁。

我在想，这古道繁荣的时候，一群肩挑背扛的挑工，一个背篓、一根扁担、一口凉水、一声号子，组合成何等壮丽的生命景象。

"一挑盐巴，就能让无数人寡味的生活变得丰富多彩。"当从李泽林口中听到这个解说，觉得是一件不可思议的事。于现代人来说，谁家也没缺过盐，也从来没见谁挑过盐。交通便捷了，谁还愿花力气从山路上挑盐！

之前的历史太长，即便是不大的白鹿坪，短短的一段古道，也会走过那么沉重的脚步。

确实，在漫长的农耕社会，人们生活在闭塞与困顿中，生活的必需品只能靠肩挑背驮，硬生生在崇山峻岭中踩出路来。有一句话是这么说的，"地上本没有路，走的人多了，也便成了路"。虽然很有哲理，却并不尽然。其实很多的路，是人们用智慧、用双手铺出来的。人的智慧，也在困顿的生活中被发挥到了极致。他们在生活中长知识，增见识，然后汇入愉快与满足的日子。生儿育女，春耕秋作，铺路修屋，不会做怎么能生存？

坪上的李泽林，一看就是对生活充满热情的人。夏天到来的时候，他面对那些遗留下来的光影，有了新的憧憬。

走进屋子的时候，白鹿镇文联主席陈贵先正在跟他沟通，请他牺牲点时间为我们解说坪上的逸事。年过70岁的李泽林人很精神，目光炯炯，听陈贵先说完，便停下手中的活计，回一声"要得"，跨出门槛来到街上。

李泽林打小就在坪上，几十年一步也没离开过，做过很长时间的街道办主任，对坪上的一草一木就像自家的娃儿那般熟悉。他要讲些什么，坪上究竟有些啥故事？

李泽林立在街上，大家屏息静气地看着他，等着从他口里流出消失在时光里的那些人、那些事。

其实这条路上的故事多得很。肩挑盐马驮茶的景象虽然年代久远，我们这一代人经历的时候，盐茶早就改由船运车拉了，但看看这些石板磨损的样子，就知道那个年代这条路有多繁荣。不说诞生了一个白鹿场、一个福宝场，光坪上发生的两件大事，就足以说明这段古道有多少人来往惦记。

李泽林讲的第一件事是太平军来白鹿坪。1854年，太平天国石达开部10万人，从贵州沿古道打到白鹿坪，场上到处挤满了人。石达开原本打算从合江渡长江，向成都方向攻击，在探明清军防备森严，有大军阻挡后，住宿一夜便撤离了。

第二件事是白鹿场剿匪。旧时，大凡商道总会被土匪盯上，白鹿坪古道当然不会例外。据说当时商队经常在坪上遭土匪抢劫，白鹿场最大的乡绅施家就在遭土匪抢劫后，连庄园也被一把火烧了。匪患最严重的一次是1950年。当时刚刚解放，国民党残余趁新生政权立足未稳，组织起大批土匪武装，到处烧杀抢掠。以国民党江津、永川、泸县、合江边区联防大队大队长程云龙为首的"反共救国保民军"伙同江津女匪涂大嫂，纠集数千人于4月初占据白鹿坪，啥东西都抢，还计划攻击榕山，占领合江县城。

"后来怎么样了？"有人心急，不等李泽林停顿，催促问道。

李泽林继续讲。4月11日，合江县委书记文立带领解放军黄河十二连从县城疾驰而来，准备剿灭这股土匪。天黑前抵达时，被土匪发现，突袭战打成了遭遇战。解放军攻击前进，逐渐缩小包围圈，经两天三夜的激战，消灭土匪300多人。程云龙带着涂大嫂逃进了天堂坝大山里，后来被剿灭。

"精彩！古道果然有故事。"李泽林讲完这段历史，听的人意犹未尽，拍着手说。

茶马古道传出去的时候,很多人是慕名而来的,包括我。只是我来得太晚,认识李泽林也太迟。这个时候的李泽林,已经从街道办主任岗位退休10余年,并且整理的白鹿坪史迹已经成文,准备付印。这样一位有心之人,将坪上流失的记忆找了回来。

坪上很多事,以前只是在人们口中相传。李泽林刚到街道办的时候,就有很多人跟他说。不过都是零碎的片段,没有人能把一件事叙述完整。他觉得应该把记忆留下,于是开始收集资料,采访上年纪的人。退休后,镇上又请他整理史料,在古道上为他辟了一间街房做办公室,让他有条件按照线索去求证。

那些日子,他整天在坪上转悠,停下脚的时候就待在办公室,一个词、一个字地记录,一条线索、一点信息地核对。街上的石板烙下了他的每一个脚印。那些日子,他盼望老天天天放晴,盼着春光,又等待着夏阳。问到坪上逸事,大多数人都摇头,表示不知道。他也不气馁,张三不晓得,接着找李四,找王二麻子,直到把线索查实。

辛勤总会有收获。多少年过去,这个倔强的老头终于把茶马古道和坪上的光影变成密密麻麻的文字,堆放在了案头。

现在,脚步声再次响起。李泽林带头在古道上前行,几十米后,我们来到了施公馆——一幢高耸坚固的砖石楼房,欧式的风格让它与古道上木质结构的房屋区别明显。李泽林先是站在走廊上,手指高墙说,这屋子的主人叫施晋生,先辈于前清"湖广填四川"时由江西入川,定居白鹿坪。

施家人会做生意,很快发了财,修起漂亮、宽敞的房屋,当地人把这房子叫作施公馆。后遭匪,房屋全被烧毁。1933年重新修建。这回仿照西方风格,墙体砖石结构,结实得很。内宅中式四合大院结合西式楼阁建造,既美观又舒适,老百姓称为"洋房子"。整个建筑占地面积2300平方米,各类屋子上百间。新中国成立时,施家已发展成为合江县最大的地主，有田2000多担。

其实李泽林说的都是表面能看到的，他没有说到的应该是，与早先的当地原住民只知道种庄稼不同，移民来的江西人除了重视生产，还会做生意，看到了古道的生机，抓住了机会。

"富裕起来的施家年年春荒都要煮粥救民。特别是灾荒年月，更是拿出大量粮食赈灾。这个走廊就是当年赈灾的地方。当时临街有大半人高的墙，吃粥的人站在墙外，粥从里面舀出来。"李泽林接着说。他指着另一道门上方，说这房子也叫"惕庐"，字就刻在那儿，现在还隐隐能看到痕迹。

"惕庐"既有敬畏他人之意，也有希望他人敬畏之意，含义深刻。施家不仅会做生意，文化涵养也深。

这之中，墙上有几个损毁的洞引起了我的注意，似乎不是棒槌或铁器敲击而成。洞坑离地面较高，人站在地面够不着。坑深，四围呈爆裂状。正要发问，李泽林先说了："看到没有，墙上的洞坑就是解放军剿匪时枪弹打的。当时好几百个土匪占据着这个房子。这墙厚实，四周都有枪眼，土匪用机枪封锁古道进出口，以为解放军攻不进来。其实这群土匪笨得很，这房子虽然坚固，但有一个致命的缺点——没有后门，逃不出去。解放军攻上来，坪上其他地方的土匪很快逃了，只有这个房子的土匪被包围在里边，一个都没跑脱。解放军也真厉害，也许是狙击手吧，一颗子弹从枪眼里打进去，把土匪的机枪手报销了，趁势攻了进去，打死土匪300多人。"

其实，李泽林说的这段故事已经被作为历史事件，记录在了合江县政协的文史资料《征粮剿匪》中。我走近仔细看那弹洞，下方确实是一个枪眼。在九支石顶山桂林园炮楼上，我仔细观察过从内向外射击的枪眼，其实就是一种内大外小的方形射击孔。砖石砌成的厚墙，预设好一定的角度，由内向外射击，能起到很好的杀伤效果。

这个时候，有人进到里边去打开大门。乒乒乓乓弄了几下，那门怎么也打不开，头顶上还不断落下尘土，一群人吓得赶紧远离。李泽林说这门是白鹿乡政府成立后，住在这里的时候为方便出入才开的。乡政府迁出后，这门就不常开，朽了，打不开了。

"进不去了？"人群中有着急的声音。

李泽林带着我们往回走了十几米，在另一扇门前停下来。他说这扇门当时是供下人进出的，进去是厨房，佣人每天从这里出去干活，挑水做饭。那个年代没有自来水，吃用水全靠人工挑。这个现象不单单发生在白鹿坪，直到20世纪六七十年代，这一带的百姓都是挑水吃。

我跨进门去，发现其实是整栋建筑的厢房，一连串三间屋子，房基要比正房矮，地面潮湿，屋里凌乱地堆着一些石板。看见地面有一个坑，李泽林嘀咕了一句："哪个又在这儿挖！"我问："挖啥？""有人怀疑地底下埋藏着财宝，时不时偷偷进来挖掘。"我已是无语。贪婪与无知真是可怕，妄想有时真的能成灾。

在建筑方面，李泽林跟我一样是外行，可是并不影响他对这房子的喜爱。进到正房里，他就像自己家一样熟悉，介绍哪儿是阁楼，哪儿是正厅。在没打开的那扇门的后面，果真有一道八字朝门。"这里应该就是正大门哟？"我问。李泽林摇摇头说不是。他说这房子修得日怪（四川方言，奇怪），这扇门前面是一个通道，通道上立着一堵厚厚的外墙，前面根本没有出口。这扇朝门是走通道和上二层楼的。这样修的目的，主要是防御。这个房子落成后，土匪好多次来抢，都没能攻进来。真正的大门在另一个方向。他带我们穿过一个不宽的走道，来到公馆的另一侧，抵近前墙的一间屋子空高到顶，地斜成六七十度的陡坡，侧边墙上有枪眼，前方出口被新砌的砖墙堵死。他说从这里出去，穿过前面的一个亭子，那儿才是正大门。不过早就拆了，亭子也没有了。这房子做乡政府办公地的时候，为了安全，才砌的前面这堵墙，把出口封了。

一个时期的通病，使得几乎所有的旧时建筑或多或少都遭受到了损毁，这并不能归结于谁或谁的过错。幸好人们觉醒得快，保留恢复了一些经典，施公馆因此得以重生。

可以看出，因为防匪，这栋建筑外墙修得高而且厚，内部设计为两层，中间一个大天井。初看似乎是典型的中式古典式样，但抬头看过第二层，却立马否定。因为走廊角楼立柱为西式罗马柱，连隔栏也套用了西方建筑的经典。这样的建筑在当时那个年代矗立坪上当然如鹤立鸡群，即便今天也是豪华得令人咋舌的存在。不可否认，凡是建筑都会烙上时代的印记，施公馆也不例外。在西方文化大量涌入的时节，施公馆无论由外还是到里，都有着明显西洋文化入侵的印记。豪华建筑加上富有的施家，彰显着古道勃勃生机。

你能想到，清晨天刚放亮，石板路上就步履声声，挑夫的喘息声中夹杂沉重的马蹄声。有人吆喝："歇哈儿吧，遭不住了。"马上就有人回："熬到走哟，还远得很。"于是，喘息声和马蹄声渐渐远去，没等完全消失，第二拨重又响起，接着是第三拨、第四拨……

是的，时间长河中的古道，是人们通向生存、通向财富的大道。施公馆就是精准利用的典范，其存在的意义已经远远超出了其建筑本身，它传递出的是一种开拓、进取和智慧。

跟着李泽林继续沿古道走约30米，在施公馆的斜对面，赵三涵穿一身道袍，站在古道边静静地等着我们。他的背后是坪上另一标志性建筑——清源宫。李泽林介绍说，赵三涵是这里的道长。

清源宫也叫川主庙，是川人为纪念战国时期治水的李冰而修建的。这座清源宫（万寿宫）建于清中期的1718年。与其他清源宫不同的是，这座建筑现在是道观，常住着七八个道士。

赵三涵原名赵浩涵，1984年出生，很年轻的一个人，赵三涵是他的法名。他原籍在先滩镇，出生地在先滩山山上的顶子场，很偏僻的一个地方，已经入道10多年，属道教正一派授箓道士。在中国道教协会授箓，并获得全国人大代表、中国道教协会副会长张金涛高道大师签发的"授箓牒",今年刚接任这里的道长。

很奇怪,赵三涵这么年轻,竟然有兴趣入道。或许,跟川南乡下普遍信奉道教有关。佛教传入前,道教是中国大地上主要的原生教种,传播广而根基深。尽管后来佛教盛行,其光芒远远盖过道教,使得道教日渐式微,但川南乡下却依然信奉道教。谁家老人离世,请来

清源宫

做法事道场的多为道士,很少看到佛教的和尚到农家做道场法事。赵三涵出生在偏远的先滩山区,那里对道教的信仰更是虔诚,推测或许环境熏陶,他小小年纪便入道为士。

赵三涵盈盈笑着,把我们往庙里带。

这时候稀疏地下起了小雨。庙前石板的缝隙里,几株小草蓬茸,展现出一种无法遏制的生命状态。它们自身存在的巨大能量,或许只有泥土知道。我们并未在意,急急地从小草上踏过,迅速躲进庙里。

抬头,第一眼看到的是戏楼——单檐歇山顶,立木穿斗结构的单体建筑。吸引人的是前沿的镂空木雕装饰。赵三涵说:"这是原版木雕,没有被毁坏过。内容是反映'湖广填四川'移民来当地的生存状态,生活气息浓厚,雕工精湛。你看那些拖家带口、背包带伞负重前行的画面,就是一部移民入川的辛酸史。这也是合江境内留下的唯一一幅移民文化史图。"

赵三涵这么一说,我脑子里不由得追溯四川的移民史。自秦开疆至清末,四川有过五次大移民。第一次是秦国灭蜀后,移民万家入蜀。第二次是西晋末年全国性人口南迁,陕西、甘肃人移入四川。第三次是北宋初年,

依然是陕西、甘肃人迁入。第四次是元末明初，首次以湖广地域为主的南方移民入蜀。第五次是清朝前期，10余个省的移民入川，因为以湖北、湖南（当时行政区划为"湖广省"，辖湖北、湖南、广西一部分）移民最多，通俗称之为"湖广填四川"。这次移民持续了100多年，迁入人口共170多万人。

四川特殊的地理环境适宜人口滋生繁衍。纵观有文献记载以来的整个历史进程，为啥会发生五次大迁入，却并无一次大迁出呢？造成这一状况的罪魁祸首就是战争。巴蜀在历经若干次战争洗礼后，人几乎被杀光，史书上说"百不存一，一片荒芜"。统治者不得不移民开垦"天府之国"。

"移民来此，人地生疏，怎么结婚生育？"有人突然提出这样一个奇怪的问题。

赵三涵随口道："移民也有女的嚒，相互婚配嘛。"

李泽林说："也有少量原住民。"

"移民的婚俗与当地婚俗融合，产生了后来的婚俗。"赵三涵接过话来说。

"你一个入庙的道士，也研究人间婚嫁？"我打趣他。他却一点也不难为情，说："道士可以有妻室，只禁食四种肉。"我问："哪四种？"他说："禁食天鹅肉、狗肉、牛肉和乌鱼肉。"我问："为啥？"他说："天鹅一夫一妻，配偶死后，另一半终身不配，孤独而死，乃忠贞之鸟，不忍食之；狗是人类的朋友，入门三天便效忠主人，无论贫穷富裕不离不弃，此乃忠心，不忍食之；牛是大米生产的有功之臣，对人类贡献巨大，不忍食之；乌鱼产卵后不愿进食，体形消瘦，幼鱼游于乌鱼嘴边，愿供母亲吞食养补身子，乌鱼吃掉部分幼鱼，只留7尾，母子之情令人感动，不忍食之。"

"道士结婚也走凡人礼制？"我很好奇，盯着赵三涵问。可能他觉得我是在故意刁难，一笑后不再回我。

李泽林接过去说："他怹年轻，肯定搞不归一，道士结婚我不懂，凡人结婚过程复杂得很。从纳彩（送礼求婚）开始，要经历问名（询问女方姓名、生期）、纳吉（订婚）、纳徵（送聘礼）、请期（议定婚期）、亲迎（新郎亲自迎娶）六个步骤，即六礼。"

我说："你娶媳妇经过这一套礼节？"李泽林笑了，说他结婚的时候已经变化很大，但仍有可循痕迹。经媒人介绍，取得男女双方家长同意，男方携礼品到女方家征求下聘日期，这一过程叫"炷毛香"。女方家确定日期，男方家同意后备办礼物送到女家，女方回赠丰厚礼物，叫"炷大香"。然后双方开出生辰八字，叫"开庚"。男方把双方的生辰八字请人推算出结婚日期送到女家，称"送期"。结婚头天亲友来祝贺，叫"起媒"。

"还真是从旧习演变而来，其实烦琐程度也没有减少。"我说。

李泽林说："还不算完，后面程序还多。结婚当日，女的用红巾盖头，到堂屋踩斗，丢筷子，辞祖宗，然后才上花轿，女方送丰厚的陪嫁。"我问他老婆陪嫁多少，他笑说，"'双铺双罩'。规矩都是坪上传下来的。"

"你还别说，农耕时代的生活也蛮有意思的。"

"发现没有，这方古道上的场镇，都修有清源宫和江西会馆。这里有，福宝有，先滩有……"我们正在研究婚嫁，那人如发现新大陆，又突然叫道。

李泽林说："这个不难理解。移民们的乡愁从离开故土的那一刻便根植进灵魂深处了。虽说'年深外境犹吾境，日久他乡即故乡'，但随着时间延长，思乡之情与日俱增。在那个交通极其落后的封闭时代，回去一趟已经很不容易，何谈落叶归根。当乡愁魂牵梦绕难以排解，能代表家乡精神和信仰的建筑便具备了特殊的意义。"

我说："你这话就把所有的疑问都解释清楚了。我的理解是，修会馆的目的不仅于此，更多的是用来聚会。"

赵三涵入道，真实的原因还是欧罗明。从山区出来，赵三涵在合江县城荔乡路租了间门市卖副食品。因为从事商业，经常得到舅舅欧罗明的指点。欧罗明又教他易学与道教，于是他关了商铺，跟着欧罗明来到了坪上这座清源宫。

赵三涵说到这儿的时候，出到门外做法事的道士回来了，老远就看见一串道袍次第进门，还掺和着叮叮当当的鼓磬声。他瞄了一眼道士队伍，领着我往殿堂走。他说："你看，这中间排列着16根大石柱，每根直径半米，那个时候没有机械，立起来不容易呢。"我指着殿前悬挂的"开峡口破长谷疏通陇西河水灌良田，战恶魔斗凶顽寻得太平镇保长久安"问："这是赞颂川主李冰的吧？"他说是的。

正殿居中是川主造像，左边是龙王神像，右边是禹王神像，正梁上还有"天开文运帝道遐昌，风调雨顺国泰民安"字样。"这座清源宫保护得不错，不仅建筑无损，连这样的文字都保存下来了。"我说。

还没等赵三涵回答，李泽林抢上来说："这都得益于这批道士住进来。欧罗明和赵三涵两位住持不仅维护，还接力修缮。要是他们没住进来，这个房子就是空的。像施公馆那样，长久没人住，很快就毁坏了。施公馆现在要修复，起码要好几百万元。这个房子保存完好，他们起了很大作用。"

"向年轻的道长致敬。"我半开玩笑半认真地调侃道。

赵三涵赶忙致礼说"岂敢"，带着我走到正殿尽头。我回身要出去，李泽林说后边是马丹的老家邓家祠堂，很有意义的一个地方，问要不要去看看。

"马丹是谁？"赵三涵显然不如李泽林熟悉坪上的事物。我却知道这个人，曾任广东省旅游局副局长，《合江县志》上有记载。马丹原名邓开慧，老家就在坪上。那个时候女子读书的甚少，能走出去读书的更少，邓开慧很幸运，因家里人开明，获得了出去读书的机会。参加革命后，怕连累家人，改名马丹。

我问："远吗？"李泽林说："不远。"我说："去吧。"一直陪同的镇党委副书记胡运华说:"那地方毁坏严重,没有修缮,看不到。"同时提醒说,"时间差不多了,去下一个地儿吧。"赵三涵说:"连在一起的还有江西会馆,不看看?"

李泽林出庙来,从街上的一扇小门伸头进去,看了一眼后马上回头招呼:"这里进去就是,有人的。"

其实会馆的结构跟清源宫差不多,只是少了正殿和菩萨。修建的时候就是按功用设计的。清源宫是庙,用来祭奠;会馆是商家大佬聚会的地方,用来议事和吃喝。

重回古道上的时候,小雨已经停了,天空有了亮色。这中间来回不过百米,矗立着施公馆和清源宫两个省级文保单位,李泽林和赵三涵的讲述,其厚重的文化积淀就像眼前在过电影。胡运华说:"他两人晓得你们是搞写作的,愿意将熟悉的说出来,让更多的人知道这里,否则枉费了苦心。"

从古道出来,胡运华便带着我们直奔位于袁湾村的塘一井。

这是一个让人敬重的地方。半个世纪以前,这里发生了一场震动全国的大事——这个井口突发天然气井喷,为抢救国家财产,6名工人牺牲在火海中。

这里与重庆市江津区的塘河村交界,钻井的位置在两村的边界上,偏向塘河村,所以编号叫塘一井。

到的时候,袁湾村党支部书记古和军早早地等着了。离开干道公路不足百米,便到了当年的钻井场地。门是关着的,看守的人不在,古和军站在围栏外讲述:"20世纪60年代,随着国际局势突然变化,国家从全局和长远谋划,在国土的中西部地区进行过一场以战备为指导思想的大规模基本设施建设。重庆是核心区之一。紧邻合江的江津是重庆三线建设的主战场,共有18家三线建设企业落户。而属原石油工业部(能源部)的32111钻井队便是这些三线企业的代表。"

"三线建设搬来四川的企业也多。"有人插话。

年逾八旬的老作家李扬增说："你才是哟,那个时候,重庆就是四川的噻。"说话的人一笑,点一下头说:"对头,我弄蒙了。"

古和军没有被干扰,继续讲道:"为了甩掉贫油的帽子,1966年,石油部门按照中央的决定,从大庆、克拉玛依、玉门等油田陆续征调来精兵强将,又从成都、重庆、威远等地招募来大批民工,组成石油开采大军赶赴三线建设战场,在川南、川中、川东、川西北等地开气找油。32111钻井队是众多开气找油队伍中的一支。他们钻深山、入戈壁、穿沙漠、越草原,来到合江与江津交界的塘一井。"

"那个时候的工人吃香哦。有一句歌词怎么唱来着:'咱们工人有力量,嗨,咱们工人有力量……'"先前说话的人插话了。

"责任也大,那股干劲,现在很多人做不到。"李扬增像是故意相怼,也说了一句。

不知是谁冒了一句:"别打岔,听讲。"现场重新静默。古和军的声音继续着。

"1966年2月,32111钻井队在这里打出了一口高产高压气井。贫油的中国能打出这样的高产气井,是很不容易的事。工人们日夜加班,只想让气井快点投产。

"22日凌晨1时,当关井测压,准备放喷测试的时候,由于气层气压过大,井口的一根无缝钢管突然爆裂,从爆炸口喷出的高压天然气流,卷起地上的碎石泥土,像千万颗齐发的炮弹,射向钻机和柴油机房,冲破了钻台底下的防爆灯泡,顿时引起冲天大火。10公里外能听见声音,20公里外能看见大火,火光映红了半边天。

"其时钻台上,模范共产党员、一班副班长张永庆紧急冲上去,打开4号、5号、8号闸门,想把井底冲上来的气流引出场外,减弱火势。穿过爆炸口时,强大的气流一下把他冲倒在六七米外的火海中,当场牺牲。据说,他前几天还因生病在住院,没等痊愈便出院回来,到工地才三天。

"副司钻王平看见张永庆倒下了，立刻猛扑4号闸门。可是，仅几步，就被火浪击倒在井架下。他全力抓住井架角铁，带着满身烈火再次冲上去，直到火焰吞没他的生命。

"那个时候，整个井场瞬间变成火海，已经顾不得个人安危，为了挽救设备，完全是生死时速。19岁钻工王祖明看守2号闸门，烈火喷来，他仍双手紧握手轮，牺牲在岗位上。还有看守压力表的罗华太、看守机器房的吴仲启、抢换1号闸门的邓木全，全在烈火中坚守，直到被火焰吞没。冲上去保护井口的4班工人全部被烧伤。黄成厚被火浪打倒在泥沟里，硬是抠着泥土滚爬过去，双手粘在烧红的闸门上，忍着剧痛，终于打开了闸门。冉树荣为了冲进机房救吴仲启，负了重伤。矿党委委员、副指挥兼总工程师张仲珉头发被烧掉，脸部、胸部被烧伤，手被烧烂，还再次扑向火海。后面的人把他按倒背出来，他还在高喊：'关3号闸门！'那声音直撞到坪头再撞回来，惊动了所有的人。

"那个时候，谁也没有去想什么危险。宿舍里的职工全都抓起棉被、棉衣、麻袋及一切可以灭火的东西奔向井口。副指导员雷洪炳顶着湿棉被冲进火海，被强大的气流打回来。看到无法关掉3号闸门，他转身去开8号放喷闸门，刚冲到就被硫化氢毒气熏倒。他再次站起来，再被熏倒，一连三次，三次都坚强地站了起来。最后在水龙带浇水掩护下，终于打开了8号放喷闸门。副队长彭家治、刘守荣和胡德炳、徐光益冲去开5号闸门，五次都没成功，队长周文华带着人用湿棉被做墙阻挡火海，5号闸门才被打开。

"周文华见放喷闸门打开了，气流被引出了场外，回头组织总攻3号闸门。集中了七八条水龙喷射出强大的水柱，才从火海中冲开个缺口，大家一拥而上。可是，3号闸门的手轮被烧变了形，怎么也扳不动。上去的人接连被毒气熏倒。但工人们前仆后继，前面的倒下了后面的接着上，最终把闸门关上，切断了爆破口的气源，火势才减弱下来。"

"勇敢啊，真正的英雄！"大家不由得发出赞叹。

"这场惊心动魄的血战，32111钻井队王祖明、张永庆、王平、罗华太、吴仲启5个人当场牺牲；邓木全伤势过重，抢救无效去世。还有张仲珉、雷洪炳等21人负伤。"古和军继续说。

在场的人全听得泪流满面，把脸贴在围栏上，想从缝中探看那些被烧黑的铁疙瘩。当年喷出气流的钻井口被建筑物遮盖着，上边应有的管道仪器全拆除了。稍远，是后来修建来管理这口井的临时房屋，再想看到什么，就没有了。

没能亲自站到井口看看，总觉得是一种遗憾。一行人恋恋不舍，转身离开。一边走，一边探讨那场井爆的原因。有人说，是当时生产技术落后导致的。年逾八旬的老作家李扬增并不完全同意，说："话说得有太强的概括性，理肯定是对的，但遮掩了更实际的东西。井爆的原因是无缝钢管炸裂。当时我们国家没有能力生产这种管材，每一根无缝钢管都是进口的，说明外国人生产的东西也存在缺陷。有了这次教训，我们国家科研人员发愤图强，刻苦钻研，生产出了自己的无缝钢管，后来就再没发生类似事故。"

掉在后面的古和军赶上来道："你们两个人说的其实是一个理，反正是落后造成的。"说完递出烟来。

"看年龄，当时你还没出生吧，怎么晓得恁清楚？"李扬增没接烟，却打趣古和军问。

古和军说："曾经震动全国的那么大一件事，又发生在自己村边，哪有不了解清楚的道理。何况出了那么一大群英雄，扪心自问，换作自己，能做到？"

也是啊，钻井队的英雄虽然不是坪上的人，却为坪上留下了一笔宝贵财富，他们的精神已经离不开这里。他们的名字，烙印上了千百年的紫色土和芳草绿。

胡运华走过来，在我耳边轻声说："亚平书记在两重村等着。"于是，我赶紧招呼同来的人上车。

到了村里，镇党委书记胡亚平迎上来，他的身后是几位上了年纪的老人。他拉住年龄最大那位介绍说："这是傅银木，市非遗'牛牛灯'的传人，88岁了，还在耍牛牛灯。"

傅银木手里拿着一根赶牛的棍子，脸上挂着笑容。我问他耍'牛牛灯'多长时间了，他说8岁就学了。

那个时候，周围有几个耍'牛牛灯'的人，常常在附近耍'牛牛灯'。他就跑去跟着，在旁边看。他的师傅叫刘锡奇。表演前，刘锡奇手不离烟袋，眯着眼睛看徒弟学唱学跳。真正上场的时候可不敢怠慢，刘锡奇把烟袋往腰里一别，拿起棍子，戴上草帽或斗笠。"高高山上嘛一条牛，口含青草眼泪流……"高亢的唱腔一吼，表演就开始了。

傅银木有样学样地跳，嘴里跟着哼那唱词。刘锡奇挥起棍子，呼一声扫过来，眼看挨近身子，突然停住，吼一声："小娃儿不许在这儿捣乱！"傅银木就奇怪了，大人能跳，小娃儿为啥就不能跳？是因为不合规矩，不好看吗？傅银木看很多人都盯着他。

傅银木还是被撵得远远的，站定了，看着刘锡奇和他那一帮人又唱又跳。直到刘锡奇累了，停下来。那是表演的间歇，刘锡奇拉个板凳坐下，拔下腰间的烟袋，然后吸烟。傅银木赶紧找了个碗，倒了茶水送去。刘锡奇翻起眼皮瞅瞅，看这小娃儿机灵，喜欢学，收他做了徒弟。

傅银木没事一天天琢磨，真的就把'牛牛灯'耍熟了，接了刘锡奇的班。

我在跟傅银木聊着的时候，另一位略显精瘦的老人凑上前来。傅银木说是他徒弟，叫杜景伦，76岁了，十二三岁就跟着跑，是他的第二代传人。跟着凑上来的还有一个女的，叫董和明，55岁了，原来是歌舞班的，才转行学"牛牛灯"，是傅银木的第三代弟子。

"怎么还有女的？"

傅银木笑了，说："时代在变，传承也跟着要变，女的耍灯人们更爱看。她主要负责搓钹这种乐器。你不晓得，头一回带上她的时候，我们一出现，人家一齐跑来围着，又一齐往两边让开，让董和明把那铜钹搓得天地摇荡，花鸟飞扬。"

董和明长得好看，齐耳短发，花色上衣，跟黑色的牛对比鲜明，人家就爱看。她不单单是搓钹，还带表演。她那铜钹一忽儿明亮，一忽儿清脆，脚步那般轻巧，那不是在迈步，那是在舞动，舞动得浑身都是喜庆因子，满脸满眼都是笑意。

"演出需要几个人？"我问。

"两个舞牛，一个（牛倌）逗牛，三个搓钹敲乐器，少一个都不行。"回答我的是杜景伦。

杜景伦说："'牛牛灯'表演看起来简单，其实学问多。比方那唱词，听起来是那么几句，但并不是一成不变的，很多时候是根据现场情景现编现唱。傅银木有事没事的，在这上面花了不少时间和心思。他人虽老了，可唱起来变化的花样最多。"

说实在的，此时的我并没有觉得那唱词有多难，因为没听唱过。傅银木说："其实也就是随意，顺口就出来了。"他这样说刚好印证了我的臆想。后来唱起来才知道，其实是我浅薄。傅银木不知道，他这随意的一唱，竟成了坪上的一种文化式样。随着时间的推移，这种文化式样会越发显现出它的价值。

我提出了表演看看。傅银木便叫拿出行头——其实也不复杂，就是一个模具牛头，中间连一段布，后面做个牛尾巴，连接头尾的布用墨染黑了，做成一条完整的牛。加上吹打的乐器，用一个竹编的背篼装了，一个人就能带全套表演用具。

傅银木拿起棍子，戴上草帽，喉咙里一声"高高山上一头牛哟呵"，表演的人就跟着唱和声"哎哟嗬啊哒呀嗨"；他复一句"吃饭要想牛辛苦，穿衣要想织布人"，表演的人又重复那句和声。傅银木两脚跳动，手里棍子一扬一摆，"牛"便跟着节拍欢跳。杜景伦耍牛头，另外一个叫刘远贵的耍牛尾。可惜的是，他们人没到齐，奏乐器的人不够，乐声有点零乱。

不过并没有影响表演。只见那"牛"一会儿半卧吃草，一会儿打滚，一会儿耕田，一会儿牛倌为牛挠痒，一派生活景象。唱声出来，旁边的人跟着音乐帮腔，气氛顿时热烈起来。

傅银木到底老了，唱出的声音沙哑，几次想高亢地吼，却怎么也拉不上去。一圈下来，他就累了，气喘吁吁的，额头冒出了汗。胡亚平看到了，赶紧喊停，让傅银木休息，换一个人去耍牛头，杜景伦来逗牛。年轻10多岁的杜景伦跳起来灵活多了，唱腔也圆润，场面顿时就活了。岁月刻在人的骨髓里，时间越长，老化越明显，不服也不行。

谁也没想到，傅银木并没有坐下歇息，而是抓过乐器敲起来，一边敲，一边还跳。可以看出，坪上这"牛牛灯"，或许早就随那跳动的脚步，浸入了他的骨髓里。

停下来的时候，我问起'牛牛灯'的起源。傅银木说他也说不清楚，师傅说很早就有了，据说是从唐代流传下来的。我问一般啥时候表演，他说坪上有耍牛牛灯的习俗，除过年和农历十月初一牛王节必演外，平时也出去表演。当地人通过耍"牛牛灯"来表现田间生产的劳动场景，展现对富裕生活的向往。

他说得不错，'牛牛灯'的流传，确实表现了农耕时代人们对富裕生活的渴望。牛是农耕时代当地唯一的耕地牲畜，有牛耕地是一种莫大的幸福，牛就成了一种图腾，被人尊敬。虽然到了现在，牛的耕地作用已经几乎没有了，但留在记忆中的那份功绩却永远存在，并被种植到快乐的生活中。

离开的时候，太阳从云层里出来了，强烈的光把人的影子照在地上，与泥土混合在一起，分不出轮廓来。

菜河园·春日

菜河园这个名字写了几遍才写正确。缘由是早先一直叫转龙坝，直到后来看了介绍，才知道是自己搞错了，转龙坝是菜河园所在的那块坝子，坝子上的庄园叫菜河园。可见，我对菜河园很是无知。但仅有这名足以让我心动，因为是园林式建筑，就如某些我没有去过的江南园林，因为某一段文字或一组图片，每每想起，犹如亲临，倍感温暖。路上，一群退休老人叽叽喳喳，谈起新恢复的菜河园，用了"来劲儿"一词。我便是那时对菜河园生出另外一种想象，就像一粒种子意外地落进心里，突然间没有章法地生长。新恢复的菜河园究竟是什么样子？说话的人已经转移话题，而我仍在想象中游弋。

已经是春天的末尾，寒冷早已退却，到处散发着一种湿润的气息。连明晃晃的阳光也带有这个气息。出城踏上乡村的土地，江北的每一块土、每一个山丘、每一个褶皱都被打开，到处都是新的生命。放眼望去，蓬勃的生气在整个地面延伸。

这是我第三次去菜河园。数年前去过两次，看到的是破碎的瓦砾和长满苔藓的基石。眼前的景与留在我内心的记忆似乎有些脱节。

围墙拆了一个缺口，车可以直接开进园里，以前可是从前面大门进的。这一改动,整个庄园的威仪消失在平凡里。

下车的时候,安排做解说的贾雨田迎上前来,带着我们到一块指示牌前热情地介绍:"菜河园位于长江北岸,距合江县城东面10公里,所在的地方是白米镇斗笠村。该地势南北长,东西狭,北高南低,犹如一条扑江之龙盘旋回首,故称转龙坝。"

"庄园多久建起来的呢?"有人心情急切,插话问道。

贾雨田笑指眼前的牌子。大家这才细看,其实牌子上解说得很清楚:"菜河园始建于清嘉庆(1796—1820年)中期,竣工于清光绪七年(1881年),总占地面积15298平方米,建筑面积2228平方米,系清中期合江乃至泸州最大的地主庄园,是川南清代庄园的典型代表作,2007年被省政府公布为四川省第六批文物保护单位。"

我离开人群,从一条新铺的石板路往里走。离墨黑色的建筑几步之遥,我站住了。我喜欢这样,在进入主体建筑群之前,仔细看看建筑全貌。每一次的这种站立,都会有某种意外的收获。其中就有车上听到的"来劲儿"一词的新意。

进入眼帘的是黑的柱,白的墙,青的瓦。虽然做旧过,仍能看出些许新来。前两次来时,除大门、围墙和正厅的数间房屋尚完整外,后面的全是毁坏了的,只剩了墙基,有的基石还残缺。因为破烂,也因为粗心,竟忽略了去分辨建筑的整体结构。那会儿,这座号称"川南第一名园"的庄园,就泯灭在我身后。我心想,巍巍然一座庄园,其实也并不怎么样啊,转身便头也不回地离去。

原样恢复的建筑气势恢宏,分东、西两个群落。正中为三重堂,东部为主体,有大小和形态各异的几个小院、天井和厅堂,亭廊、楼阁、斋轩有机组合。虽然是木质结构,没有高楼那种雄宏的气势,但建筑空间通透,布局巧妙,与自然连成一体。即便不是全部,我还是能看出当初的景象,能从恢复的建筑和没恢复的园林中想象出当年的菜河园。

菜河园

我的赞叹，引得人群陆续跟了过来。太阳老高了，巷道内的冷气还没有散尽。杂乱的脚步，踢着扬起的丝丝青烟。我傻乎乎地琢磨：如此偏僻的一个隐秘去处，竟引得世人纷纷欲往，真不枉初建之人的心血。

清一色的木柱头并排，引向两边的小天井。屋子有了人，立刻有了生气。十几个人分散开，进了各个角落，天井和屋子都飘荡起鼎沸的人声。我手摸黑漆漆的木柱头，感觉有点像火留下的痕迹，问："火烧过的？"贾雨田说："是旧木头处理成这样的。恢复，遵循的是修旧如旧。"

左边天井旁的室内，零乱地摆放着生活用具，有电炉、小锅、碗筷，尽管没看到生的或熟的食品，却分明显示园子里已经住了人。"不在？"见我询问的目光，贾雨田明白我问的是谁，回答："请了个人暂时照看，今天赶白米场去了。园子正在招商，打算以商业运营的方式来养护，避免因无人管理而再次损坏。"

"这思路不错。房屋没人居住，损坏特别快。这个园子前后修了80多年，经历3个大户人家才最终完成，很不容易。现在好不容易恢复起来，再损坏了会成为历史的罪人。"

贾雨田问我："你从哪儿了解到经历过3个大户人家？"我说："到一

地之前喜欢先做功课，这是习惯。"

　　向我介绍那段历史的人叫詹参杰，一个喜欢收集旧事的年轻人，是第一个兴建这个园子的人的姻亲的后代。詹参杰说，菜河园的第一任主人姓陈，就是清中期合江举人陈本植的祖上。陈本植任过辽东边备道，为建立和巩固东北边疆作出过卓越贡献，因而在家乡很有名。最早，陈本植祖上看上了转龙坝这地儿，买下来修建菜河园。虽然最初的主体建筑没有现在的规模，但一开始就仿照江南园林设计，占地也这么阔大，主旨体现典雅与愉悦。作为印证，《合江县志》记载："菜河园，林木蓊蔚，雅洁宜人，相传陈氏盛时宴客园中，肴酒自厨置舟，由凿溪流出园子得名。"可见詹参杰所说并非空穴来风随意编造。

　　"恁多屋子，好多人住哟，旧时的大户人家，钱真多。"一同事蹿过来，边走边自语。

　　农耕时代，没有钢筋水泥，筑不起高楼，木质结构的房屋大多是一两层。养这么大的庄园，需要的人不在少数，种田的长工，打理园子的下人，服侍生活的佣人、丫鬟，等等。人多，住房自然就修得多。不过，养这么大的一个庄园也并非易事。陈家第一期工程完工后，大概是钱花得差不多了，养不起，没坚持多久就转手出让，最后才到了吴家。我把从詹参杰那儿听来的重复一遍，同事说了句"养恁大的庄园的确要根腰杆"，就不作声了。

　　我也没再接他的话，继续在黑与白的房间里穿行。

　　前厅之外，眼前豁然开朗。从水田中垒高的月台上，矗立起牌楼式大门。回头一望，气势恢宏。记得大门上是有一副对联的，或许是这些年无人管理，任由雨袭风吹，对联已经模糊脱落，只残留了岁月的痕迹。

　　不知几时，园内稀疏的几根毛竹已经成林。林下竹笋遍布，好像是一夜之间生长起来的。它们把春天的生机写满整个竹林。

　　园内很清静，除了我们一群特意去踏春的退休老人，再没见别的什么人。单位专门安排为我们服务的几个人，跟在分散的人群后面，不住地作介绍。大概是早已熟悉，附近没有人对园子感兴趣。该干活的干活，该赶场的赶场，啥时候闲话呱呱提起，才想起这么一座园子和园子里这片竹林来。毛竹一般长在海拔800米以上的山上，海拔低的丘陵很少见，但菜河园的毛竹长得却很随心，很舒展。你看那竹笋拔地而起，扶摇直上，眼看就要撑破蓝天，却突然冒出一簇绿叶，把笋尖给罩住了，让挺拔的竹梢弯下腰来。几乎所有的竹都是这样，先给你一种势不可当的冲击，你都被其气势震撼，它却突然停在了半空中，用一张张竹叶为脚下的土地遮阴。

"这地块的竹日怪，长得也很恣意。"开车的蒋师傅手提一把铁铲，往竹林里走去。

"拿铁铲干嘛？"不知道他的用意，我问。

蒋师傅也不回答我的问话，只用手指地面，笑嘻嘻地继续走。

顺着他的指向，我看到了竹笋。这下我明白了蒋师傅拿铁铲的目的。他急迫的样子，一看就是位想吃竹笋的人。春天里的竹笋就如新生婴儿，正有着蓬勃的憧憬，他这一铲，竹林不是遭殃了吗？

"要得个屁。"我说。

"可以挖。不让竹林再扩大。"文物局退休的张彩秀听到我的话，接口回道。

这块地并不大。张彩秀上班的时候，竹林没有现在的气势，也不受限制，自在地生长着。因负责文物保护工作，她来这里的次数多，是看着竹林发展起来的。那个时间，只要站在竹林边上，满耳朵都是竹笋出土的声音。清脆中，竹笋钻出地面鲜活地微笑，一点点地拔节，直昂昂向上。

"你没看已经长拢屋脚了。"她继续说。

蒋师傅如得到赦令一般，不管不顾地冲进竹林，照着一棵竹笋就是一铲。松软的土翻起来，咔嚓一声，埋在土下的竹笋折断，亮出白嫩嫩的笋肉。

第一章　故里徽章

　　蒋师傅屏息静气地铲着，一群人屏息静气地看着，看着他将竹笋一棵棵铲起。

　　那场面就像是在做一种仪式。用力下铲，铲出竹笋，轻轻地拿起来，轻轻地拍去笋身泥土，轻轻地装进口袋。没有别的声音，只有这铲土的声音和心绪起伏的声音。

　　轻风在竹林里徘徊。林边的一些花影徘徊到了墙上。几声鸟鸣在竹林里响起，鸟声带着花香拂来，整个地氤氲成了一种氛围。

　　栽这片毛竹的时候，很多人是不相信能成林的。包括在200多年后才来到这里的我，看到的也只是稀疏的几根。那个时候，设在这里的国家粮库搬走不久，标注着醒目字样的木板随处可见。这片竹林之所以迟迟不能茂盛，或许跟那个年代可以随意挖竹笋吃有关。当地人说，得益于最近几十年园子空置，没人管理，毛竹林才疯长到需要控制的程度。

　　事实证明了毛竹顽强的生命力。它在温度较高的浅丘地也能生长，并且成林。对尝试将这一物种移植到丘山，做园林观赏植物的开拓者来说，何尝不是最好的回报。或许那人已经去世多年，没能看到今天的盛景，但并不代表他的初心没有成功。

　　也许毛竹最初栽下的那些日子，栽竹人盼望着春天，又等待着夏日。人家听说他在盆地的丘山栽毛竹，来看了，又摇头走了，留下他和焦黄的几根竹子。他有没有后悔过，我们不得而知。

　　人们说得没错，成功绝对眷顾那些辛勤者和敢于开拓的人。多少年过去，那个栽下毛竹的人，终于将自己的灵魂安妥在一根根挺拔的毛竹上。

　　石板路在园内继续延伸，路很干净，两边野草蓬勃，恣意生长。与进来时那段石板路不同的是，这段路的石板表面磨得光滑，印刻着岁月的痕迹，应该是建园时就躺在这里了。百米之外，一座人工垒砌的石头山静静地矗立在路旁。有小石板路分道上山，弯弯曲曲，上下起伏，引导曲径通幽，引人遐想。

垒山的石头很坚硬，不知是不是灵璧石之类，但有一点可以肯定，那石头不是来自当地。合江本土只产页岩，即青石或丹霞石。偌大一座假山，光用料就不少，不说做工，千里迢迢运来，运费就不是一个小数目吧？

中国自古人始就酷爱山水，堆砌假山，挖池引水装点住所，让山山水水的"茫茫空阔无边"给予人自然的浩茫之态，享受山水万载永恒的时光之美。故，菜河园的初创者以"乐"为主题，所以不惜重金。

可惜世事难料，很多事不以个人意志为转移。老远就看见了，数米高的石头山上，林木森森，海碗般粗细的樟树耸立其上，其间掺和杂树。假山脚下，稀疏地长着几根毛竹，两三棵竹笋正迎着春风拔节。

"哎呀，几根树子把假山毁了。"人群中突然一声叹息。

"岂止树子，敲碎搬走的毁坏更严重。"回应叹息的，是张彩秀的一阵怨恨。那个特殊年代，园子没人管，一些人溜进园子，敲碎假山，背篼背，箩筐挑，运回家做观赏石，把奇峰峻岭全削平了，留下搬不动的底座基石和一地残缺。

确实，绿树挺拔，枝叶流绿滴翠，把假山遮蔽得严严实实。要不是有人介绍，或不仔细观察，还真不容易看出那是一座假山。昔日的精雕细琢与玲珑剔透全淹没在绿色中。

张彩秀搞文物属半路出家。她早先是文化干部，地方以发展经济为名，纷纷在省城、京城设立办事处那阵子，被派到北京办事处好几年。办事处撤了，她回来后搞文物保护，时间长了，学到的东西多，成了"土专家"，说到文物上的事，常常有出人意料的话飞出来。

脚步声在停顿一会儿后再次响起来。有人往假山上走，边走边四处巡睃，试图找到什么。要找什么呢，昔日的繁盛，还是岁月的印痕？

张彩秀说："假山上原来是有凉亭的。陈家鼎盛那会儿，每每文人骚客

菜河园一角

来访，就会在亭子里设宴，饮酒赋诗，吟诵风雅。假山下辟有一条'河'直通主建筑群，厨房把菜肴放置河中，顺水漂来，根本不用人工传送。"

这个设计颠覆了想象，即便放到现在也算脑洞大开。只是有一点我还有疑问："菜肴从出锅到上桌，经河道送这上百米的距离，夏天还好，冬天岂不凉透？要知道，水是降温极快的液体。"张彩秀说："人家肯定使用保温用具，或是在亭子里设置火炉。"

"当然，这些都是想象，实际是啥样子，我们谁也没有见过，更没有经历过。"她补充说这话的时候带着笑，算是对自己的不确定的一种歉意。

"有这些树在，假山是无法修复了。"我拍拍粗壮的树干，不无惋惜。有人接过话说："原本假山就只能栽观赏小植物，还要及时管理，哪个傻笨栽木本树在上边嘛。总不能把树砍了，找石头重新垒吧。"

这话说得在理。上百年的大树，好不容易成材，不能说砍就砍了。它们在，也是园子里的一道风景。再说了，即便想要把假山恢复原样也不可能，因为见过假山原貌的人早已不在，也没有原貌图纸。就如同一段情感，失去了再感惋惜，想要复原，几乎不可能。

假山脚下是一汪水潭。园林离不开水，没水的园子，风光缺少灵性与柔美。菜河园自然不会出现这个缺陷，只不过水潭里的水浅浅的，差不多要见底了。

这个春天，园子里的花开得热闹，树长得茂盛，都离不开水的滋润。细雨隔三岔五光临一回，引得各类植物都在展笑。蜜蜂飞来，落在一朵鲜花上，驻留片刻后张扬翅膀离去，为另一朵鲜花送去只有它们自己知道的秘密。但是，自去年夏天以来，合江这一带没下过一场大雨，导致潭里没有储水。

实际上，尽管菜河园坐落在田园中，但近些年来园子里的水还是少了。农耕文明为主的那阵子，转龙坝周遭都是稻田，一年四季不干水。陈家在修建园子的时候，特意把南边的地堆高，留下来做了稻田。一到冬天，一坝的冬水田清亮亮、水汪汪，不仅壮观，那水还慢慢渗透进园子，渗透进水潭里，所以，那时的水潭长久保持波光潋滟。随着科学技术的进步，农民的耕作方式发生了巨大改变，逐步废弃了早先的四犁四耙蓄冬水田，改作春天抽水、机耕、犁耙、插秧一次完成，导致秋冬季节周遭全是干田，再没有水渗透进园子里，潭水几乎干涸。

倘若深潭水满，凉亭依旧，闲来入亭喝茶，或是煮酒论诗，脚下满目清波，又有清风徐来，确实是很惬意的事。

"有没有别的水源引来？"我问贾雨田。潭水充盈园子才更灵动，还可养点鱼供垂钓。

贾雨田说："因为园子废了，早先的水潭被填平，现在看到的水潭是前年才重新挖开的，找得到水源早就引来了。"

他还说，因为享受过潭水的赐予，看到水潭，就心生喜爱。老家门前也有一口水潭，平常日子，潭水做了饮水，少了远奔山下小溪去挑水的劳苦。一年夏天，大旱，潭水干涸，只能挑溪水用，那种极度的苦累至今记忆犹新。

可眼前，应该是水潭受他的赐予。水潭恢复之前，这里一地荒草，夏天蚊虫飞，冬来枯叶黄，谁见了都躲让。他接手恢复园子的时候，还曾经六神无主，直到有了对原貌的详细了解。

挖掘机进来后，轰隆隆的机声让他有了定力。水潭挖好了，他顾不得擦汗，只让笑意随着哗哗的渠水流进深潭，流进绿波里。至此，他就同这深潭和接纳深潭的园子息息相关。他的生活以及生命的一部分，在深潭与园子里脆亮。

当然，菜河园只是他工作的一个支点，停留的时间也极为短暂，恢复完又奔下一个目标。他稀罕文保，也顺应历史心声。前人拼力留下足迹，后人希望品赏借鉴。

水潭没垒堡坎，也没有用钢筋水泥打围子，土质的四壁完全是自然状态。贴近它，让人滋生出一种自然的亲近感。

我围着水潭走了一圈，一个问题始终在脑子里萦绕，于是问贾雨田："河呢？菜河园得名的主要依据，不是有条用于传送菜肴的河吗？"

贾雨田带着我重新走到假山下，手指一条干沟。"这也叫河？"我发出一声惊讶似的疑问。贾雨田两手一摊，脸上堆起笑来。

其实就是一条人工开凿的水沟。虽然与常见的引水渠差不多，但还是能看出其中的差别。你看宽度，分明就比一般的引水渠阔大，深度却要浅不少，它很好地利用了主体建筑与假山之间并不明显的高差，上口宽底部窄，做成梯形，沟口直接水潭。从沟里流来的水由水潭收纳，既保证了水流不滥溢，又增添了水潭的另一个源头，一举两得。

贾雨田说："别看这河不起眼，当初可是起了大作用，有了它，这菜河园特受人看重。那个时候这儿方圆几百里，找不出第二个这样的庄园来。"

这样说来，把一条水渠叫河，其实是有特别的用意和心机的。极度的夸张，能吸引人注意，倘若叫渠或沟，有现在这博取眼球的效果吗？陈家是本地大户，声名显赫，取名的夸张与自身背景相符。水流成河，原本就是有水流动就可以叫河，陈家不过是借用。自有这条河起，菜河园宾客盈门，名动四方。

盆地有盆地的审美观，一种幻化的普众心理，就像脚下的紫色土，疏松而带着色彩。菜河园这名，一叫开便被固定了，并没因为水流的干涸而泯灭。

"看样子，这河没法恢复了？"我问。

贾雨田打了一个比方，说："就像人的生命一样，长久不动就会失去鲜活。对河来说，永远渴望流动，哪怕只是清清浅浅的一层波光。没有水源，渴望就只能是渴望，无法变成现实。"

水潭坎上两三米，立着一棵荔枝树，树干缸钵粗细，簇簇拥拥的枝丫遮了半亩地，一看就知有些年头了。顺着树干数过去，这样的荔枝树还有好多棵。荔枝花期已过，树冠上有小荔枝果，在阳光下泛着青涩。"受今年气温影响，结果不多。"贾雨田看着树冠解释。他说年成好的时候，一棵树也能收获几百斤荔枝。

荔枝这种果树对生长条件要求很高，特别是对气温和湿度的要求近乎苛刻。除了南方的广东、广西、福建等几个海边省份，内陆大半个中国都看不到踪影，唯一产地合江占了内陆荔枝的百分之九十以上。

当地人栽种荔枝时间已经很长，荔枝在这里生长舒适。你看那巨蟒般的荔枝树躯干或弯或蜷或曲或侧或立或躺或卧，千姿百态，犹如黛色苍龙在腾飞狂舞。没有愉悦的环境，能这般恣意？

"树龄多大了？"我问贾雨田。

贾雨田说："何时种植的不知道，但根据树龄判断，应该是建园时就栽下了。至于从哪里弄到的苗子，从品种推测，也应该是当地就近弄来的。"

"用荔枝作景观树,荔河园恐怕是唯一。荔枝成熟时,一张小桌,两把椅子,一篮红荔枝,月光斜映,有清风徐徐,要多惬意有多惬意。创意与生活,竟那么完美统一。"听贾雨田如此说,我不禁感慨道。

"也许吧,因为内陆,除了像合江这样的气候飞地有荔枝,再往北就找不到荔枝了。也就不可能有荔河园这种吃着红果,享受甜蜜的乐园。"他回应说。

跟着我们的脚步,一群人都聚到了树下。贾雨田选了一处稍高的地儿站上去,开始解说荔枝。

他说合江种植荔枝有证可查的历史已有1500年。合江城里汉代画像石棺博物馆中,就有一幅名为"宋刻荔枝图"的石刻,清晰地刻着主仆食用荔枝的场景。由此可以佐证,合江早在唐宋时期就已经盛产荔枝。

他说合江产荔枝是因为气温适宜。这儿地处四川盆地南沿的川黔渝接合部,属典型的亚热带湿润气候区,气温较高,降水充沛,无霜期长,日照充足,四季分明。春季气温回升早,夏季炎热,秋天多雨降温快,冬季不冷阴日多,山丘分布明显,气候差异显著。土壤富含硒,很适合荔枝生长。

我是在工作中认识贾雨田的。那个时候他还在图书馆上班,后来成立文物局,他才改做文保工作。贾雨田嘴唇翻飞,解说的速度飞快。看得出,他很熟悉园子里的每一个角落、每一株树、每一棵草,乃至每一块石头。

最开始接触到这个园子,他看到一片破败和荒芜,忍不住就心疼,想改变。可是几番努力不成功,让他没有了方向。不久后,园子成了文保单位,那时开始他就跟园子结缘。当时还不大熟悉园子的情况,只知道这是一个川南少有的园林式庄园。时间积累,了解得多了,面对满园子的瓦砾与荒草,他尽心尽责地护佑管理,没有一句怨言,终于有了回报。人们对他和管理者们的付出是感激的。

见过的人都感叹：这么短时间就把毁坏的建筑修复了，把破烂的园子整理得春光四溢，是突然间有钱了？而县保、市保的时候确实缺钱，巧妇难为无米之炊，连表面的事情也做不了。现在好了，进入省保，有资金下来，不干能行吗？

贾雨田就像干自家的事一样，把多年深埋在心底的石头样的沉重都甩掉。甩掉就轻松了，心就敞亮了。要么这一辈子都挂着，不知道何时解脱。

太阳挂到中天了，头顶上明晃晃的。这中间人群来回走动，绕着荔枝树转了一圈。听着贾雨田的讲述，就像眼前在过电影。

贾雨田说："你看，西边还是野草绿和石头青。等恢复的这一片安顿好，再继续把那片搞起来。到时候，如果没有事，来园子里走走，或住上一阵子，真的是一种享受。"

贾雨田说这些的时候，手一挥一舞地配合着。那手的挥动，把整个园子给带动了，实际上把我的视线、我的感动给带动了。

离开园子的时候，远处响起了雷声。抬头望去，太阳已经隐入云层，远处有风吹过来。天空的景象预示着又要下雨了。如果再有一场透雨，这园子又是另一番景象。

边 砦

又一个春天。细雨抛洒在尧坝这座中国历史文化名镇上，纷纷扬扬中透出一种特有的旧味。站在禹王庙的制高点遥望，四周起伏的山丘间，错落着变灭的云雾，隐约的红花、绿叶、榕树、行人，在缓缓移动。小青瓦的屋脊烟雨迷蒙，青墨般的薄雾在长蛇似的屋顶上行走，树枝上大小鸟错落立着，有春燕掠过檐下——一幅画笔生辉的水墨丹青。春色微雨，竟如秋气低垂，气韵萧瑟，浑然不似春日。即便是下午，青色的瓦屋，陈旧的墙，与天地相合，依旧低沉而迷蒙。

青色的瓦屋横亘在大马路的两旁，长蛇般静卧着，朴素而简洁。

右边矗立起一道城墙似的寨门，足足三层楼高。城墙垛上旌旗飘飘，颇有古驿站风仪。乍一看，你一定以为这就是疯传很盛的尧坝场古街。其实不然，这是尧坝场新建的一条仿古街道，取名尧坝驿，刚建成不久。开街那天，人山人海，盛况空前，尧坝场能吃的、能卖的东西，被狂风扫落叶般洗劫一空，一时成为热点。游人蜂拥，当然是冲着其古典式的陈旧和新的时代气息。

"新街取名尧坝驿，意思就是要区别于老街。"走在前边的龙启权自告奋勇当起解说员。他在尧坝镇当过党委书记，熟悉这里的一草一木。

尧坝进士牌坊

　　这个倒是不用解说。建仿古街道，是现今很多地方为搞旅游吸引游客通行的做法。比如叫得非常响的云南丽江，其街道基本都是重建的仿古建筑；又比如四川的阆中古城，也是仿古重建的。古城也好，古街也罢，有一点区别是，这样的建筑大多是在原址上重建，而尧坝驿是完完全全新修了一条仿古街道与原古街平行，所以在看到仿古街道的同时，也能看到真实的古建筑，二者有一个直观的比较。

　　"注意脚下。"说话间走进了寨门，龙启权提醒。我一笑谢过，抬脚迈进。寨门下是两个展厅，左边展示历史文化，右边陈列古董家具，观者一进就能感受到岁月的沉淀。

　　出得展厅，脚下踩着青石板，可以看见蜿蜒曲折的街道。沿着主街，一栋栋旧时风味的建筑成排连接。它们以走廊相通，圆柱撑到廊檐，直线条门，雕花窗户。所有的建筑都仿旧时场镇人家旧制，当街铺面，前檐走廊。虽是钢筋混凝土筑就，外表却极像木架穿斗结构，不伸手细探，根本不会想到是现代材料构筑的。绝大部分房屋都是两层，这也符合旧时当地建筑特点，只不过楼上一层比旧时的房屋高了很多，显得气派壮观。屋顶一色小青瓦，细雨中透出深沉。屋檐前杂色的小旌旗，仿佛是特意在青墨中增添一抹亮色。所有一切无不体现修旧如旧的思路，目的就是让人感受到古建筑的魅力。可惜，小街上的石板是卖客，一脚踩上去，它仿佛张嘴在说："我是新来的。"因为，石头没办法做旧，新的就是新的。在这里，你既可领略川南古民居遗风，又可品鉴到现代建筑的精妙，也可窥探到这里人们对古文化的传承和坚守。

曲曲折折的石板街两旁延伸着幽幽小巷，长度几十米、上百米不等。小巷很安静，抑或刚落成不久的缘故吧，看不到有人住的痕迹，没有一般场镇的人来人往，没有叫卖声，只有檐水滴落声和风声，颇有点"依稀长安驿，萧条都尉城"的味道。

主街繁华，有各类风味小吃。当地风靡的先市酱油、赤水晒醋、尧坝黄粑、羊肉汤锅、干豆豉，也有活化石般存在的油纸伞。最显眼的是一处大开间，房檐插着旌旗，门前一组人物雕塑，伸臂、躬腰、笑颜，远远将来客迎接。那情景，使人联想到飞驰而来的骏马，到门前停下了，邮差或使者从马背上跳下来，边拍打身上的尘土，边大步往里走。而门房里的人，远远听见马蹄声响，赶紧迎出来，引导、牵马、招呼客人。这大概就是当年驿站的原型。

街道不宽，看样子是想要契合古乡场实际而故意为之。转拐过后是一块空旷的坝子，使从窄街走来的人不由得眼前一亮。坝子右侧有一戏台。街道不宽，戏台也就不必阔大，重点是营造出了恰当的分寸感，就像人与人之间的往来、话语、心迹，有了恰当的分寸感才好。戏台对面摆了一张书桌、几把椅子，像旧时说书的场子。坐在椅子上可观看对面平台上的表演，也可听艺人手拍木板说书。此时平台上没有演出，场子也是空的。椅子上坐着几个人，桌上几杯盖碗茶，一人在讲故事般说着当地传奇，其余人侧耳倾听。游人从这里经过，站立片刻，大概是听不懂土语方言，东张西望一番后便离去了。

主街上再转一个拐，赫然出现了第二个坝子，依然是靠右造了一个平台，大概是怕人流太多有演出场子小了容不下，这个坝子甚至比前一个阔大很多。稍远，是一家饭馆，不时有人进出，看样子生意不错。饭馆门前树下，一位上年纪的老人坐在矮板凳上，手拿一根细细的棍子，目不转睛盯着地上，时不时用棍子戳一下，走近了，才发现老人是在喂蚂蚁。他的脸上洋溢着开心的笑，像是又回到了孩提时代。那份童心，足以把年龄融化掉。

身后飞来串串笑声、阵阵喧哗。几个女子举着一面面彩旗，一队二三十人次第走来。边走，嘴里边像米花开爆般噼里啪啦，不住地解说。队伍中突然蹿出三五个人，往街边的铺子里去。停顿片刻，带着大包小袋，踢踢踏踏跑回队伍里。表情里充斥着满足与惬意。然后，打开口袋，将小吃分享，让同行品鉴，所买值与不值。再然后，就听到叽叽喳喳的惊叹声、赞美声，还有人伸出大拇指直夸："买到了，值！"其实，此时所买值与不值已经不重要，重要的是愉悦了心境，实现了愿望。

在主街的尽头，有一条长长的走廊，也是石头铺地，两边陈列出租的摊柜，电灯杆上挂着彩旗。在走廊里行走，有一种春风杨柳的韵味，特别是细雨抛洒在头上、脸上，沁凉里带着温润。它是一条通道，更像一条索引，牵连着尧坝驿的另一部分。这样安排，很有点绝处逢生的意味。

仿古新街为人们猜想旧人、旧生活提供了一种样式，就像一个新瓶里装着老酒，让人喝着的时候慢慢品味。

"仿古新街取名尧坝驿，是继承的意思，这里早前是一个驿站。"走出新街，龙启权作了另一种解释。

但我觉得不准确。来之前，我查过《合江县志》，尧坝真正被官方命名的是"遥坝砦"，尧坝是由"瑶坝—遥坝"演变而来的。

既然是演变，就一定有故事。中国几千年的社会史、文明史，正是通过演变而来，其间，有过多少故事！尧坝虽小，无法与国家概念相比，但演变一词追求的是过程，并不是个体的大小。

这个感觉很快得到证实。走进古街，演变的故事味便浓浓淡淡地飘来。清一色木檐柱、木板壁街房。瓦檐下，从长条石板的凹凸里，折射出古朴幽深。板壁之上，依稀可见竹墙。川南人智慧，依托当地产竹，将竹剖成块，编在木柱间，再用谷壳混合田泥，脚踩柔软，糊到竹编上，便成为墙。泥墙干后，有钱人家再在表面抹一层石灰，让墙白亮耀眼。那白里，掺和着泥土的颜色。墙体在经历日子的消磨后，糊泥脱落，露出筋骨般的竹块来，目光所及，仿佛走进时光隧道。

我抚摸陈旧的板壁，探访尧坝的起源。

龙启权说："盛传，尧坝之名由瑶王数山而来。早前，这片土地生活着瑶、苗、回等少数民族，常为争夺水源发生争斗。后来苗、回两个族群战败，迁徙去了乌蒙山的大山中。胜利的瑶王头脑发热，一次出游返回，途经尧坝，见山脉从黔北高原蜿蜒而来，龙挂山、仙顶山、鼓楼山、白崖山、铜罐山、方基石山等重峦叠嶂，四面围合如一座巨大城郭，中央一座叫九龙聚宝山的小山，周围散布座座林木葱茏的小丘，犹如万马奔腾。瑶王惊叹于其气势，萌生在此数100个山头建一座大都城的念头，但连数数遍，只99个，感觉不圆满，放弃了建城幻想，郁郁而终。后经验证，是瑶王漏数了自己脚下的小山。打那以后，人们把瑶王漏数的那座山叫作'瑶山'。当地人习惯把山间平坦的地方称为坝子，瑶山脚下平坦的地方自然就被叫作'瑶坝'。"

这只是一个悠远而美丽的传说。真实的瑶坝第一次堂堂正正出现是在宋代，是以"瑶坝砦"的名字出现的。我不是质疑，是查过史料。

历史长河中，合江很长时间是"西南边地"，少数民族错落杂居。晋末以来，巴蜀边地僚夷发展壮大，统治者失去了对一些州县的直接管辖。隋文帝仁寿元年（601年），泸州之北"山僚作乱"，攻大牢镇，后被晓以利害，罢兵归附者十余万口。边地的不安宁，迫使统治者于宋庆历四年（1044年）开始在泸州设置安抚司，任命堡砦官管理。在合江境内建起遥坝、青山、安溪、小溪、带头、史君6个重要的军事堡垒。其中的遥坝就是现在的尧坝。

一开始，遥坝砦只是作为军事设施而存在，并不是驿站。后来，夜郎古道的繁荣，催生了尧坝场，军事堡垒逐渐演化成了驿站。

早在公元前130年，汉武帝派司马相如接替唐蒙继续修路，完成了对西南夷的开发，把包括贵州、云南、广西在内的大片疆土纳入了中原王朝政权的统治范围。原来封闭的边界被打通，促进了货物顺畅流通。尧坝砦处在泸州到贵州赤水的陆路中段，夜郎少数民族被征服后，朝廷传递文书法令和民间物资交易——比如川盐、茶叶、烟、酒运去赤水、遵义，贵州皮货、山珍贩来泸州、自贡、成都，都需要途中周转停歇，尧坝砦这个"中段"作用就显现出来了。

贵州高原是典型的山地，不靠海少河流，虽有赤水河流到合江入长江，但在明代以前，赤水河上溪壑纵横，滩险水急，部分能通航河段条件也极差，从赤水县（今赤水市）到泸州这一段路，只能靠人背马驮贩运。马帮、背夫长时间负重，一天三四十公里就必须休息住宿。这样的休息点人们俗称"栈口"。歇息的人需要补充食物，需要喝水，有人就在栈口搭个草棚，卖茶水和食物。看到有钱可赚，陆续有人在栈口修房造屋，留宿马帮脚夫，形成了"场"的雏形。所以，宋代设砦时，优选了遥坝。

"砦"为封闭而设，路为通达而修，两者看似矛盾，其实互为依托。遥坝砦的设置，无疑又加速了人的流动和"尧坝场"的发展与变化。

当地人喻贞彬得意地说，他的家族是最早来这里的人。说喻氏族谱记载，元末明初，喻氏尧坝支始祖喻秀轻追随朱元璋起兵，以校尉官领军由湖北孝感进军四川，驻川南。明洪武二十四年（1391年）带兵征剿纳溪、九支，奉命屯田遥坝。这人决心以古代唐尧为典范，开创一番事业，希望通过努力，使后人能过上传说中唐尧时的太平生活。他告诫族人"亲九族而黎民时雍。舜惟克谐而四方风动，是以伦明而亲民，而臻天下于至治之盛也"，于是改遥坝为尧坝。

理想毕竟受制于现实，后来的尧坝并没有如喻家先人设想的那般出现太平盛世。不过，优越的条件，畅通的古道，极大地促进了中原、川内与夜郎少数民族的贸易互市。马帮脚夫队伍随之壮大，栈口需求量迅速增加，商机增大，人群聚集，最终催生了尧坝场。石板街磨损的痕迹和如潮的人流似乎在佐证。

板壁房，青瓦顶，古朴幽深的气息里，街道两边铺门全开着，家家住满了人。

几年前，有位学者来老街，被繁多的商品和川流不息的人流感染，赞誉其为"活着的古镇"。短暂停留，难以深入过往。学者不会知道，脚下的老街并不是最早建的尧坝砦。喻贞彬说原址在离老街西面约一公里处，地名叫街基坎。那儿有一条野兰溪，河汊上住着喻姓人家，小溪也叫喻嘴河。逆河而上约一公里有一个"Y"字形路口。一条向上，沿山间走，通向现在的尧坝场；一条顺喻嘴河而下，其中很长一段贴着喻嘴河岸走。那时水丰，大多时候河岸被淹，河边的道常常要涉水行走。到了冬季，水中冰凌扎人，每每过河，腿上被割出许多血口子。负重行走的马帮脚夫改为贴山行走，晚上靠在山脚吃饭，露天休息。砦里的人在山下搭建草屋做茶亭客栈，接待脚夫驮队，山间便道就成了主要通道。后尧坝砦又遇火灾，烧毁后无力恢复重建，废弃了，就迁移到了现在的老街。

我想学者也不会知道，繁华古街其实是分势力范围的。不长的街道，竟是一条罕有的家族之街。两个大家族主导着老街的荣辱兴衰，也主导由原始向现代文明转型。充满血缘的气息，主导了老街的突变。

李、周两姓是誊写老街历史的主角。两个家族来到这里，与移民有关。

宋末元初，蒙古军为灭宋入蜀，战争波及整个巴蜀长达半个世纪。"江阳（今泸州市）失险，泸、叙以往，穷幽极远，搜杀不遗。僵尸满野，良为寒心。"合江境内战事不断，人口锐减，几千平方公里面积，人口不足5000人。后来又经张献忠三次入川，清军围剿，南明朝同清军、南明朝将领内部攻杀，再后来是清军平"三藩之乱"。兵祸在四川延续了40多年，"民之存者百不一人，若能完其家者，千万中不见一也。鸡豚绝种已数年，斗米数十金，耕牛一头售银三百两"。合江人口骤减至不足1000人。域内大小场镇被破坏殆尽，人迹罕见。

青瓦苔藓间，已难觅当年的孤寒与萧索。摩肩接踵的人流里，谁都说是原住民，又也许谁都不是。事实上，经商叫卖的人中，几乎个个都是外来人。四川接纳过两次大移民。第一次是明洪武朝的有意识组织移民入川；第二次是清康熙王朝开始的"湖广填四川"。战争过后，为尽快恢复四川经济，巩固西南，统治者采取大举移民进来。清朝更是采取部分强制移民和鼓励外省人自愿移民两项举措。场上周氏族谱记载："本支原籍由湖广麻城县（今麻城市）至蜀川……至元末明初，实播迁之始，江津巴县为落业之乡。启贤离宗别祖，另徙符江（今泸州市），方来合江尧坝支。"李氏族谱中说："祖原籍湖广麻城县孝感乡李家塆笞家桥，大明迁川创业合江县西乡尧坝支，地名大杉塆。"可见，周、李两氏家族迁来合江均较早。移民迁来时可插杆圈地，很快荒芜的土地得到复耕，经济迅速恢复。到清代中期，尧坝面积60多平方公里，人口发展到数万人，村落平畴相望。

耳畔，哧哧的声音缥缈，幻化成一幅幅图景：李氏家族、周氏家族先人初来时，同居山脚杂草丛生的南北两端。李氏家族在南端搭建茅舍，卖茶水饮食；周氏家族到北端筑土为墙，供住宿草料。虽然同在一条道上，

尧坝老街

却因中间隔着一座九龙聚宝山，而你望不到我，我看不见你，很像词里的"我住长江头，君住长江尾"，两个家族互不相干。

隔山相望的场景并没有长久持续。随着驮队脚夫队伍的壮大，生意日益兴隆，财富逐渐向两大家族集中。先是李氏家族利用赚到的钱，拿到外边做生意，在乡下买田出租，发展成了富户，并培养出了武进士李耀龙。在李耀龙的带动下，李氏家族在南街买地建房，拼命向北边拓展。周氏家族不甘落后，族中能人周其斌在捡石山西侧建起一座占地面积400多平方米的豪华客栈，全部采用木结构、木板壁。100多间客房，可住一百六七十人，号称"尧坝第一栈"。客栈内设置了不同等级的客房，最好的两间天字号的上房十分讲究，配有全套雕花木器、凌波雕花木床、青花蚊帐、绸布面料被褥，专门接待官员和大老爷。

竞争中蕴含着妥协。两个家族认识到和气能生财。要发展、赚更多的钱，必须兴市。于是坐下来商议，农历三、六、九赶场。李家在南端卖零担粮食及日用品，周家在北端售大米等大宗粮食，逐渐发展成木材市场、农副产品加工销售市场、猪市、牛市、米市、日用品市场。兴隆的商业使场上两个家族不断拓展，从两端向中间靠拢，很快修建起长1000多米的街道。据清道光十五年（1835年）《修东岳庙城隍碑记》记载，当时尧坝街上住户已有600余人。到新中国成立前夕，光临时开放的摊位就有300余个。每逢赶场日，满街都是人，走路都困难。

虽然眼前已经看不到那时拥挤的场景，但可以想象当初的泥地街道晴天灰尘飞舞、雨天满街泥泞的景象。为了便于买卖交易，李、周两个家族再次商议，在街两边挖排水沟，用石板垫底，条石砌沟沿，街面铺上青石。李家出钱修南端的街道，周家出钱修北端的街道。两大家族的竞争与合作，主导了尧坝街道的转型升级。通过街道的整修，尽管街市后来杂居其他姓氏较多，但李、周两个家族因贡献而夺得了话语权——上半场成了李家地盘，称"李半场"；下半场成了周氏领地，称"周半场"。虽然周半场、李半场的说法有点夸张，但两个家族的确是场上最富有的家族。

由两大家族修建起来的石板街长不过1000多米，走下来，竟有些累了，几次停下来歇息——其实是，目光所及，时光老了，街老了。李、周两个家族盛极一时，却在后来过度追求利益而衰落。商业造就了他们，也使他们没落了。

沿老街走一遍，眼底流过的是，上街高低起伏、错落有致，下街平坦顺达、宁静平和。所有瓦脊呈一线连贯，像一条有节奏有韵律的琴弦，古朴而自然。街房多为两层木楼，穿过铺面，便是巷道和小天井，进深四间至六间，屋后有路与水井相连。墙体多为木板壁或竹块夹壁，相隔数家一道砖墙，用大方砖砌成，上顶作风火墙，用于防火。

木质的建筑下，全是石头。街道、墙基、地板，无一不是石头。透过满街的石头，能看到赚了钱的尧坝人，生活越来越奢侈，用石头铺地，建牌坊，垒堂馆。最显眼的是李家在南场口修的石牌坊。

到的时候，一群花枝招展的年轻人正拿着手机在牌坊下照相。透过石牌坊下的空当，可以看到两边的板壁房和石板街的延伸，仿佛一条历史光影的定格。一声轻微的"咔嚓"，便把人、牌坊与老街合成了一个整体，印在了记忆中。而后，这群年轻人得意满满，嬉笑着离开，好像带走的不是一张照片，而是一钵收获。

石牌坊建于清嘉庆十五年（1810年），是武进士李耀龙所建。龙启权说，据说李耀龙自小顽劣，不爱读书，父母便送他到法王寺师从丛一大师习武。丛一大师让李耀龙每天从楼下抱小猪到楼上洗澡，练就一身神力，再悉心传授武艺。成年后，李耀龙又遍访名山古刹学习深造，练得一身好武功。考得武进士回来时，正值鼓楼山一带匪盗猖獗，古道上驮队脚夫经常遭劫。土匪还杀进尧坝场，将场上钱财物品洗劫一空，严重影响了盐马古道的畅通。李耀龙奉命剿匪，经两年苦战，彻底清除了匪患。消息传到京城，嘉庆皇帝龙颜大悦，特敕在家乡修建进士牌坊，国库出资为武进士修建功德牌坊，这在川南的历史上绝无仅有。由皇帝钦赐的武进士牌坊，在川南仅此一座。

石牌坊上刻有"赐进士第"四个大字，中柱题两副楹联，正面书"对天仗以逞能，勇冠貔貅之队；戴宫花而焕彩，荣耀桑梓之邦"，背面书"宴预阴扬，银榜金花初得意；名题雁塔，铜筋铁肘尽称奇"。牌坊雕刻精美，气势雄伟，是尧坝古镇的标志性建筑。或许，李耀龙真实做出了成绩，但石牌坊就能留名千古？且看来来往往的游人，除了拍照，并不见几人停下深究细探，多数人甚至不看一眼，直通通从牌坊下走过。李耀龙大概也没有想到，当岁月的风沙慢慢带走流年后，那种希望在时光中成为不老传奇的梦想，会零落在缥缈的疏风里。其实他一开始就应该想到，靠石头留记忆注定是幻想，真正能流芳千古的，是活在人的心中。

走到南街与北街相接的转拐处，便是李家另一处石头建筑——李公馆，现在叫"大鸿米店"，前厅的楼下改作了茶馆。

沿18级全石台阶而上，跨过高高的石门槛，站立在全木结构的四合院前厅，茶馆老板李二嫂立刻两眼放光，不等落座，早已端上一杯散发着幽香的热茶。李二嫂丈夫是不是李耀龙后裔，不得而知。知情人告诉，李二嫂两口子是当初镇上请来看守这座空置房的，没想到两口子智商高，热热闹闹开起了茶馆，凭着大鸿米店的名气和环境优势，生意火爆。

透过茶香，打量眼前200多年的建筑，不得不为建造者的奢侈和建筑者精湛的技艺惊叹。公馆坐东向西，占地面积约800平方米，江南风格。分上下两层，窗栏雕花。过正厅后是天井，四边环抱走廊。楼上楼下廊道雕梁画栋，精致典雅。楼阁峥嵘轩峻，古色古香。两侧建有风火墙。200多年过去，风火墙仍完好如初。石头垒高的台阶，青石板铺地，天井石面隐隐有苔，一看就知上年头了。

李二爷凑过来，像说历史般暴露屋子隐私，说这个房子像苦命人一样，多灾多难，先后做过镇政府治所、乡村文化站。当然，他说的是1949年以后的事。他说直到1990年，凌子风拍电影《狂》，相中尧坝古街拍外景，把这里作为主要拍摄景点。几年后，黄健中来尧坝执导拍摄电影《大鸿米店》，再次把李公馆作为主拍地，在原基上对房屋进行了翻修。因为影片所反映的是江南水乡的故事，黄健中在翻修时，便把川南民俗与江南水乡特点相结合，形成了这座既有水乡风格又兼川南民俗的独特建筑。电影故事发生地就在米店中，电影拍摄完成后，李公馆便改为了大鸿米店。

出大鸿米店往北走300米便是周公馆，是周氏家族中周其斌的住所。周公馆坐东朝西，两进式住宅。前房临街，三开间，中间是大厅，一侧次间接待客人，一侧次间做店铺，窗内设矮柜台，打开窗即可售货，不难看出其主人精于商道。过大厅是天井，天井上建一座高出四周屋顶的凉亭，用于遮风避雨。凉亭后檐枋上挂一大匾，刻"骏业宏图"四字，枋下挂雕饰牡丹，十分精致。凉亭左右的厢房为小花厅，前廊金柱位置做格扇门。整个天井空间敞亮舒适。后房当心间为敞开的过厅，两次间为卧室。后面一个很大的后院，布有假山和水池，种有果树。整个建筑地板、天井均用条石铺成，做工精细。院子有后门通场外，出门就是川黔古道。据说当时一些老客商与周家谈生意，多从后门直接到公馆来。特别是夏季，后院凉爽，比屋内更舒适，坐在院子里边喝茶边谈生意，要多惬意有多惬意。这种把住宅与商铺很好融合的设计，充分展示了周其斌的商业头脑，尧坝场独此一家。

进士牌坊与大鸿米店之间建有一座东岳庙。场镇建庙或许是川南特有现象，有场的地方都有庙。东岳庙建在老街最高的山上，从下到上，墙基、地板、踏道全用青色条石垒就，甚至前面的墙壁也大半用条石砌成。从外往里看，活脱脱就是一座石头垒就的堡垒。跨进庙门，香炉里青烟袅袅，环石缭绕，把古朴与现代时空混合。

东岳庙建于明万历年间（1573—1620年），依九龙聚宝山西坡修建，占地面积6000余平方米。初始为一小庙，后经李、周两个家族领头捐资，几次扩建，形成了东岳庙完整的庙宇群。

最显眼的是一进山门的戏台。据说，早年庙里经常唱大戏，场场爆满。站在依山铺就的石阶上，看着镂空雕花的台檐，脑子里立刻涌动人山人海的奇观。石台阶上凹凸斑驳的磨痕，述说着当年的盛况。继而产生联想与感慨：说这庙宇是为信佛的人而修，不如说是为丰富人们精神享受而建，因为来庙里的人，绝大多数应该是为看戏，而非烧香！由此可以看到，乡场上修建庙宇的目的并不单纯在神，也在于人。人们在享受到了物质生活的丰富和满足的同时，心灵往往会出现空虚和无助，需要有一种精神寄托，而乡场上的庙宇，兼顾了信仰与娱乐，满足了人们物质生活富裕后的精神需求。

从古镇的石板街走到新街的水泥地面，忽然有了这样的感受：这些用大量青石垒成的建筑，无论是其海量用石还是做工的精细，都堪称那个时代的乡场之最，实在难得。这里的人似乎在用石头垒砌历史，筑起欢乐。

我们咚咚的脚步声，丝毫没有影响老街的宁静祥和，人们依然一副富足安乐神态，悠然自得地享受生活。龙启权似乎有感触，说这份恬静自信并非来自继承，而是抗争与奋斗，然后领着我们去了老街南段离东岳庙不足100米的一间医馆。

从石板街上，抬脚就能进到馆内。

这地方早前来过，知道医馆主人叫梁自铭，合江最早的地下党员，首任中共合江特委书记。记得有谁说过，共产党人像一粒种子。1922年，共产党人恽代英曾来合江做社会调查，写出了《四川省合江县农民状况》一文，以"天培"的笔名发表在1924年3月的《中国青年》杂志上，这应该是最早关注农民生存的文章。恽代英在合江撒播了一批种子，梁自铭应该就是萌芽的那一粒之一。他以行医作掩护，秘密从事为民造福的工作，把医馆作为秘密交通站和播种耕耘的地方，发展了一大批地下党员。后因叛徒出卖，梁自铭和10多名地下党员被捕牺牲。但其播下的种子，却在合江这块土地上发了芽，生了根。合江地下党的发展，都与医馆有关。后来极具声望的美学大师王朝闻，也在地下党的影响下，投奔革命，成为大家。石牌坊下，设有王朝闻旧居陈列室。

铺门关着，看不到医馆里的陈设。门前挂着的长条木牌上，"中共合江特支旧址"八个大字闪着亮光。我仔细端详木牌，再抬眼看街上的繁华景象，忽然明白了这木牌的意义。光亮与繁华，原本就是不可分割的孪生胎儿，有光亮照着，人就自然会安乐富足。

想要离开的时候已经很晚。在昏暗的夜色里，街道静了下来，稀疏的人影脚步匆匆，赶着出镇去。店铺空了，人也空了，所有的人似乎在一个下午消失。大多铺子里亮着灯，铺门仍然开着。陈旧的街市，摇曳着现代灯光，情绪不免恍惚，感觉这里的人不知来自哪个年代，开的是哪个时候的店铺。偶有人语，飘浮的话音遥远又亲近，如在梦幻之中。

这情景在新建的尧坝驿里发生，走在老街上同样存在。或许只有在夜晚来临，这里才有这份难得的清静。找了一家羊肉馆坐下来，想品一口极负盛名的尧坝羊肉，店主过来，两只手在围裙上反复擦几下，脸上带着尴尬的笑意，用很谦恭和不好意思的口吻说："先生，对不起，羊肉卖完了。"我站起来，也笑着回说："没关系，到另一家去吃。"他摇摇头，很善意地提醒："恐怕都没有了，今天人太多。"我说了一声"谢谢"，再找了两家，果真如人家所说，脚板白忙活了。

如此的繁华，在周半场、李半场鼎盛的时候，或许也不曾有过吧！忽然就有了戏台的感觉，上演的是时光游戏。老旧的东西依然故我，生活的现场却已物是人非。用时光计算，100年算一台戏，古镇自诞生以来，已经演绎过若干场大戏。当初设置的尧坝砦，是为了抵御西南少数民族，目的是镇压与杀戮。不承想，一场场大戏过后，边陲前移到了海边，尧坝砦演变为了驿站，兴起了贸易与商业。而现在，更大的旅游大戏正在上演。街道上，数百年的时光从苍老的石头缝隙里丝丝透出，一代又一代人的眼神与呼吸隐隐约约，他们生活在时光中，又超越时光，让人置身从前，又分明站在现实的喧嚣中——

忽然发现大鸿米店隔壁的晓云轩灯亮着，便走了进去。这是合江县美术家协会建立的书画基地，负责人姓豆，退休前是尧坝中心小学的校长。画室和人，都是光亮受惠者。满屋的字画，装点着不大的画室。豆校长退休后，就在画室创作并负责经营。在他的辛勤呵护下，晓云轩生机勃勃，文化人来了尧坝，都要去看看。他和画室的其他人，用手中的笔，描绘着尧坝。画里老的景、新的人，如交叉的时光汩汩流出，仿佛能听见画笔落在时空里细微的声响。

光阴中的柔情

常说水柔软,也常把柔情比作水,其实,水并非想象的柔软。滴水穿石,可见水之"坚硬"。很多时候,洪水的摧枯拉朽,所向披靡。由是,我想说,最柔软的不是水,而是人心!父亲或者母亲、儿女或者亲人,慈爱所发散的,就是一个温暖的磁场,是无可比拟的柔情。

发现这个定律,是在走进合江县汉石棺博物馆之后。那一具具汉代画像石棺就像一面面镜子,照出了人的心境和情感纤细的纹路。

合江汉代画像石棺被中国专家认定为"不但内容丰富,题材广泛,雕刻精良,而且数量最多,居全国之冠"。合江地处四川盆地边沿,黔北高原接合部,半是山区半是丘陵,自然条件总体上较差,但上天又给了补偿:让长江、赤水、习水三条河流穿境而过,使原本闭塞的边陲之地变得通畅,方便了中原与西南少数民族文化的互补和交流。因而,中原与西南少数民族的历史交集、人文风情,这里都有。具体反映就在那些埋在地底数千年的石棺上。某种程度上说,合江汉代画像石棺就是一部中华民族风物和民族文化的精美典籍。

合江地势南高北低,高山地带山风粗砺冷酷,丘陵地域土肥水暖,山与丘各有各的气质和品格。山里生长竹木药材,丘陵谷地盛产稻米,物产

合江县汉代画像石棺博物馆

丰富。赤水、习水两条河流在县城与长江交汇，成为古时由川入黔的唯一水路通道、交通要冲。秦统一六国后，就对西南夷有所经营。《史记·西南夷列传》载："秦时，常頞略通五尺道，诸此国颇置吏焉。"秦灭，汉武帝开始对西南夷地区进行大规模开发，派中郎将唐蒙出使夜郎，由合江县城入赤水河出黔北，说服多同归附。此后又劈山修路，开通了中原与夜郎的通道，与夜郎通商，使得民族交流日益频繁，大量中原人口涌入，与当地土著民族一起，促进了社会经济空前繁荣。其时，合江所在的泸州地区沃野千里，土植五谷，牲具六畜，商贾辐辏，被称为"天府粮仓"。从此，中原文化就在这里浩荡如风，裹挟着当地土著文明前行，画像石棺就在这两种文明的重叠中诞生。

在县城居住了若干年，离置放汉石棺的博物馆只几公里，但去的次数屈指可数。不是没机会，是不愿意走近它。根源在于太近。人的通病是太近的东西总引不起重视，总是"熟视无睹"。比如旅游，身边的美往往被漠视，却跑几百几千公里去遥远的地方。记得几年前，随县文物局的人下乡，去凤鸣镇山里看一处墓葬群，说是里边有石棺。那里离县城40余公里，还有很长一段是需要步行的土路。明明已经知道是看石棺，却偏偏去了。我想，或许正是因为远，才有了激情。人总是在渴望接近，无限缩短与远方的距离。

不过，那一次的"远行"也颇有收获。至少，知道了石棺埋藏的地理条件和环境，知道了一幅幅石刻画像和画像中所带出的那份浓浓的柔情。那是一处幽深而静谧的所在，山梁小丘全被树林覆盖，山下一条小溪，溪水哗哗地流。我边走边羡慕：生活在这样地方的人多幸福啊，就如生活在绝美的画卷里。心里也盘算，如果允许，一定要重返乡下，在溪边修几间茅庐，以度余生。走上山坡，我还在迷离，靠着一棵树发了好一阵呆。蜿蜒的小路，似乎与满山的绿一样没有尽头。老树沉稳，幼树撒欢儿，远处的人家若隐若现，构成一幅清绝的水墨画。我置身其中，抬头看天青云白，低头听溪水浅唱低吟。绿色与静谧，如同清晨的天光、黎明的窗口，敞亮得让人突然惊喜。我恍若在天光之上，任凭暖流行走于我的肉身，簇拥我的灵魂。甚至祈愿坐在如此空灵的时光之上，做梦般期盼能常来这儿。"往上走，傻在这儿干吗？"直到文物局的人拍了我一下，催促上山。

我们进到墓群中的一个墓室。那是一个石砌的墓，没有石棺，墓室建得跟生活环境一样，或者说就是生活环境的缩小版。借着手电筒的光亮，我被石板上精美的雕刻深深震撼。那一刀一刻、一锤一凿，无不充斥满满的情愫。石刻画像所反映的生活场景竟那么翔实、那么逼真，把人间的真情表达得淋漓尽致。或许是受那份真实的柔情感化，回来后，我心情大变。

没多久，我就再也耐不住对博物馆石棺的视而不见，往博物馆跑。我的脚步很慢很慢，行走在一排排石棺中间，不是散步，也不是观赏，而是试图从一个个精美的图案中读到些什么。电灯的光在头顶，异常透亮，石棺和棺身的美图同样透亮，只是没有影子。四周很安静，图与文字仿佛在凝神屏气，冥思光的声音，体味内在的自我。解说员的突然发声，嗞嗞地穿透空气，从窗口震荡而去。突兀的音频过后，博物馆内更显静默。

走完一个来回，数过一遍，得到的准确数字是，展室里摆放的石棺总共8具。转到后面，还有众多石棺有序地排列。粗略计算，共有40多具。石棺的出土早早迟迟，但都在这里得到了很好的保护。虽然每一具石棺都年岁已久，却依然保持完好的状态。在它们身上，依然能读出那逝去的故事与激情，在历经千年之后，表情仍不苍老。似乎，岁月只能肆虐人间，于厚土与坚石，却无可奈何。

后来，又去过好多次。每一次去，都会绕着石棺走几遍。那些刻在石棺上的画像越看越充满魅力，充满活力与生机，催促我走进它的沧桑。

合江画像石棺，这个名字出现的时光其实并不长。在博物馆的记载中，"在新中国成立前已有出土"，但真正收藏却是起于1984年。在谈到这一话题时，人们总免不了发出惋惜之声。我查阅过一些资料，合江画像石棺的确发现较早，但由于人们不知道其价值，因而未受到应有的重视和保护，早期出土的至少有10具被毁坏，其中有的雕刻还非常精美。合江地处交通要冲，商业发达，民间富庶。秦汉时期，躲开了刀光剑影和血雨腥风，使经济发展迅速，中原文化与当地土著文化得到了很好的交融，这些以图文的方式雕刻在石头上，让一段久远的文化得以站立在历史里，鲜活在人们的视野中。尽管我们现在看到的，只有星星点点的碎片，或是一些高度浓缩的画面，但并不影响对一个历史时段的探索。

我曾经请教过最早接触合江画像石棺的人王庭福，他担任过合江县文化馆馆长，做过合江汉代画像石棺的课题研究。我尝试了解合江画像石棺的风俗起源、墓葬范围、内容示向以及相关故事。那天，我坐在他家的茶几旁，屋里飘着幽幽的茶香。他谈了一些自己研究的成果，唯一不能确定的，是自己之后能不能也用石棺。按理说，现代木材稀缺，石头取之不尽，用石棺无可厚非，可是花费定然不是小数，经济计算，划得来吗？他的话让我从追索走进现实。很显然，他退休太早，后程信息了解不多。他没有像我期待的那样有声有色地讲述有关石棺的更多故事，而是很平静地招呼我喝茶。好一阵，我们相对无言，各自品着飘香的茗茶。一只小猫跳上茶几，盯着我，喵喵叫了几声。

偶然的乡下之行，让我产生了不一样的感觉。此后竟欲罢不能，累累有"要去"的冲动。

最近一次去汉石棺博物馆，是在几天以前。早饭后，我如往常一样坐到书桌前，准备写点文字。打开电脑，竟然坐不安稳，似有风吹过脑海，又像浪涛汹涌拍击。我被迫关掉电脑，急急慌慌地出了门。来到博物馆大门口，心竟一下活润起来。

平常日子的汉石棺博物馆，安静而略显几分神秘。太阳光线从天井的檐口照射下来，穿透井底与房檐的幽深，将空气撕裂。站在走廊上，仿佛能听到嗞嗞声。无心观察或许能称得上很美的环境，我依旧蹲进展厅，走近那一具具曾埋藏千年的巨棺。每一次来，我一直关注的都是石棺上的画像，并没在意墙上一幅幅与之关联的文字。在我踏进展厅的时候，文物局的一位朋友正在那儿，他说石棺上的画像其实就是一个个故事的拼图，墙壁上的解说中都能找到。我顿悟，我冥思苦索想要探寻的谜底，竟早已被识破并写成了文字，只怪自己太粗心，没当回事。在细读过文字之后，知道了对画像的解说，更多的是凭感觉和心情，还有与这埋藏了几千年的石棺超乎想象的遇见。毕竟，在现实的目睹和推测中，推测的成分占得太多。

时间是最杰出的掩藏大师。所有的美丑、传说、故事，在时间的摧残下，很快淡出、隐藏。超强的记忆，活泛的眼神，强不过生命的毁灭。除了依靠文字、画像，一切活动都会被时间抹平。对没有文字记述的画像，只能用推测或推理阐释。其实画像就是人的精心预谋，之于人的灵魂与心

第一章 故里徽章

情,算得上是神来之笔。

汉石棺博物馆在合江老县城的最高处,出门一拐就是体育广场,紧邻合江中学。广场早先是开放的,市民去广场走走,然后到博物馆看看,打发闲下来的时光。数年前,广场划给了合江中学做体育场,封闭了,来博物馆不再是路过。博物馆是一栋老房子改建而成,很安静。站在门口,其实就站在了动与静的分界线上。耳畔传来的琅琅读书声,如同在黑暗里遇见光明。眼前的汉石棺博物馆更显幽深,也多了些神秘,在读书声的覆盖下,以诱人的静谧引领我走向历史的深处。

石棺上的画像有自己的语言、色彩和线条的律动,它们在无声地与我对话。此刻,我用目光触摸它们潮汐般的心声。它们就像一条条从时光深处划来的船,我的思绪站在船头。石棺则如朦胧的大海,在飘来的声浪中起伏,托起我无尽的猜想。

其实,我的猜想在壁上的文字中已经得到证实。据已发现和出土的石棺研判,其形制有两种。除眼前这一种用石材雕琢绘有画像、可移动的石棺外,还有另一种依山雕琢,除棺盖外,棺体与山体相连无法移动的石棺,当地人称之为崖棺或石函。不过,第二种石棺没有画像。可是,我觉得无论有无画像,可不可以移动,这样的葬具已经超乎想象。它们在低调中透出一种让人不能不诚服的粗犷和情怀,在融化你心灵的同时,让你不自觉地飞升,放飞你的想象,潜入你的内心。

我很快发现,所有出土的画像石棺都有着华夏千百年农耕文化的特征,也是儒道文化的反映,其画像是绘画与雕刻相结合的产物,构图具有浓郁的中国画味道。创作者运用丰富的构思和巧妙的手法,把画面安排得既不疏散单调,又渲染、突出了主题,体现了民间匠师艺术创作上的高深造诣。他们采用形与形的重叠,相互借用,展现出一种粗犷、豪迈的美,给人以洒脱不羁之感,艺术手法令人惊叹。

我的目光离开画像时,褐色的汉代石棺罩在一片雪亮的灯光下,比藏

绿土地上的影子

一级文物宋石刻

在地底时多了几分神韵。铁画银钩般的画像酿造出我心情的五彩缤纷。前人的思维，总比现代人实在些。他们用石头做棺材，很大的原因应该是石头不朽。渴望不朽，也许就是人类灵魂挥之不去的底色。

上午9点多，阳光已经把所有的雾霾清扫干净，白亮亮地挂在天空。天井里的青果树上，一只不知名的鸟儿停在树枝上，躲进树叶的阴影里。8月里，盆地的天空总这样，即便是晴天，也灰蒙蒙的，极闷热。躺在博物馆里的这些能移动的画像石棺被玻璃密封着，像一个个冰雪透明的雕塑，静静地享受除湿后的恒温。当目光从它们身上扫过，我突然发现，过去与当下的时光，一下子重叠在一起。

我是地地道道的合江人，常有人向我提起当地厚重的历史文化。"厚重"二字用得贴切，让我多少有些羞愧。在合江的很多地方，很多历史文化已无迹可寻，唯河汊水网地带，保留了从秦汉就风尘仆仆而来的前人的遗迹，历经数千年，依然以低调掩藏而存在。从服饰、习俗、方言到气质神韵，至今仍呼吸在合江的每一个角落。而之所以能保留到现在，全赖了一抔厚土。

合江于公元前115年建县，到现在已经有2000多年历史。漫长的岁月里，人们在劳动中留下了难以磨灭的痕迹，画像石棺是其中最杰出的代表。人死后墓葬缘起何时，虽然无法判断出准确年代，但这种入土埋葬的形式，在人类历史长河中，无疑是非常进步的，体现了人类对自己的尊重。合江汉代墓葬有崖墓、砖室墓两种，画像石棺多出土于崖墓。

县城是驿站和商业中心，直到现在，依然是人口聚集最多的地方。依长江和赤水河边，高楼大厦林立，陆路汽车飞驰，江中百舸争流，可以想见，当时作为与夜郎商贸流通的节点，其地位比现在重要百倍、千倍，繁华程度自不必说。所以，崖墓主要分布在县境的长江、赤水河、习水河以及大小漕河沿岸的台地、斜坡和山崖上。崖墓凿崖为洞穴，以洞穴为墓。但石棺崖墓主要分布于以县城为中心15公里的范围内。这些年来石棺的出土，证明了这一点。

这些造型堪称完美的石棺，多数雕刻有精美画像。即便少量线条简洁，棺体无画像的，也做工精细，全使用天然青砂岩整石雕凿而成。棺盖呈弧形拱状，四周基本与棺身齐平，棺口与棺盖之间有子母榫。棺身四壁与棺底连为一体。不难看出，无论是凿石造棺，还是在棺身精雕细刻，在那个科技极不发达的时代，无疑都需要花费大量的时间、精力和金钱。负责管理的小张走进来，手拿抹布擦拭罩在棺体上的玻璃，神情专注而虔诚。白色的高跟鞋，蓝色的牛仔裤，粉色的花衣，黑色的头发与灯光嬉闹着。玻璃罩里的石棺显得陈旧，如一个个从岁月中走过来的老人。小张的青春与石棺的老成，构成一种难以言说的隐喻。

小张正在擦拭的一具棺口有一些残破，棺盖处露出了几个小缺口，破坏了石棺的完美。虽然这或许会有一些视觉上的缺失，但并不影响其本真和精致。

石棺左侧是一幅车骑图。画面正中刻绘的是一辆轺车，车上坐两人，右为车夫，左为坐车的人，车中立华盖，前有两伍伯导引，后又两卫从跟随。右侧刻绘拜谒图。画面正中刻一四阿顶式房屋，檐下立柱采用一斗二升，两扇门关闭。屋内两人，右边一人戴冠着袍，席地而坐，示意客人就座，由是可知为主人。身前置一几案，上摆几碟菜肴。左边一人双手拱于胸前，做拜见状，当为客人。两幅画像构成一个完美的故事，表现出主人"桃李不言，下自成蹊"的盛况。汉代是中国封建社会本土性自我催熟的时代，经济繁荣，社会富足，所形成的文化，为后来民族文化的传承与固化起到了无可替代的作用。

画像从线条到构图，都有大气奢华之感。就所发掘出来的墓葬看，虽然不能与帝王将相宏大的规模相比，但棺椁却要丰富多彩些。仅仅是石棺本身，就令人惊喜。帝王将相的墓葬耗资巨大，修得不同凡响，却同样被岁月腐朽为泥，而合江人另辟蹊径，却留下了不朽的文化。西南夷的汉石棺，和身带的画像一起，成了精彩的T台，展示出了那个时段的社会风情。他们像一双双柔情满满的眼睛，平静幽深的水潭。合江，也因有了这些石棺，吸引来一束束温暖而智慧的目光。

夏日骄阳，光线直射，石棺似乎多了几分自信，又像是点燃了某种情绪。从窗口照进的阳光与室内的灯光浑然一体，暴露出它们的本色。等到门关灯灭，又回到自己的黑暗中，咀嚼一路走来的滋味。它们诞生远比我早，静默已是习惯，我尚未达到它们那样澄静、如禅的境界。我还在红尘中漂泊，灵魂沾满灰尘。只有在无人的深夜，偶尔想起自己曾经的模样。

一个人的时候，我会想起这些石棺，时不时会走近它们，默默注视，目光沿着画像笔画漫游、转折、舒展。与它们相处，感觉在为自己的灵魂按摩，又在倾听合江的心跳与脉象。

汉石棺博物馆的氛围，很多人不喜欢。我常去的原因，可能基于欣赏、探索。

探索与欣赏，必须有一个好对象，必须与对象面对面接触、对话。汉代画像石棺作为合江文化沉淀的代表，安置的场所当然最具仪式感、最富有历史沧桑，可以说是合江这座城市的文化精魂。即便如此，合江汉代画像石棺博物馆仍让我大感意外。博物馆设在一栋木质结构的老房子里——清代的"考棚"，乡试考"童生"的地方，房子本身就是文物。这倒方便了参观的人，既看到了石棺的古朴，又欣赏了考棚的精美，就如票友进戏院，一举两得。而石棺与考棚，则如深入骨髓的亲情，组成文化长路上的一个驿站，相互取暖，坐地论道。

　　令我惊喜的是，博物馆里的石棺画像充满生活情趣，充满柔情。最近一次去博物馆，正巧县文物局局长贾雨田在展室例行检查，他引我到3号棺，让我探究右侧的画像。仔细看后，发现是一幅刻画了众多人物的构图，画面六人两兽形态各异，神态逼真。最重要的右端三层楼阁的底层内，刻绘了一个劳动场景：一人在践碓舂米。稻谷脱壳成米，在原始的农耕社会是个很麻烦的事。人类何时利用工具脱壳稻谷，没有准确记载，这个画像说明舂米在汉代已经普遍运用。桓谭《新论》里说："宓牺之制杵臼，万民以济。及后世加巧，因延力借身重以践碓，而利十倍杵臼。"据考证，这种"延力借身重以践碓"的杵臼发展了很长时期。明代《天工开物》就说："入臼而舂，臼亦有两种。八口以上之家，堀地藏石臼其上，臼量大者容五斗，小者半之，横木穿插碓头（碓嘴冶铁为之，用醋滓合上），足踏其末而舂之。"在合江当地，这种杵臼加工粮食的方式直到新中国成立时还存在。舂米图反映那个时代就已极具智慧的劳动文化。精细的构图和清晰的画面，依然带着泥土的芬芳。与这样的画像对话，远古而凝重，洋溢某种神往。我迷失在画像中，半蹲在展室里，傻傻地盯了好久，没敢动一动脚。虽然有备而来，但还是低估了其魅力，我不能容忍自己对画像的轻佻。

　　炽热的太阳光经过窗户玻璃的阻挡，再被石棺外罩玻璃过滤，铺在石棺上时，温柔了许多。时间容不得我懒散。我尽量腰挺笔直，目光游走，始终不离画面笔画的龙影蛇形。我仿佛看见一个个雕刻大师和绘画巨匠向我走来。

文物是供鉴赏的。可我总觉得，有些时候，有些文物可以安静地卧在原地，让有缘之人用心与它们交谈。比如汉石棺，不可轻易而去，一旦走近，就不能怠慢，只能敬畏。带着如此经不住推敲的怪念，我但凡走进展室，均不敢草率轻视，如果哪一幅画像少看一眼，就有些失魂落魄。我无法解释这样的现象，但如果真都看过了，看得够了，竟然精神倍增，浑身有劲。后来我认真梳理成因，发现正是源于画像本身。棺是汉代殡葬文化的代表，也是华夏殡葬文化极其重要的一种象征。博物馆里的汉石棺，本身就是中华文明的一分子，是西南民族文化融合的代表作。

此刻，汉石棺上的每一幅画图，都在述说迷雾一般的文化内涵，似一股股清凉的甘泉，滋润我风尘中干渴的心魂。柔和的光，让画像格外显眼。凸起处，柔光润泽；凹下的线条，精准而不失灵气。贾局长出去了又进来，问我要离开了不，说是中午下班，展室要关门。我直起腰，不好意思地冲他笑笑。窗外，已经有学生嬉笑着经过，时不时射来明亮的眼神。恍惚间，我的视线弥漫在飘动的色彩里，天真活泼的童影，呼吸里的不正是由秦汉一脉而来的合江气息？我知道这是想象。我喜欢这样的想象，喜欢这样助我思绪飞翔的想象。或许，这就是一种情怀。

其实，我更青睐另一类画像。21号棺和22号棺是我去的次数最多、停留时间最长的石棺。这两具石棺刻绘的是一幅养老图。或许，是个人的偏好，但不排除赞赏。就个体而言，沉潜于内心深处的文化是最本真的。在整个社会层面，文化的精髓部分常常隐藏于民间。两具棺的画像都彰显的是合江民风。

22号棺右侧的图案就很典型。画像分两部分，左端雕刻一枝繁叶茂的大树，树枝上挂着盛水的陶壶，树下不远处有一辆辘车，一位老人坐在车杆上。远处的田间，一男子手握锄头在耕作。不用说，辘车应该是男子带送老人的乘坐工具。专家说是董永侍父图，但谁又能说不是墓主人的生活写照呢？无论是董永也好，墓主人也罢，图像所表达的就是一个"孝"字，只是处理得很智慧。另一部分是一马驾棚车奔驰向前，车旁有侍从跟随。推测这是表现墓主人发达以后回乡探亲的情景。不能不赞叹，沟壑纵横的石刻，展示出的却是笑容一般的柔情、溪流一般的亲切善良。

21号棺更带有明显的指向性。图像画面为一老人手持鸠杖，席地而坐。右边为一干栏式四角攒尖顶楼房，其上为一条奔腾的青龙，左边绘的是联璧纹。图像所表现的，是一位老人在愉悦地享受生活。汉代特别倡导尊老，特别在东汉，已是一种普遍存在的社会现象，从皇帝到普通百姓，各阶层都出现了各种孝子故事。当时的统治者还用孝行考察一个人是否能胜任一方之职，并作为一种衡量标准，称为"举孝廉"。《汉书·礼仪志》载："明帝永平二年三月，上始帅群臣躬养三老，五更于辟雍。"或许比不上乾隆的千叟宴规模宏大，但开了个好头。关于鸠杖，《续汉书·礼仪志》里是这样说的："仲秋之月，县道皆案户比民，年始七十者，授之以玉杖，餔之糜粥。八十九十，礼有加赐。玉杖长（九）尺，端以鸠鸟为饰。鸠者，不噎之鸟也，欲老人不噎。"这样的一幅图案，好似一首单声部乐曲，听起来悠扬而明快；又如一幅声色醉人的画面，好像寂寥之中，有人在手抚古琴，弹奏来自远古的空灵与悠扬。

我曾经问过有关专家，为啥一定要用鸠鸟作手杖首饰呢？他有些惊讶，然后说："《太平御览》卷九二一引《风俗通》说：'俗说高祖与项羽战，败于京索，遁丛薄中，羽追求之，时鸠正鸣其上，追者以鸟在，无人，遂得脱。后及即位，异此鸟，故作鸠杖，以赐老者。'信不信由你，反正书上是这样写的。"古人诚实，这种记述应该源于生活本身的呼唤，源于内心的涌动和崇尚敬老的灵魂，我岂能不信！不过后来我又找到了明代李时珍的《本草纲目》。李时珍是从医药的角度阐释鸠鸟的作用的，他说："鸠肉……明目。多食，益气，助阴阳。久病虚损人食之，补气。食之，令人不噎。"这个或许是用鸠鸟作手杖首饰的真正缘由。在士大夫眼里，有帝王将相的传奇，凡事陡然高贵，而普通百姓看来，就是实实在在的生活。

两幅画像着实令我肃然起敬。我知道，先人们要表现的，是淳朴的民风、故土的记忆，是装满纯真的时光。我们的生活总与尊老敬老爱老分不开。这是一个民族、一个国家的灵魂所在和文化所在。先人用这样一种形式书写出爱的模样，怎能不令人敬佩。那天，我在石棺前站了很久，看着石棺，看着画像，看着管理员忙东忙西。我曾试图看看棺内，但棺盖紧扣着，外层还罩着玻璃。我的目光达到棺盖后，便不能继续前行。这也许是一个暗示：这画像石棺，于观看者来说，只能注视，而不能触摸。因为它太珍贵了。

石棺是人类社会进程中最独特的一道殡葬风景。

据说，山东、河南等中原大地也有出土，不知道其画像异同，但有一点可以肯定，都带有浓郁的乡土故事，都融进了血缘至亲的情怀。人类意识中，棺材是人在生命终结后居住的"屋子"，是最后的安居之所。一个人生命中所演绎的历史、所经历的风霜雨雪都汇集到这里，一切的荣辱贫富都在进入棺材那一刻终结。汉从秦继承修仙成道不老之说，信奉肉身不朽，大量葬具选择了石棺，没想到留下来的，仅仅是费尽心力开采出的石头和精雕细刻的画像。从这一点上说，似乎有点得不偿失。但再现了岁月湮灭的过往，石棺和画像不是虚构，是过去人们的生活，使我们在今天还能与古人对话，还能为一脉传承的忠孝礼仪寻到根。华夏民族独有的文明，价值是无法衡量的。

文明需要传承。

两天前再次去博物馆，正碰上维修。前些天的暴风雨，把屋顶掀开了。展室里的灯刚拆掉，一片漆黑，贾雨田局长用手机电筒照亮，看了两幅画像，赶紧出来，在门口碰到发小李杨。几十年不见，猛然间差点没认出来，幸而他打招呼时，报出了自己的名来。问他做啥，说是到博物馆看看。他是该看看，我这样认为。

我的家在农村，与一个发小一起长大。那个时候物资匮乏，人们习惯日出而作、日落而息的生活。发小父辈兄弟四个，住房紧张，爷爷奶奶在幺儿的房屋旁边搭了一间偏屋单独居住。偏屋有一扇木头窗户，很少打开，屋里潮湿阴暗，跟儿子们的住房相比，差了很多。老两口说，他们是自愿的。或许是感叹自己没能力，住那样的屋子是没办法的事。可接下来的生活就让人大跌眼镜——四个儿子每每开荤打牙祭，便关着门偷偷摸摸，并不让两个老人知道，更别说请来一起吃了。年年为两位老人的生活，四兄弟总要大闹一番，话题永远是"你出少了，我出多了"。某天早上，发小爷爷在床上睡了过去，再没起来。留下奶奶一个人，轮换在一个儿子家住一个月。然而没出两个月，接力棒就传不走了，原因是三儿子说自己都养不活，不能接母亲。这样的闹剧一直持续到我离开老家，后来的境况我虽不甚了解，但推测变化不会很大。

民风不古，话说得偏颇，也很过头，但是一种警醒。现代人很现实，尊老爱幼的古风在现实中被淡化。面对古人那份亲情与柔情，我们真得好好想想。

至于发小怎么样，长大以后就各奔东西，彼此并不了解。不过，博物馆里，石棺画像可以好好补一课。所以我觉得，李杨去博物馆看看，很好。

博物馆下是赤水河，后面是长江。博物馆独占一片空旷之地，在这物寂人稀的中午显得特别孤傲。它在城市里，但又与其他民宅保持一定距离。画像石棺静静地躺在馆里，在经历过自己的生活后，又最大限度地观摩现代人的生活。好在，它们并不隐藏自己的某些秘密。

石棺与河流，一静一动，参与并记录社会的进程，续写新的文化和历史。许多时候，静比动更有力量。石棺是静止的，石棺上的画像也是静止的。人们来注目，它看进来的人们。在它眼里，去去来来、悲欢离合都不重要，重要的是信守那一份爱、那一份情。漫长的人生只是一个瞬间，恒久的是情。它把想要说的写在线条里，让现代人去推测，去猜。或许，初衷只是记录，只是为了彰显家风，只是褒扬亲情，未曾料想几千年后，能与今人相见，能警示今人。

正是上班时候，博物馆门前，一位清洁工人正在清扫落在地上的树叶。从学坎上老巷子里走来一老一小，四五岁的小男孩蹦蹦跳跳往前面飞跑，后面老人追着步子喊："慢点儿慢点儿，看摔了。"话没落音，小男孩果然扑通一声摔倒在地。清洁工人丢掉手中的活儿，跑过去抱起孩子……

一切又恢复平静。

我的眼前依次是我自己的影子、牵手的爷孙、画像、河流和挂在苍穹的太阳……

香　火

　　第一次到法王寺，是被县委统战部的人鼓动的。那是1992年春天的4月，熹微的晨光一点点挣脱紧扣在龙挂山山巅的暗夜，从凤凰岭缓缓向四周弥散，慢慢把万千朵红霞铺满头顶浅蓝色的天幕，也点燃凤凰山山下沟壑里的千万火焰。昨日还清净寂寥的山沟，突然间被裹袍带香的人流塞满，一个个躬腰匍匐，缓慢拥挤着往上，往上。被霞光耀亮的背影，绚烂了被绿色包裹的早晨，也将法王寺生生镂进了我的心灵。

　　这座存在了1000多年的寺庙，在试图重新点燃它的辉煌，像一个失足的浪子，眺望着前面的路，铆足劲头奋进。

　　这是法王寺新生后第一次庙会，没想到香客竟如此众多。不仅庙里，满山满沟到处挤满了人。

　　沿着陡峭的山路拼命往上，半天才前进了几米。幸好有统战部的人在前面开路，才好不容易挤到了庙门口。但见红豆杉、楠木、银杏林立，松柏葱郁，万竿楠竹簇拥着碧瓦红墙，掩映着飞檐画阁。寺外青山叠翠，山下溪水萦回，幽深而秀美的景致如由境界氛围酿成的朦胧诗篇。古刹在林荫中隐隐约约，笼罩在元气氤氲、晨雾迷蒙的万古空蒙中，透出一种"悠然心会，妙处难与君说"的朦胧意态。浓绿的树荫在清晨迷蒙中，升腾起淡淡的雾霭。

法王寺正门

其实，好长一段时间，法王寺都很寂寞，也很一般，一般不经意间便被人忽略，就像路途中不断出现的无数宫庙一样，无非是多了川南风土的味道。这样的寺庙在川南伸手一抓就是一大把。据民国版的《合江县志》记载，仅小小的合江县当时有记录的庙堂宫阁就有391座，可想能留下什么印象？但法王寺却不一样，从它的身上能看到风云变幻、历史钩沉。

寺庙因其特殊性，日积月累的成长、积淀，让人形成一种缥缈的希望。无论身处何境，意念都往庙里落，都欲求得保佑，都希望黏稠的心结有个美好结局。所谓求神拜佛，所求的就是存在于心的某种渴望与渴求，每一炷点燃的香火，都是寺庙的血脉，不可分割。突然的人潮，不就是很好的明示？

人群低着头，从山门一点一点挤往庙里。见到熟识之人，对视一下，点个头，脸上闪过一丝笑，算是打过招呼。进得山门，是一排石阶，抬起头，快速望一眼，赶紧爬石阶。人群如潮水般涌上来，我的躯体消失在波浪里。

上午9点，太阳光线拉直不少，后背有些发热。终于可以站直身子，看香案前缭绕的烟瘴，一双双手里高举等待焚燃的长香，火光一闪，香便瞬间飘出青烟，缥缥缈缈向四周散去。

眼前是硕大的弥勒佛，两边是四大天王，后面还有一个韦驮菩萨。要不是香客众多，我以为自己定然会因其幽深威严而吓得浑身起鸡皮疙瘩。这些由人雕刻而成的塑像，或许没有想到会有这样的结果，会以高人意念的姿态出现于人的视野，成为一方之神。潮涌般的香客，其心结不过如此。

邹五一说法王寺"崇于宋元"，曾历经千年曲折和磨难，数次毁于兵火，数次复兴。特别是后来的200多年，风云变幻，像人生大戏，一幕幕上演，一幕谢了一幕又来。邹五一在统战部民宗办多年，说这话肯定是通过了解而有依据。

不过我想，如果仅仅从风土人情和地方习俗、佛教与信仰去寻找起落因由，恐怕很难得到满意的答案。得抬起头来，把目光越过高山河流，穿过时间隧道，看社会的律动，看历史的演化变迁，看漫漫长河的深处，看从长江赤水河上刮来的超强劲风——

虽然眼前看到的是碧瓦红墙、斗拱椽檐，既有扑面的北方庙堂建筑的风味，而当地民居特色的风土味也在厢房的建筑中顽强呈现，但事实上是一座经典的川南神庙样板。从后面传来的幽幽钟声，给人一种超凡的脱欲感，恍若走进一方净土。

感慨之余，就很奇怪，荒沟高远的深山里，怎会有一座如此宏大精美的庙宇？

春夏之交，再去法王寺，拜访过德祥法师，被禅音牵引，我的思绪在德祥法师柔和的话语中随时光穿越。

1000多年前，改朝换代的战争硝烟顺长江而来。兵荒马乱导致民不聊生，住户十室九空。龙挂山山深林茂、交通闭塞，不失为上好的避难地。一位游僧——当然，抑或当地某个庙宇的和尚，春天里的某一日逃难来到这里，陶醉于山雄水美、无限风光，决定在此修建一座庙宇，取名法王寺。寺内清乾隆二十一年（1756年）碑记载："欲知梵刹之因肇启兴，崇于宋元，历乎明，千有余岁，其香火无乏，而钦慕者岂胜言哉！"碑记见证法王寺早在清乾隆年间就已经存在了1000多年。宋元时香火极盛，已经闻名遐迩，全国各地钦慕者均来朝觐。当然，同现在能见到的川南许多庙宇一样，推测其最初规模不是很大，建筑也不是很精美。

龙挂山紧连黔北高原，地方偏远，陆上交通"难于上青天"。宋元交替时期，虽然中原大战不歇，但偏居一隅的法王寺顽强地生存了下来，连作为首当其冲的古战场，也没能阻碍其发展。宋末元初，蒙古大军铁蹄裹挟横扫中原的威势，兵锋直指下游大城重庆，在合江境内的神臂城拉锯战足足打了34年。抑或因山深路难吧，法王寺又一次躲过浩劫。后来战争结束，没有人祸的危害，社会平和。人民能够安居乐业，经济就能健康发展。川南黔北一带，一般人家做道场、做法事多用乡间道士，不请寺庙和尚，烧香许愿、还愿自己上庙里。信教的人舍得花钱，舍得捐钱，特别有捐钱消灾降福之说，逢年过节争烧头炷香，更是大把撒钱，加之当值的几位住持和尚勤勉节俭，弘扬佛法，香火逐渐旺盛。元代中期直至明代，法王寺庙产相继扩大，在当地声名鹊起，吸引川南黔北无数香客前来朝拜，碑文说"元明时香火极盛"。可惜应了一句俗语，"久盛必衰"。

案前，龙挂山明前茶飘荡着幽幽的香。大概是渴了，德祥法师突然停止叙述，端起茶来，用杯盖在水面荡一下，轻抿一口，然后放下。样子极像弱水柔情的书生，继续的话语却如清泉叮咚有声。

没落的过程极其简单。清初，吴三桂反清，从云南、贵州出来的吴兵顺赤水河而来，盘踞法王寺。图谋以法王寺为据点，攻取合江后，沿长江出三峡攻占重庆、南京、上海。逆长江而上攻取成都，不料兵败。清军攻占后，一把火烧了寺庙。推测火焚前的建筑应该是木质的。龙挂山山高林密，盛产木材（今天还能在寺前看到几百年树龄的红豆杉、楠木、银杏等珍贵树木），对初创者来说，就地取材容易，花费成本少，扩大规模迅速。或许正是因为省钱而埋下了致命隐患，成为日后火灾的必然。

从德祥法师阁楼下来，太阳当空，阳光照在身上，仿佛多了些重量，热度上来，汗腺张开，额上有水往下滴落。我依然徜徉在长满青苔的石头台阶上，思绪依然停留在德祥法师的叙述中——

火焚后的法王寺一度沉寂，衰落了很长时间。乾隆庚申年（1740年）的一个黄昏，从山道上走来一个正值盛年的和尚。当他穿过茂密的树林来到寺庙前，看到眼前破败的几间庙房，摇摇头一屁股坐在了大门前的石阶上。

这个和尚叫广遂，是法王寺当地大姓洪、杨两家派人去成都华阳县三圣寺请来的高僧。他从赤水河码头上岸，走了整整一天，人有些累，口也渴了，不等身上的热退下，站起来拍拍衣服，继续向庙里走去。"阿弥陀佛，有人吗？"看见灰尘厚积、蛛网密布的破屋，他不由得倒抽了一口冷气，嘴里发声询问。回答他的，是脚下踢起的尘埃和空旷的寂寥。他找来一把破瓢，从井里舀瓢冷水咕咚咕咚喝下，抄起家什，到厢房打扫出一间屋子，把自己安顿下来。

这是一个了不起的和尚。广遂的功德不仅仅是他到来后艰苦创业，使寺庙为之改观，重要的是他慧眼识才，慧根普传，培养了免宇等一批贤能徒弟。广遂坐化后，免宇继承了他的衣钵，继续他未竟的事业。免宇之后，"又经慧源、吾莲、德峰等人的努力，寺庙先后置买田业多处，并改修山门宫殿。特别是德峰和尚，在建筑庙宇中作出了卓越贡献。从道光元年（1821年）至道光九年（1829年），德峰和尚向十方善男信女广为募化，积数千金，仿重庆冷水场华岩寺改建大雄宝殿、天王殿、东西两廊，添修火祖庙、方丈室，装饰神像，雕刻彩绘神龛香几"。工程之浩大，气势之雄伟，为川南所仅见。

这个时段是法王寺有记载以来的第二个兴盛高峰。到同治时期（1861—1875年），法王寺已经在川南黔北再度极负盛名，寺庙巍峨，庙产广布，香客云集。

在时光的投影里，我看到了一领袈裟的魔力。套用现在一句时髦的话："人选对了，发展自然没的说。"人无头不行，寺庙也一样，没有一个好的住持，香火就很难兴旺。

物以类聚，这话很精辟，一个时段寺风清明，所领和尚也就光明正派，也就人才济济。同治十年（1871年），接力棒传到了果山和尚手中。果山和尚将前几任住持的创业精神继续发扬光大。他派人到京师请领藏经。金銮殿上，经清穆宗同治皇帝载淳批准，同意按照北京白云寺藏经原版印刷一部。慈禧太后钦赐朝珠圣旨，晓谕法王寺为"十方丛林"，并题赠"法王禅寺"匾额一块，赐半副銮驾护送藏经回山。两张王牌到来，法王寺身份地位陡然升高。由此，法王寺唱经之声不绝，一时香火之盛，名震川南黔北。

第一次来法王寺时，着实被其所用石头震撼。庙宇的细节，是它存在的元素。我抚摸着一根根柱子、一扇扇窗户，似乎触摸到一颗颗虔诚而细微的心。

从山门到庙堂，我看到的全是红色石头——红色的石柱，红色的石墙……连高高翘起的茶亭，从地板到立柱也是红石的。

全石牌坊式山门宏大轩昂，20多米高度，石柱到顶，老远就能让人感受到一种威仪。山门和150步重道踏台都是新造的，是德祥法师的手笔。爬上长踏台，才到真正的庙门。早先的庙门于1940年焚毁了，原样已经不得而知，现在看到的是1948年改建的。硬山式屋顶，四柱三间，柱子清一色红石，推测应该是按原样复建的。可惜前檐下用碎瓷镶嵌的当时四川军阀杨森题的"法王寺"三字，与古色古香的建筑格格不入，不仅另类，还很扎眼。

沿17级重道式踏道而上，我停在寺庙的第一个殿。这座殿重建于清嘉庆年间（1796—1820年），因塑关羽神像，故称关圣殿。殿前有一个月台、两根石檐柱和一对石狮子。殿堂为硬山式顶，石柱子，木房架，石木穿斗结构。这样的建筑要是全用木材，就是川南的普适型模式，可贵的是这里的立柱全用了石头。与山门相比，关圣殿上了一个台阶，回头往后看，有一种俯视的感觉。把关圣殿修到与万寿亭、大雄宝殿几乎平行的位置，除了因山势外，不得不说是人的崇拜。

虽然香客拥挤，却敌不过我的好奇之心。继续往上，慢慢靠向万寿亭。这是整座庙宇最醒目、壮观的建筑，它在庙的中央拔地而起，殿前盛开的曼陀罗花在与它一比圣洁似的，浓烈而洁白。且不说万寿亭如何雄伟，单从做工、用料就可窥见一斑。万寿亭4根石柱高达15米（全寺最高的石柱），直径0.62米。亭的两边石柱上刻有一副长联："空山一寺，迥绝凡尘，喜感应人天，得颁储无量藏经，装成楼台白玉；大地众生，同沦苦海，问慈悲我佛，要历尽几多魔劫，才见世界黄金？"亭前门栏有二阶梯五级踏道，道中安砌浮雕盘龙御道。盘龙为镂空雕刻，精美无比。亭内楷书碑刻精良。亭的高度超过全寺所有建筑。从现存记载看，万寿亭修建于光绪十七年（1891年），是果山和尚派人请得藏经运回来后才修建的，目的是报答圣恩。修建万寿亭时应是法王寺焚毁恢复后的鼎盛时期。

入万寿亭，我仿佛听到慈禧太后下旨的声音，仿佛看到迎取圣旨的銮驾。圣旨达山乡，这可是一件了不得的大事，无论寺庙还是地方政府，都极端重视，硬生生在已经建好的寺庙当中辟出一块地来，建亭供奉圣旨。所以，万寿亭整个建筑修得高大雄伟，气势夺人，典雅、轩昂，散发着皇家建筑的风味。约15米高的牌楼建筑，红石素面台基，重檐歇山式顶，红色石栏，栏柱上精雕狮象。四柱三间，明间正中立有"法王寺记恩碑"铭文记述修建过程。次间左钟右鼓。4根石柱从地面直伸到顶，支撑两层楼矗立。二层为木刻雕花围栏，后壁4幅文臣武将壁画，正中供九龙镂空雕刻"当今皇帝万岁万岁万万岁"牌位。地面系红石铺成，建筑立面接应其上的动态。亭的顶部四角飞檐腾空，借助亭式建筑的气势，生发出一种飞升的姿态。整个建筑浑然一体，设计既富有变化，又保持整体的气势。同样的方法用在了第二层的拱顶与上下两层的窗户上，在呼应与变化中达成了丰富性与整体性的统一。第一层与第二层，前廊与实体墙，开放与封闭，原本难以协调的立面，以底层开放式门窗来呼应，获得了稳重感，又避免了石头柱子一贯到顶的单调。

高耸精致的建筑似乎在显示皇家的威严，但我总有一种别样的感觉。在虔诚的钟声和幽幽的焚香烟雾里，突然出现这样一个与道与佛与信仰无关的怪物，不知是该顶礼膜拜还是漠然置之。寺庙中心拔地而起一座万寿亭，至少在川南黔北，法王寺是第一个。

过万寿亭进入天王殿。这个殿建于道光七年（1827年），比万寿亭早，依然采用的是石木穿斗结构，硬山式屋顶。面阔7间24米，高10米，8架椽分心，前后乳搭用5根石柱，殿前与万寿亭连接，后面用敞开的长廊。这样建筑明显的好处是既省材又采光。前墙做万寿亭后壁，既避免了前面亭式建筑一看穿透的缺点，又能把殿的空间充分利用。故而殿里才能供奉弥勒佛、四大天王和韦驮菩萨。这展现出前人在有限空间利用上的智慧和思维。

过一宽大的红石庭院，进入大雄宝殿。德祥法师说，大雄宝殿的修建时间早于万寿亭。仔细看过后，很感慨旧时工匠的巧夺天工。虽然是单体一层建筑，却有高耸巍峨之感。依然采用的是石木结构，重檐歇山式顶，4架椽前后搭牵4根石柱，高15米，阶梯形踏道7级，从地面抬高约1.2米，是标准的中式庙堂建筑，堂是营造的重点。宝殿屋脊正中塑有宝瓶卷草纹，顺脊两侧两条行龙，两端装饰鸱尾，垂脊和戗脊做成镂空花脊，八角高高翘起。尤为突出的是，大殿四周建2.4米宽的回廊，形成宽阔的室外空间。檐柱与金柱间乳栿上装饰浅浮雕戏文的撩檐拱，檐柱的上端放置垂兽托脚，梁架构件加工精细。室内外地面全铺红色石板，檐柱和金柱用的是红色整石，半截墙体用红色条石，石柱嵌入墙体，浑然天成。石柱前后数量相同，形成对称。檐柱下方雕刻戏剧人物图案及狮象瑞兽装饰。大殿前间开宽敞大门，次间安雕花窗。整个建筑装饰精美，繁简对比适中，点缀精准，雕刻栩栩如生，恰是点睛之笔。

虽然是重殿，但比起万寿亭来，高度依然矮了半截。事物怕比较，没有比较就没有好坏优劣，与人一样，不把两个人作对比，就不会有好人和坏人之分。大雄宝殿不仅比万寿亭矮，屋顶的雕饰也逊色。由此似乎可以说，皇权永远比佛大。

再往后是藏经楼，为全寺中轴线上最后一殿，修建时间与万寿亭同时。藏经楼也是全寺中轴线上主殿中唯一采用砖木结构的建筑。楼高两层，硬山式屋顶，8架椽屋分为前后乳栿搭牵5根柱子，迎面共5间，明间为殿堂，次间做方丈室。楼上藏大藏经。但是，走廊檐柱还是沿用了红色石柱，柱面平整光洁，红色石料显眼突出，有柱头装饰的味道。这是木质柱头无法达到的效果。

藏经楼的左右两边顺山势而下是东西两廊，建筑时间跟天王殿和大雄宝殿相同，建筑模式与民间四合院相似。不同的是这个四合院阔大，中间矗立了万寿亭和大雄宝殿。东西两廊现在做了地藏殿、佛石堂等。它是整座庙宇不可或缺的产物，凸显中式建筑四正方圆的完美。

德祥法师介绍说，现在看到的建筑都是在法王寺原有房屋的基础上重建的，只是规模和形式都进行了本质的改变，地板、柱头差不多都由木质改用了石料。

走过一圈之后，我不得不佩服当初建庙者的精巧构思。整座庙宇在继承传统的均衡设计、庭院布局的同时，其造型已经不满足于传统的几间几架简单长方块式，而尽量在进退凹凸、平座出檐、屋顶形式、廊房门墙等方面追求变化，创造出赋予艺术表现力的形体。配以彩画、小木作、栏杆、内檐装饰、雕刻、塑壁等装饰艺术，特别是其丰富的内檐隔断创造出似隔非隔、空间穿插的内部空间环境，充分表现出建造者精妙构思与传统建筑形式巧妙结合的动态美。

最令人叹服的是石头地板、石料柱头。全寺计有大小石柱228根，最长的15米，直径60余厘米。石级、平台、院坝全用红色石料铺成，柱础、回廊都是红石镌刻，被后人誉为"天下石工第一"。令人感兴趣的是，那么高的石柱，重量自然不轻，在丛林深处的高山里，在当时没有机械相助的情况下，是怎样运输和直立起来的？德祥法师说，据当地有经验的老石匠介绍，运输这么长重数吨的石柱，要使其不折断，只有使用滚筒法，就是先制作一块木质平板，用软体物料垫上，再将石柱平放固定在平板上，平板下用圆木做滚筒，一点一点挪到指定位置。这些把木料排斥在外的石头，占据了整座庙宇。因为有了这些石头的存在，重建260年来，法王寺建筑再没有遭受大的损毁，兴盛异常，袅袅香火不绝。

一座寺庙就是一个传说，那些每日晨钟暮鼓、沉醉于焚香与祷告中的人，那些在与不在的和尚与故事，都被无情的时间淹没于尘世。人流不断从庙里往外泄，像一条受惊吓的蛇，带着一丝慌乱消失在绿丛里。

随德祥法师从左后转出，站在一处废弃的院坝里。院坝的边残留着几处缺口，几棵大树落寞地矗立在阳光下，缺边少角的条石好像在述说自己曾经拥有过的辉煌。德祥法师说这里早先是连接观音殿的走廊，衰落时毁掉了。

世事总会不断演化变迁，这是规律也是无法摆脱的魔咒，所谓世事无常，说的就是这个魔咒。人类社会起起落落数万年，有过兴盛，同样有过衰落，无论是西方的杀伐还是华夏的争斗，无不在兴与衰中轮回，何况乎一座小小寺庙！不用梳理，也会发现凡事的兴与衰都是人为的，这也从另一个侧面反映出选择人才的重要性。清末时，法王寺宣修和尚欲夺庙权，众僧分党树帜，械斗争讼数年不止。这或许是其衰落的原因之一，但又不是唯一。民国初年，社会动乱，法王寺又被土匪占据为巢，白天四处打家劫舍掳掠妇女，晚上在寺中淫乱，把原已衰败的法王寺搞得几乎僧侣绝迹。这种状况一直持续到20世纪20年代。这应该是其衰败的又一原因。

尽管听到这样的过往心里很不是滋味，但作为后来的看客，却只能默默祈祷。这次衰败持续了几十年。1914年，黔军到赤水清乡剿匪，用假意

法王寺石阶

招安的计谋，诱杀了几百名土匪，法王寺匪患得以缓解。10多年以后，一位叫东方的和尚出现，这座十方丛林才迎来转机。

到了1929年，法王寺留守的老残僧人待在空空的破庙里，每天除了面对冰冷的石头，就是残垣断壁。老僧们想要重振香火，可又无能为力，于是与地方乡绅商议，派人到少林寺请东方和尚来担任住持。

东方和尚原本是合江县白米乡人，俗家姓胡，因为家穷，4岁便被送入佛门，跟随道莲和尚吃斋念佛，被赐法名"常厚"。

常厚受戒的祖师爷叫四园和尚，会算命，懂堪舆。常厚聪慧伶俐，深得祖师喜爱，将算命、堪舆术传之。后来又遇到一位叫高朋山的和尚传授武功、医术。这位高朋山是广西人，太平天国翼王石达开的亲兵，武功高强。1862年，石达开率部渡赤水河来到合江，在先市场一带与清军激战月余，兵败退走，后在大渡河全军覆没。高朋山死里逃生，流落到合江凤鸣之字滩观音堂剃度为僧，但未曾受戒，所以没有法号。常厚好学聪颖，跟随高朋山到盘龙宝刹，禅戒之余念书习武。盘龙庙小，香火不盛，清苦可想而知。师徒两人栉风沐雨，自得其乐。从其在庙里刻的对联"山中良禽属我管，林下虎豹不敢歪"可以窥见其豁达。

经历12年的磨炼，常厚长到了18岁，自取法号东方，开始外出游历参禅。来到少林寺挂单，参修少林拳术，结识了天下英雄好汉，打开了眼界，也增修了少林武功。

东方和尚回来接任方丈以后，一门心思振兴庙业。严格僧律，规定所有僧侣强壮者必须下田耕种，老弱者必须打扫庭院，晨必起，夜必诵，勤俭兴寺。历经4年艰苦创业，逐步还清了债务，收回庙产。又经七八年的勤苦经营，法王寺香火逐渐兴盛，声名再度鹊起。

战乱年代，树大招风。复兴的法王寺引起了四川军阀刘文辉的注意，他以办学的名义派人来提卖庙产，封存了当年收起来的田租谷物扬长而去。法王寺又一次陷入困境。东方和尚只得率僧徒徒步至成都，恳请四川省佛教协会出面与军阀周旋，保护川南黔北"十方丛林"法王寺。他又赴陪都重庆，请著名高僧云岩大师打通关节，查封稻谷才得以解封，法王寺才得以保存下来。

1940年，日军轰炸合江县城，死伤1000多人，城里人纷纷逃往乡下。法王寺涌来大量难民，一时人满为患。动乱、战争，寺庙也难于幸免。东方意识到，积弱积贫的人们，需要强身健体，于是开办武术训练班，收拢一帮青少年，教学武术。他又与到寺避难的合江县佛教协会常务委员夏亮工商议，创办法王寺佛学院。他亲赴陪都重庆，呈请佛教协会批准。拿到批文后，东方自任院长。聘请重庆缙云山汉藏教理院太虚大师为名誉院长，太虚大师高徒浙江印顺法师为导师，江苏演培法师为教务主任。佛学院于1941年开学，设研究班教授佛理哲学，设普通班教授国民常识及一般教义（相当于高级小学和初中）。研究班主讲《心经》《金刚经》《楞伽经》等，普通班教授国文、历史地理和数学。当时正值抗日战争，各省避难僧侣来院求学者共100余人。设在赤水县（今赤水市）的大夏大学、赤水高中、博文中学的师生也前来听讲。佛学院分设宣传股、卫生股、运动股，成立有同学会。运动股还孕育出了"法海""心潮"两个出色的篮球队，常与赤水、九支、先市、二里等地学校师生比赛。

德祥法师说，法王寺至今仍是川南黔北最具代表性的寺庙，其红石主体架构仍是川南黔北标志性建筑。多亏东方前辈等有德高僧前赴后继的努力和付出，使得今天仍能见到如此精美宏大的建筑群落，尽管历经风风雨雨，仍能绽放光芒。说完一指庙后山坡，东方长老的墓塔就在林中。

踏着红石台阶，从后门来到塔林，在东方墓塔前鞠个躬，以表敬意。的确，他任住持时期的法王寺，作为远远超出了宗教教义的范畴，已经融进了救国救民的理念，不仅提升了一帮寺僧的文韬武略，还教化了一大批青年才俊。僧侣除了青灯残卷，也有了象棋、篮球，大大丰富了生活。

东方和尚给法王寺带来的，不仅仅是法度青灯，更多的是活跃与兴盛。面对这样的人杰，岂能吝啬一鞠躬？

其实，我是第一次见到德祥法师。与其德行和声名相比，很有些出乎意料，初见时着实吃了一惊，与臆想的样子差距很大。他年纪轻轻，却已是一个传奇人物。17岁出家，19岁受戒，先后在成都文殊院空林佛学院、四川省佛学院、中国佛学院求学，后被派驻尼泊尔中华寺。用一个时髦的词汇就是"青年才俊"，宗教界叫作"得道高僧"。

说起他来法王寺的因由，很与东方和尚入驻相似。法王寺在几十年的"破四旧"中，早已破败凋敝，庙舍破烂，寺内空空。尽管于1991年恢复寺庙管理，请回当年佛学院第一期学僧明仁和尚、演谛和尚、洪能和尚分别任管委会主任和副主任，1992年还办过盛况空前的庙会，但几位和尚均年事已高，加之几十年都生活在封闭的乡下，对新的世界认知有限，辛苦经营10余载，寺庙却变化不大。县委统战部民宗局很为寺庙的保护和发展着急，忽然有一天听说了德祥法师，于是急忙找到了他。

德祥法师阁楼外，滴水檐前的矮墙上，一盆云竹摇曳着绿，迎着花盆里的光头佛像微笑。植物的灵性，与人的智慧有着无声的关联。

德祥法师的到来，就像一部小说里的故事情节：一个不甘寂寞的人，背井离乡去到外面的世界闯荡，走过千山万水，心却始终留在原点。2003年，县委统战部派出的人找到他的时候，他刚刚到泸州的方山不久。回川来，原本想在方山发展。统战部派去的人态度诚恳，样子虽然不能与传说中的刘备三顾茅庐相比，但表露出真实的求贤若渴，所以他答应来看看。不承想，看到法王寺精美的石头文化和清幽的环境，他就不想走了，留了下来。

这对法王寺来说，无疑就像一个垂死的病人服用了一副良方，开始有了焕发生机的希望。他像一位良医，一开始便摸准了脉搏，看清了病症，接下来的所有行动，就都围绕祛除病灶，促进精神崛起。德祥的愿望是把法王寺建成全国最清幽清净之地。在政府的帮助下，迁出了住在寺内的7户农家和小学校。募集善缘，修复庙舍佛像。晨起敲钟，暮来击鼓，勤勉苦作，秉承清净持戒、农禅并重的寺风。先后募来亿元善款，用于古刹的恢复和重建。在对遗存的古建筑进行保护性维修的同时，新修了占地面积10余亩的红石文化广场，修建了标志性建筑红石大山门和150级红色石阶，新建建筑面积达2000平方米的斋堂，1300多平方米的博物馆，1500多平方米的茶楼库房，200多平方米的图书馆，200多平方米的禅堂，新建筑占地面积大大超过原庙舍面积，红色石柱也由当初的200多根增加到500多根，翻了一倍多。此外，还从当地农民手中购回林地1300多亩，又寻回了法王寺散失民间的不少原有标志性旧物。

德祥说，围绕寻回旧物，发生过不少故事。

"十方丛林"牌匾是慈禧太后钦赐的寺内珍贵文物，十年动乱后不知所终。庙宇恢复后，当地宗教、文化部门曾经下功夫寻找过，一直没有下落。2006年，德祥法师到一农民家收古家具，那农民有一张雕花床，很精美，价钱谈好后，准备装载运走。农民数完手中的钱，再看看即将被拉走的雕花床，或许觉得一件旧家具都能卖到这样的好价钱，实在划算，顿了顿说还有一样东西，问要不要。德祥叫拿出来看看。那农民爬到楼上拆下来一块木板，翻过来一看，有"方丛林"三个字，正是那块苦寻不得的牌匾。德祥既惊喜又疼惜，连说"要、要、要"。

"还有一段呢？"

"在的。"

农民边回答边从角落里找出另外一段，上面正好是那个"十"字。两段相接，复原了"十方丛林"四个字。原来那农民拆得牌匾回去做了楼板，因为长了，锯断了一段。幸好安放的时候是字朝下，才没被脚板磨损掉。锯断的一段也完好地保存着。德祥赶紧把牌匾弄回来，重新挂到了山门上。

现在的法王寺，已经不仅仅是建筑面积的扩大，更重要的是浓郁的文化氛围。寺里原有的单纯佛教文化已经有了很大变化，其内涵已经远远超出了寺庙文化和宗教文化的范畴。

德祥法师在藏经楼左边建起图书室。在寺里建图书室，这已经是很多庙宇想不到的事，法王寺不仅办起来了，还除了充实经书，也列入现代科技文化的书籍。寺内古建筑以红色石头为特色，德祥将这个特色继续发扬光大，收集古旧石门，建起一个石门博物馆，展出石门300多道，将石门文化融入寺庙文化中。新添建筑所有的立柱、地板依然采用传统的红色石料。收集石缸、石雕石刻、石牌坊、石佛——德祥说已经投入6000多万元，收集到各类藏品一万多件，列中国所有寺庙之首，就连风光无限的少林寺，要论藏品，也只能甘拜下风。

德祥法师将收集的藏品分类，建馆保护。建起佛像展览馆1000多平方米，展出佛像200多尊；正在修建建筑面积达2500平方米的庙画馆，有500余张庙画可供展出。

"寺庙文化的扩张？"没等我继续感慨，德祥法师带着我往后山走。

几次来，我都围着寺庙转一转就走，曾误以为看点和精华都在前庙。

走入后山，我被深深震撼了！

向农民购买的1300亩林地全在后山，两个长着残次林的小山峰已经被推平，一处建起了一个大堡垒式的东西，石头砌的墙体上留了好些方方正正的孔。大堡垒的四周，散立着几副石牌坊，堆着方正的条石，看架势就知道是要修大型建筑。场地上静悄悄的，在阳光下显得空旷寂寥，看样子施工已经有一段时间了。一问才知道，这是在建的大型博物馆。建筑是新的，牌坊却是古董，不知来自哪个年代，其形既遥远又亲近。

另一个小山峰则出现了一个建造得美轮美奂的石碑林，双人合葬的墓碑、一个人的单体墓碑，林林总总立于山巅之上。墓碑上所刻对联不乏精华，"四面云山皆向我，满天星月自宜人"，空灵又不失清幽的美感。这些墓碑是当地农民从毁坏的无人墓找来捐献的，不知道它们从何而来，也弄不清它们的主人离开人世有多久了。站在碑林里读赞美的诗篇，主人们从前的生活只能想象，哪怕已经伫立石碑前，一切仍是虚幻。

这是一个大场景，仿佛是魔术师布置的一个大舞台，上演的是一场时光游戏。老旧的东西依然故我，旧时生活的现场抵御着现代生活的侵蚀，矗立在人来人往的山冈之上。走进石头牌坊、石头碑林，你仿佛感觉到从前的气息与人的活动，上千年的时光从石柱、石礅的苍老里<u>丝丝透露</u>，古人的眼神与呼吸隐隐约约，他们活在时光中又超越时间，让人置身于从前又分明站在现实的喧嚣中——

我不得不佩服德祥法师的精明与睿智，他的思维已经远远超出了单纯的宗教文化。从石缸、石门、石佛、石碑到石牌坊，他的耳边总是响起叮叮当当的凿石声，这是石场雕刻师们在精雕细琢，繁忙的场景在他耳边还没散去。循着这些声浪，他为法王寺储存着历史。

站立红色石门前，随风飘来阵阵诵经声，梵音般如梦如幻。脑子里突然有了一副对联："心结善缘，凡胎苦练能成佛；志存济世，顽石精琢始问仙。"这寺、这石、这人，不正契合？

第二章 山河筑梦

——历史与现代，生态文明洒满中华大地，几步之遥，就能捡拾到古与今碰撞所留下的痕迹。偶然的几次外出，历史与现代文明的交织，一次次感动着我。

索玛花开

一

从昭觉县城到三岔河乡的三河村,公路一直在海拔2500多米的山腰蜿蜒。即将到达三河村的时候,公路上方一座座圆头山上开着红的白的花,闪耀着鲜色。我问:"山上开的是什么花?"李凯说:"当地叫索玛花。"我赶紧用手机搜索,原来是杜鹃花。在川南丘陵,杜鹃花开,已经是初夏。李凯说:"在这里,索玛花开,庄稼才播种,春刚开始。"

公路下是深沟,大雾衔山吞日,奔突而来,大有将山变海之势。我们的车在柏油路上疾驰,屁股后面丢下一缕白烟,车身迅速变成一团影子。我说:"这路不错,跑得起速度。"李凯说:"你们幸运,碰上路修好了。要是早先,走这段路要两三个小时。"他说得没错。从距离上看,走这样的高山泥石路,两个小时到达也算较快。李凯是三河村新任"第一书记",极年轻,西南石油大学毕业的选派生,刚来不久。

说话间到达一个山口,李凯把车停下,手指左边的山梁说:"到了,阿来果则。"我问:"阿来果则在彝语里是啥意思?"李凯说:"来的时候也不知道,后来问过才晓得,阿来是姓氏,果则是山坡脊梁。阿来果则

搬迁后的新居

是三河村原址的地名。"

下车来，我立在路边，风冷冷地从沟底上来，使劲地吹，短袖衬衫不停地膨胀收缩。

用清新、舒适这样的词来形容这里的气候，显然词不达意，应是干燥或寒冷。站立几分钟，就感觉到了冷。我右手掌半握在左胳膊上下摩擦，试图把寒气驱赶掉，但是不行，很快背心也凉了。我赶紧返回车上，抓一件外套穿上。

前边斜斜的一道山脊，看起来七八百米——数字只是我的估摸，实际直线可能更长。山脊之上，散落着一片低矮的茅屋，静静的似乎了无生气。疏疏落落的茅屋与远天接壤，视线里可见黄褐色的土墙、草色的顶，像一朵朵巨型蘑菇。脚边一间用毛砖砌了前墙的小屋紧闭着门。

李凯介绍说："三河村地处高二半山区，全村辖区面积19.24平方公里，辖阿基、洛达、呷尔、日子4个社，1698人，全部为彝族。几年前，全村90%的人仍居住在条件简陋的低矮土坯房中，保持着彝族传统生产生活方式。"

来之前，我查过资料，知道三河村地处四川西部的大凉山，夹在汹涌的金沙江和湍急的大渡河之间。这里山高谷深，沟壑纵横，海拔2500米的二半山上是荒原草场，土地贫瘠，生态脆弱。但我没有料到21世纪的年代里，还存在这样大片的简陋茅屋。眼前，数十户彝族人集中居住的山梁，两边几乎是垂直向下的深谷，把头倾斜得再低，也看不到一半深，谷底更是遥不可及。即便是晴天，山谷里也塞满大雾，汹涌奔腾。李凯一指山梁说："看吧，这里地势奇特，风大且冷，盖着草甸子的山头连绵起伏。数个山头散落着全村350多户人家，也遗留着数千年沿袭下来的土坯茅屋。"

说句实话，此时我已经被彻底震撼。"荒凉"是我脑子里冒出的第一个词。见惯了川南农舍的高大宽敞，突然间置身低矮的土坯房前，置身阳光下泛起的黄色烟尘里，真有一种倒退3000年的感受。

通往村子的路是顺山脊辟出来的，一米多宽，够两个人并排行走。路面用不规则的片石镶嵌，石块与石块之间用泥沙填缝，看去平整，走起来也顺畅，只是经不住雨水冲刷，雨天还泥泞。李凯手拿高音喇叭在前头领路，边走边说："这条路拓宽的时间很短，搬走前两三年才弄的，早先很窄，也没铺石块，很难走。因拓宽铺上了石子，好走多了。住在山脊上的人把石子路取名为'嘿拱嘎'，汉语的意思是'暖心路'。"

等在路口的三岔河乡党委书记何之州迎上来，停在了一块黑色的石碑前，引我看石碑上的文字，然后说："彝族在新中国的历史上可是有过了不起的贡献。"

"彝海结盟。"我的反应也很快。

"那个年代能做出那样的选择，是很了不起的。"他说话的时候，豪气写在脸上。

何书记的话让我仿佛看到，一支头戴五角星的队伍，穿着破衣烂衫，举着红旗，向着高山走来。

1935年5月，红军北渡金沙江后，进入彝族聚居区，这里山高谷深、地形复杂、道路艰险。22日清晨，红军来到彝海，被彝民阻拦，不得前进。后面，有国民党的追兵。蒋介石与其谋士们正在打造一张巨网，要把红军歼灭在大渡河以南。红军先遣部队司令员刘伯承站在彝海边，清波中的鱼跃，给了他鱼水不能分离的启示，遂与彝人果基支系首领小叶丹结为兄弟，得到彝族群众沿途护送，为强渡大渡河赢得了先机，彻底粉碎了蒋介石的阴谋。

天命使然，历史的走势就这样，四面围堵的铁壁，瞬息破碎在彝海。两杯清水，让战争上升到技术与人性融合的高度，凸显天时地利人和中人和的魅力，让处于困境中的红军出奇制胜。凉山彝海成了历史的见证。

80多年后的5月，我也走进了凉山的阿来果则。与红军不同的是，没有危机，我来是体验生活。

我怀着一种别样的情愫，沿片石路走进村口。四周很安静，坡上的房舍零散而单调，看不到有人活动，也缺少生气。何书记说："都搬走了，想进哪家，随便看。"

正好路边一户人家，屋前一个小院，门很低矮，进院得弯腰。竖排两三块木条，两根横木，几颗钉子，便制成了门扇。我说："就这家吧，进去看看。"泸州市文联主席张合伸手在门框上拍了拍，又量了一下门框高度，苦笑一声，然后才弯腰通过。进到小院里，我用脚轻轻踢了踢，有尘埃上来。泥土地面，脚踩下提起，烟尘随脚而起。再看屋门，也跟院门相似，门框低矮，门扇像木栅栏。原始风貌的沙砾土墙，没有粉刷装饰，看得见巨大的裂缝和掉落的沙砾。进到屋子里，只有十几二十平方米的空间呈"丁"字形摆放着两张床，床前有个火塘，靠墙一边摆着几个胀鼓鼓的口袋，像是塞满东西。再寻别的什么，就没有了。李凯说："全是原样，口袋里原先装的是粮食。"

我问："就这一个屋子？"

李凯回："是的，一家人挤在一间房里。"

我立刻心酸了。小时候家穷，一家人挤在三间土屋里，已经感到那么憋屈，况且那土屋还敞亮，房间有墙有门相隔。没想到这里的土屋是这个样子的。

绿土地上的影子

新村健身场

　　自从刀耕火种以来，房屋在人类进程中扮演着不可或缺的角色，是安身立命的根本。所谓家，一半指的就是居住的屋子。何书记看我面色沉重，上前解释："三河村山高缺水，风大酷寒，沙砾土质墙筑高了会垮，更经不起雨水冲刷，所以房屋修得又矮又小。如若中间再筑隔墙，既占空间又费工费时，彝族人因陋就简，四围筑一圈矮墙，盖上草，就成了家。世世代代，彝族人民就过着这样简单清苦的生活。"

　　"没想到彝族人居住的屋子这么简单。"我说。

　　站在旁边的一位彝族农民似乎听懂了我的话，接过去说了几句。我听不懂彝语，睁着眼睛望李凯，李凯摇头。何书记赶快介绍："这位农民叫洛古有伍。洛古有伍说，现在好多了，他们老辈连草屋都没有，晚上直接睡地上，身上盖的也没有。洛古有伍说的是实话，20世纪50年代初，这里的彝族人民还过着奴隶社会的生活，接下来民主改革，他们一步跨千年，进入社会主义社会，才筑起土屋，有了自己的家。后来的几十年，受各方面条件制约，发展缓慢，脱贫攻坚以前，大多数人还贫困。现在好了，新房子修起了，经济也发展好了。"

　　我"哦"了一声，点头表示认可，心里却有疑问：何之州说的"好"到底怎么样？

"这些土屋都搁在山脊上,水从哪儿来,吃水怎么解决?"我转移了话题。

"的确严重缺水。早先到山下沟底去挑,现在吃的自来水是从解放乡引过来的,政府花了1000多万元。"何书记回答。

"这是不久的事吧?"我问。

何书记说:"搬走前两年才接通的。高山地区做这样的事很难,花了很多力气。"

我的眼前忽然浮现彝族兄弟从坡下背水上山的景象,心里泛起一阵说不出的难受。这样的日子不是一天两天,而是世世代代,几千年!不管怎么说,现在接通了自来水,算是一种幸福吧。

出小土屋,何书记有事,匆匆去了。我站在院子里沉思。从寂静的时光里,滑过一声鸟鸣。"土屋还多着呢,再到前面看看?"李凯催促。出门顺片石路再往上走。左边是一道高坎,坎上是人家,坎下是一块沙砾地,刚翻锄过,种的庄稼还没出芽,沙砾在阳光下闪着紫红色。上到山脊,目力所及,除了土屋还是土屋。同去的几个人已经不见踪影,推测应该是进了就近的土屋。

眼前是又一户人家,我走进去。布局依然是小院套主屋,只是小院稍宽,主屋大一点。李凯说:"这户人家算是最好的。"观察山脊上矗立的土屋,确实如他所说。小院套着三个大小不等的独立主屋,最大的一个住一家两代人,小的一个住上一辈的老两口,还有一个做牲口棚。

"这样的土坯房留着干啥?"我搞不懂村里留下这些土屋的意图,问道。

"乡愁和旅游。"李凯笑笑说。

我很诧异:"土坯房跟乡愁有啥联系?"

李凯说:"村里人在这里住惯了,很多人在新家住几天,又跑回来住一两晚。再说,地也在这边,上山来做活累了,需要地方休息,收获的庄稼和没用完的肥料，都临时堆在了这边的屋子里，所以大家都不愿意把土屋拆掉。这样也好，留着有个对照，免得时间长了，忘记了曾经的苦日子，忘记了造就幸福生活的人，这就叫记住乡愁。"

他笑笑，继续说："村里看大家都舍不得拆，就进行了规划，投了点钱，把道路整了整，搞了点绿化，借助土坯房的魅力搞旅游。"

这确实是一个不错的选择。现在的城市钢筋水泥化，乡村城市化，这样大面积成片的土著民居的确很难找到了。让人们在参观中体验过往，在游览中感受苦涩，这不仅仅是留住乡愁，其存在的意义已经远远大于价值。我很佩服眼前这个年轻人独到的思维与眼光。

口有些渴了，我抓起矿泉水瓶咕噜噜灌了几大口，顺道再往前，来到了山脊的最高处。右手边，刚才去过的土屋后面，重叠着的还是土屋；左手边，是一溜斜坡，土屋随斜坡一点点倾斜，伸向远山，直至完全隐没。

艳阳临空，游荡的一朵朵浮云被日光驱离，天空一片湛蓝，照耀得新修的柏油马路闪闪发亮。矗立的土屋依然寂静，像一头头年迈的骆驼。只是，这些苍老的骆驼正在慢慢失去意识，仿佛心甘情愿等待着新的生命轮回。

回到碎石路上，新来了几位花枝招展的年轻人，飞快地从眼前跑过。一位女生脚崴了，蹲下身子在脚脖子上揉了揉，然后直起腰，朝前看了一眼，走了。扭动的腰肢和闪亮的花裙子，激活了一道山梁。

我向她的背影送去一道羡慕的目光，扭回头时，李凯说："走吧，去日波界乃，上一任'第一书记'张凌等着的。"

二

顺着山坡往下，路边是灌木，林中不少索玛花，或白或粉的花朵如拳头大小，于寂静处张着笑脸，给沿途送来一种香艳的气息。前面是一道略微开阔的山梁，深谷两边，依然是雄阔壁立的高山，柏油马路直接通到山梁上。几分钟，李凯就把车停下来说："日波界乃到了。"

一眼望过去，几排整齐划一的房子干净整洁，沥青浇注的白加黑道路宽阔通达，山沟里的浓雾突然没有了踪影。眼前的路是新的，房子也是新的。李凯拉开车门站到旁边，等着我们全下了车，才走到前头介绍："这个新的聚居点，居民都是从阿来果则搬来的，先前是邻居，搬来还做邻居，都是平常在一起的人，熟悉。"

我想，这个时候应该家家都有人，但村子很安静，没有嘈杂，也没有喧闹。走在柏油路上，天空阔远，耳边是初夏的微风吹过山冈和脚踩在沥青路上的嚓嚓声。新栽的绿树长出了嫩叶，浅绿中泛着鹅黄。不远处，一男两女拉来一车黑土，正在给绿树上肥。男的放下车把，拿铁铲刨土，女的再把土摊开铲平，栽下一株索玛花。这让我想到了城市绿化，彝族的新村，也跟上了时代的步伐。

走到村口，一位30多岁的黑瘦男人迎上来说："比起阿来果则，条件有了翻天覆地的变化。"李凯赶紧介绍说："这就是张凌，也是彝族，原名叫哈日拉且，2015年4月从昭觉县发展改革和经济信息化局被下派到三河村任'第一书记'。"

原来他就是张凌。昨天约过，说好在阿来果则见的，他临时有事，被派走了，事办完了赶过来的。李凯也有事，把我们交给张凌就离开了。

与张凌热情握过手，我便把注意力转到了新村。清一色砖砌的墙，石垒的围子，坚实而牢固。平面上共有两排房子，主路从屋后经过，直通村子的另一头。前边还有一条辅路，通向各家各户。辅路边是绿化带，新栽的桃树已经成活。辅路下是一道坎，坎下又是一排新居，这样依山修建，共有四排，重叠而美观。房子是人类赖以生存的家，一个人生存条件的好坏，最直接的反应就是住房。看着一排排整洁的新房，四围浓绿的青山，我心想，这样的地方，自然状貌美不胜收，干净清新的空气，简直就是人间天堂。

我说:"去农家看看。"张凌看村口的人家院门开着,便走了进去,用彝语喊一声,回头对我说:"这户女主人在,叫吉伍尔莫。"

这是一栋三开间的房子,100平方米,中间是客厅,两边是卧室,外套一个小院,与阿来果则的土屋模式一样,不同的是结构有了重大改变。厨房和厕所是另外一栋独立小屋,用围墙套在了院子里。与早先的土屋相比,居室用隔墙分开了。大人和孩子分室就寝,有利习惯、卫生的养成。地面是用水泥硬化过的,不再落水即起泥浆。客厅一改没凳子的旧习,摆着一张布艺的长沙发,旁边有几只塑料矮板凳。借着照进来的太阳光,满屋生辉,宽敞而亮堂。

吉伍尔莫一只手牵着孩子,一只手用扫帚扫地。沙发前的地上,残留着一团湿痕。扫过,她又用拖把反复擦干,湿痕还泛着乳白。她用彝语说:"刚才孩子喝牛奶,不小心洒在了地上。"

吉伍尔莫说完赶紧放下拖把,拿过塑料矮板凳,示意我们坐。我并不客气,坐到了沙发上。我请她坐,她牵着孩子,坐到了矮板凳上。

吉伍尔莫47岁,生了6个孩子。老二已经20多岁,前年去了深圳打工,月收入上万元。因为防控,春节没能回家,两天前赶回来一趟,明天下午就回深圳。怀里抱着的是老六,才在幼教点读学前教育。

吉伍尔莫有些腼腆,话语不多,却热忱。她说自己的丈夫出去打工了,就她在家带孩子。张凌接过话补充说,村里的青壮年大多出去打工了,留在家里的,都是妇女、小孩和老人。似乎是印证,来的时候,院子外的空地上,就有两个小孩在玩秋千。

虽然有语言障碍,但交流还算顺畅。我问的话题,吉伍尔莫很乐意道来。她说完一段,便看着我,等着翻译。我猜是不是要我夸赞呢,张凌说她是高兴,想说出心中的话。我一边飞速地记,一边仔细地听,时不时也停下笔,专注地听她说话。她和这里所有的人一样朴实,没有花花肠子,没有虚伪，眼神干净而清澈。尽管生活仍然有压力，但笑意一直写在她的脸上，语意明亮而快乐。

我问搬到新家高不高兴，张凌翻译后，吉伍尔莫笑得更灿烂了。她说从来没遇到过的好事，当然高兴啦。拿到房子钥匙，大人孩子就先来看过。搬家是一个很重要的事情，她家选了一个吉日，正好是星期天，除了出去打工的老二，全都回了家，几个孩子头天晚上就兴奋得睡不着。第二天，一家人很早就起来烧热水洗澡。老四是个爱美的女孩，自己打了一盆水洗头，两个弟弟也跟着洗。家里只有一条毛巾，几个孩子拉扯着用。老四洗完了，头发滴着水，也没用毛巾擦一擦，就过去帮着小的两个洗手。说实话，平时很少这样过。因为搬来的地方是新家，一家人都仔细清洗干净自己，不把原来的尘埃带到新家来。张凌插话说，因为帮忙搬家，那天他也去了。吉伍尔莫一家光洗头洗手就用了三个小时，临走的时候，还在土屋前用手机拍了一张全家福。

吉伍尔莫笑着，算是默认了，顿了顿又继续说，其实也没有什么可搬的，床铺家具都是新置办的，就扛了一台政府送的电视机。到了新家，几个孩子争着去开自来水龙头，看着清澈透明的水哗哗流出来，便争相拿唯一一个玻璃杯去接来喝，你一杯我一杯的，冷水都喝个够。等几个娃娃的嬉闹停下来，已经大晌午了。

从尘埃满地的土坯房里搬到干净敞亮的砖砌房子，落在谁的身上都会高兴，何况还有环境的彻底改变。吉伍尔莫一脸幸福说，新房子最大的改变是厨房、厕所分开，厨房有电磁炉，厕所里有马桶，水箱冲厕。她说现在过上了好生活。自家养了两头牛，土地流转给了村里，每亩每年可收入500元，有空就给村里打工，又是一笔收入。路修通了，买了电瓶三轮车，出行、拉点东西方便多了。她一直笑着，语气里充满感激与自信。她说从来没想过会住进这样的好房子里。"你看看，我这新房子，多宽敞，一二十万元，大部分是国家出，自己只出了几万元，100平方米呐。"话语里，有显示富裕，也有自豪。

"从阿来果则搬到这里，走了多少时间？"我问。

"几个娃娃蹦蹦跳跳的，走了半个小时。"吉伍尔莫说。

"距离不远。"我说。

"不远。山上山下，就一两里路。"张凌没有翻译，直接回答。

"这个距离很短，却又很长。彝族人民走了几千年，吉伍尔莫也走了几十年，谁也没料到能用半个小时走完几千年的路。"听我感叹，张凌也感叹。

离开吉伍尔莫家，顺马路走到另一头的村口，两个人正在停车场画线。场边拉了一根绳子，提示车子不要开进去，说是前天才浇筑的，养护期没到，怕压坏了。张凌说："除了上边的土屋，这里也是旅游景点的一部分。"

我的右手边是一棵刚刚成活的桃树，叶子呈现反差很大的颜色，枯黄的是即将脱落的老叶子，闪闪发亮的鹅黄的是新叶。两种颜色在阳光下好像父子在对话。

三

正午之前，是上山干活的时光。打工的男人们匆匆去了要去的工地，留守的人则已经杵在了地头，能在村里见到的，差不多都是老年人和女人。随着交通的便捷，人员流动加速，住在大山上的彝族人民，也开始融入了现代社会的潮流，打工挣钱成了脱贫致富的主要手段之一。因而，这个时候的村子，自然寂寥空旷。

我对张凌说想再找几个人聊聊。

张凌掏出一支烟递过来，我谢绝了。他拿着烟在手掌里磕了磕说："去吉好也求家吧，不晓得在不在。"

于是，我们折回来。张凌在前边带路，我在后面跟着。走到村办公室的斜对面,他站在一栋房前说:"到了。"

吉好也求家的房子呈"丁"字形,外墙漆成了古铜色,同样由围墙围成一个小院,门口摆放着分类垃圾桶。进入院子里,第一眼便是贴在墙上的农村信用社广告招贴。张凌站在院子里一声喊,一个女人探出头来,看见我们,赶快迎出来。张凌说:"这是吉好也求的妻子玛海子呷。"

随玛海子呷进屋,客厅里摆着一张布艺沙发,一张漆得油亮的长条木椅。两边是卧室,凸出来的一间做了商店,卖日用品。

玛海子呷不到40岁,已经是5个孩子的妈妈。最大的女儿吉好有作已经18岁,在州民族中学读高二,最小的女儿吉好有莫7岁。也许是高山气候所致,也许是孩子生多了亏了气血,她看上去要比实际年龄老相。玛海子呷从屋角搬出一摞绿色塑料矮板凳,顺墙边一个一个摆成排,热情地请我们坐。小女儿吉好有莫在我们跟前蹿来蹿去,闪动着一双精灵般的眼睛,看看我们,又赶快往母亲怀里钻,缠着母亲不离开。

"你好。"我试着跟她聊天。

她听不懂,盯着张凌,意思是问我说的什么。张凌翻译过去,她便笑起来。

没想到我一句问话,竟把玛海子呷的话匣子打开了。她说得正开心,我却转移话题问:"你家还开商店?"

玛海子呷笑着说:"对的,卖点日用品。"张凌说:"她家在阿来果则就开着商店。"

"阿来果则没看见商店呀?"我惊讶道。

"公路边不是有家小店吗,就是她家的。"张凌说。我记起来了,下车的时候,李凯指了下脚边一间用毛砖砌了前墙的小屋,紧闭着门,没看到里边的商品。那店真是小,小得仅能容几个人站立,估计不足10平方米,从外表怎么也看不出是出售商品的地儿。张凌说:"商品不多,主要卖啤酒。这里的人爱喝啤酒,算是小店最大宗的商品。"

"老房子还住吗？"我想知道她老房子的利用。

玛海子呷笑了。那笑颜，像盛开的索玛花。她笑着说了一句，算是回答，轮到我听不懂了。还是张凌将彝语翻译成汉话，我才知道她回答的是"偶尔上去住一天"。

我急切想知道她家现在的经济情况，问道："种了几亩地？"

玛海子呷说："这儿开门就是山，出行也是山，选择在山上居住，就选择了生活的不易。三河村人多地少，贫瘠薄收，我家七口人只有4亩地，后来流转了8亩，现在耕作12亩地。早些年一直种普通洋芋，一亩地收获两千来斤，2018年换新品种青薯9号，产量翻了一番，收成好多了。"等张凌翻译完，她又说，"前些年想养牛，可是没有钱，只能三家人合伙养一头牛。后来国家专项划拨了产业扶持周转金，我家借了5000元，自己凑了5000元，花1万元买回一头母牛犊自己喂养。母牛养大了生小牛，小牛养大再生小牛，发展起来了。"

"现在喂了几头牛？"我问。

"去年养了4头。"玛海子呷仿佛在数钱，回答的声音响亮清脆。

我想到了圆头山上的草甸子，问："放牧吗？"

张凌没有再翻译，直接回我："这地方生态脆弱，经不起折腾，除了固定草场，大多数的牛都是圈养。饲料来自人工种植的一种叫光叶紫花苕的草。20世纪80年代，三河村就是光叶紫花苕的繁育基地。这种草耐寒，秋天种植，春天收获，冬天一片绿色，收获前开花、结籽，一亩地能收获2000多斤草，草籽能卖8元钱一斤，特别适合海拔2000多米的山地种植。春天草收获了，晒干，储存起来喂牛喂羊，草籽卖钱。以前没发展起来，是因为村民普遍没钱买牛。"

村里要帮助村民致富，又要对生态进行保护，的确是一件很不容易的事，能想办法两全其美，很了不起。我听得激动，说："这是一条好路子。如果规模发展，光养牛这一项，三河村的人就能增添大笔收入。"

张凌点头，说："现在养牛的人多了，大家积极性都很高。"

"怎么没看到牛呢？"我感到奇怪。

"村里合作社建了2500平方米的标准化养殖场，负责人是洛古有格，大学生，从国企辞职回来开办的，牛都养在那儿。一家一户散养，村民大多没有地方。以前，有的人家就把牛养在一个房间里，人畜混居，很不卫生，很多人家想养也不敢养，所以发展不起来。现在有了养殖场，养三四头牛的农户不少。"张凌说完，把我的话翻译给玛海子呷听，玛海子呷笑着点头。

看玛海子呷高兴，张凌讲了她家养牛的一件趣事："去年夏天，吉好也求把牛放出去吃草，回来不久又急匆匆往外跑，半路碰上邻居，人家问他跑啥子，他只回人家一句'喜事'，就跑得没影了。后来才知道，早上放出去吃草的母牛产崽了，他发财了。一头牛崽能卖1万多元呐。"张凌感叹。

我说："不错哦，4头牛，要卖很多钱吧？"

玛海子呷抿嘴，笑着说："不晓得能卖多少钱。"正说着话，她的电话响了。接完电话，她说是丈夫打来的，他早晨牵出去的一头母牛和一头牛崽，人家出价3.2万元了，他还没有卖，还想再卖高一点。

张凌解释说："是西门塔尔牛，贵，一头要卖2万多元，牛崽起点就是1万元。"

我说："幸福啊，等着数钱。"

张凌翻译过去，玛海子呷笑得更开心了。

我说："最幸福的是数钱的时候，是不是？"

玛海子呷看着我，张凌翻译后，她连连摇头，嘴里蹦出一连串的话。张凌赶紧对我说："她说不是，是由衷的高兴——能带着娃娃在这里聊天，毫无负担地细数陈年往事，才是难得的一种幸福。"

四

张凌看看表,说:"该吃午饭了,去乡政府吧。"我说:"不是约好说吃阿呷的吗?见了再走。"张凌说:"乡政府食堂12点开饭,过了点找不到填饱肚子的地儿。说吃阿呷下午要送女儿到学校报名,跟她说好了,在乡政府见。"我看看四野的青山,意识到他的提议是对的。

从日波界乃至三河乡政府所在地,柏油马路黑黝黝地闪着光,看样子新修不久,我们的车不一会儿就到了。乡政府驻地在一个山包上,只稀疏的几栋房子,条件简陋。

吃过简单的午餐后,我坐在餐厅隔壁的空屋子里,等待说吃阿呷。

张凌打电话的时候,说吃阿呷已经带着孩子在往学校的路上疾走了。她抬手揩了一下额上的细汗,将书包挎到肩上,催促孩子说,快点走,完了还有别的事。受防控影响,开学得晚,都5月中旬了,才让孩子报名。孩子跟她的年龄相差很大,走在路上的样子不像母女,倒像奶奶与孙女。六七岁的小女儿,要一路小跑才跟得上母亲的脚步。说吃阿呷到得早,是第一批来报名的。

小学校在政府旁边。替小女儿报名后,说吃阿呷就过来了。正是午休时间,太阳光透过玻璃窗,晒着顺墙的木头沙发,使得小小的底楼隔间温度升高,显得异常明亮。

说吃阿呷走进来时有些局促,立定在门口好一会儿,直到张凌招呼才进屋。她坐到一条矮板凳上,小女儿依偎在她身边。

第一眼见到她,我有些意外,与臆想差异明显。说吃阿呷才47岁,并不老,是生活易去了她年轻的容颜。

说起以往的生活,说吃阿呷叹了一口气。三河村这个地方,几乎没有一处是平坦的。自打嫁到阿来果则,生活的重担就像一座山,压得她喘不过气来。她说或许我也看到了，这样的大山，除了坡就是坎，几块坡地种庄稼薄收。自己连彝文都认不得一个，种庄稼的方法从上辈那儿学来，就没改变过。"这里土壤气候只能种土豆、荞麦，一年的收获就那么一点点，你想想看，生活能好起来？"她在衣服上拍了拍，扯一下衣襟，略显不好意思地继续道，"说来不怕笑，你看我现在穿得干干净净，要是早前，我一身又黑又脏，哪里敢见人？几十年了，连板凳都没坐过。虽然一半与生活习惯有关，一半却是因为确实太穷。"

听说吃阿呷说到这里，我眼里已满是泪水，心一阵阵发疼。她说的生活，在阿来果则已经有深切感受。环境所致，彝族人的吃和吃的方式还停留在刀耕火种的时代。吃，当然是根据物产——洋芋、荞麦、牛肉、羊肉、猪肉。世代传袭火塘，食物要么煮，要么烧烤，所以基本不用饭桌。煮熟的食物，团团围在一起，蹲着坐着，抓着就吃了。饭桌与板凳似乎成了多余之物。

"她家养牛没有？"我问张凌。

张凌说养了羊。他翻译给说吃阿呷，说吃阿呷说，现在好了，建了新羊圈。没搬家前造孽，沙土筑的墙，最怕每年6月的雨，雨水冲刷土墙，泥土一块一块地掉下来。搬家的前一年，羊圈的土墙倒塌，砸死了一只小羊羔。说到这儿，说吃阿呷停了下来，眼里滚动着泪花。

张凌说那天雨大得很，预料说吃阿呷家的羊圈有问题，他和村主任赶过去，到的时候，说吃阿呷一家还躲在屋里。他们喊了一阵，说吃阿呷的男人才出来，赶到羊圈，一堵墙已经垮了，赶紧帮着把羊赶进居住的屋子里。羊和人挤在一起，很难受。雨太大走不了，中午在她家吃烧土豆。头年收获的土豆，已经长出了长长的芽，按说不能吃了，但她家没有别的食物，只能用土豆招待。

养了那么几只羊，很受了些苦。张凌翻译过后，说吃阿呷陷入了回忆，表情满是过去的艰辛。这儿的羊子野，放出去很不好看管，稍不注意就跑丢了。搬家的前一年，夏天的傍晚，她赶羊回家发现少了一只，赶快返回草场去找，发现丢的那只羊孤零零地立在草地上，咩咩地叫着东张西望找同伴。叫几声，低头啃几口草。看见她，那家伙不叫了，低头专心啃起草来。她过去赶，羊却一跳跑开，然后抬头看看她，又低头吃草。她身体不好，连赶几次，累得气喘吁吁，还是没把羊赶走。直到天快黑尽，那只羊才不再捣蛋，跟她回了家。

"现在养了多少只羊？"我问。

"36只。"说吃阿呷回道。

"生活好了。"我说。

"瓦吉瓦。"她应道。

这话我听懂了，刚学的彝语，翻译过来是"好得很"。

说吃阿呷说，她家种了3亩土豆、2亩荞麦。土豆种的是新品种，产量比原来翻了一番。加上养羊和打工的收入，日子过得很不错了。

"身体有啥问题呢？"听她说身体不好，我又问。

"还不是因为太劳累。住在阿来果则的时候，三天两头生病。病了就请神婆，从来没治好过，这样一直拖了好多年。"

"没请医生看看？"我说。

说吃阿呷显出不好意思来，说多少年来都这样，不相信医生，也不吃药。有时神婆来了，碰巧病缓解，以为是神婆起的作用，旧病复发，就又请神婆。她说永远忘不了自己得的那场病。先是肚子疼，以为是遇邪了，请来神婆唱神。神婆又跳又唱搞半天，哪里有用，肚子还是疼，而且疼得越来越厉害，受不了，真是撑不下去了，不知道自己还能熬多久。男人急得搓着手团团转，不知道怎么办。

"怎么不及时送医院？"我说。

张凌说："没车呀。那时去县城的公路没打柏油，走路去不了。去乡里全是泥巴路，下雨天根本没法走。从阿来果则去三河场上买盐巴，来回一趟都要几个小时。后来跟村里说了，支书赶来，找了辆车，这才送去了县医院。一检查，才知道是胆囊坏了，做了切除手术，治好了。要不是村支书来得及时，说不定早死了。阿来果则离县城远，山道不好走，她一家子对县城又不熟，全靠村支书跑上跑下联系医生、安排手术，直到康复。所有的医疗费，医保报销了。"

"太苦了"——对于几十年在阿来果则的生活，说吃阿呷用这三个字形容。一块崭新的头帕缠在头上，要不了几天就乌赤发黑，更别说衣服了。那地儿严重缺水，想洗衣服洗不了，想洗澡洗不了，连洗手洗脸也是奢侈。干一整天活儿回家，抓一个熟土豆塞进嘴里，便是一顿饭。说到这里，她停下来，深深叹一口气，才说："幸好一切都过去了。"

她的神色在快速变暖，开始有了笑颜。她说也不知道自己怎么那么多病。两年前，耳朵又听不见了，是村里再次送她去医院，住了17天，治好了。现在过上了好日子，死也值了。

"妈妈你怎么啦？"看到说吃阿呷眼里的泪水，小女儿奇怪地盯着她问。她用手抹了一下眼睛，脸上绽出笑来，似乎有些不好意思，说："落进渣渣了。"

门外响起了一串脚步声，一个人伸头进来看了一下，又折回去了——是一直载着我们跑路的司机。他是来看我们聊天结束没有，也有催促的意思。

脚步声消失不久，院子里传来汽车发动机的声音。张凌站起身时，我合上了笔记本。送走说吃阿呷，汽车已经开过来了。

五

正是上课时间，我站在教室外边，静听从窗户飞出的声音："跟着我念：卡莎莎，是谢谢；孜莫格尼，是吉祥如意……"热烈日作在教孩子普通话，幼教施行的是彝汉双语教学。张凌说，上午在日波界乃没有见到热烈日作，也没有见到她的家人，他便电话约了她。

离下课时间还早。张凌的电话响了，村里有急事，他给热烈日作留了个短信，我们先回了日波界乃。

我坐在坝子里的矮板凳上，呼吸着高海拔的潮湿空气，似乎新村所有建筑和植物的气息都进入了身体，那种清新与安然，甜润得眼前的风景特别绚丽。阳光下，两个五六岁的孩子在地上打着滚，玩过家家。张凌去村办公室约莫半个小时过来，见热烈日作还没到，便不停地走来走去，转过一圈后，走到坝子边上，点起一根烟。烟雾袅袅地从他指尖逸出来，原本急躁的情绪，仿佛一下平静。只有两个孩子的嬉闹声，在空气中打转。

张凌抽几口烟，又打电话问。

不多时，有汽车刹车的声音。从两栋房子的间隙里，走来一位年轻的姑娘。张凌说："才下课？"姑娘微微一笑，算是道歉。张凌扭头对我说："她就是热烈日作。"我的眼睛立刻亮了，她很漂亮，像一朵盛开的索玛花。

热烈日作穿着长裤，走得不急不慢，眉宇间带着彝族少女特有的清韵。我从院子主人家里端出两条矮板凳来，请她坐。她起初不肯，我说："要一会儿呢，坐吧，说话方便，要不你站着、我坐着，很有压抑感呢。"她笑了，坐了下来。

我问了热烈日作的年龄——才22岁，风华正茂。她是乡村幼教老师，熟悉汉语，说话都能听懂，所以，我们交流再不用翻译。张凌乐得清闲，躲到一边抽烟去了。

幼儿教学就像培育花苗，花圃开垦、花苗培育、花苗种植、施肥、除草，活儿多着呢，一点也马虎不得。上课铃声一响，就得不停地做活动、唱歌，要不然，小不点们可要闹呢。乡村教师少，课内课外，上学到放学，全靠一个人的责任心。我们的话题，就从她的教学开始。她很健谈，边说边笑。她说，她家里有母亲和弟弟，还有爷爷奶奶。弟弟大了，在绵阳二中读书。

我问她爸爸呢,她的脸色顿时灰暗,出现少有的悲伤,停顿了好一阵才说:"爸爸出车祸,走了。"

悲伤的往事就像伤口,谁也不愿意触碰。事前并不知道,我赶紧道歉。她缓过一口气,脸色慢慢转暖。

10年前,她二爸买了辆车。山高地贫的这儿,有辆车是很让人羡慕的事。车开回来,全家高兴,邻居都来祝贺。她爸爸和几位乡亲一起,钻进车里,吵着要试坐新车。二爸有些得意,一声"走啰,进城去啰",开着车就走。路边站着好多人,都投过电射般的目光,那阵势让二爸感到特别风光。人啊,很多时候是"福兮祸所倚",往往高兴时就粗心——车开出不远就出事了,二爸赔了一大笔钱。那年,她12岁。原本好好的家,一下子陷入了困境。爷爷奶奶至今打工,帮着还债。

热烈日作擦了擦眼睛,把手搁在膝上,沉入深深的回忆中。她说爸爸是村里最勤劳的人,每天经常早出晚归,那个时候,她们家的日子还算不错。

她说的是实话。她在阿来果则的家我去看过,就是那个宽一点的院子,后来张凌告诉我的。

"听说你学的是医学,奶奶也希望你从医,为啥选择跟小娃娃打交道呢?"我转变了话题。

她说:"我喜欢小孩,无忧无虑,活泼天真。"

交谈中,热烈日作提到,她10岁时脚杆被车轧断了,后来政府为她装了假肢。

热烈日作走路的样子,我一点也没看出她是假肢来。她无意中说了出来,我很惊讶,复问了一句:"你是假肢?"

她笑了,笑得很灿烂,没有半点做作,是从心底里的开心。她没有责怪我打断她的话,停了停,又继续说:"其实我想从事教育,还有一个原因一直没有说。或许您也看到了,我们这儿,因为条件差,老一辈人基本没上过学,不识字,新的种植方法、新的技术根本不会,更不要说经营理念啥的,所以一直受苦。知识能改变命运。我想从娃娃开始,打牢基础教育,让以后的人们不再重复老路。"

"很了不起,为你鼓掌。"她的话让我停下笔,拍起巴掌。她的脸微微泛红,连说"谢谢"。

我说:"村里的小孩都读书了吧?"

她点点头,掰着指头一个一个地数,算一遍后说:"近些年,村里已经有20人考上了中专,24人考上了大学,出了3个研究生、1个博士生。看到读书有出息,家家都送孩子读书了。"

热烈日作是一位很能干的姑娘,尽管腿残了,心智却健康而聪慧。她憋着一股劲,不仅要独立养活自己,不依赖任何人,即使将来,也不给别人添负担,做一个独立的彝族女人。而且,她还要做一支蜡烛,在燃烧中照亮别人。或许,像她这样的人,就是彝族新一代的代表。

山里的时光似乎过得特别快,不多久太阳就斜了。热烈日作几次点开手机看时间,望走来的那条路——她在惦记着孩子们。

她最后一次看了手机,站起来冲我一笑,两只会说话的眼睛上方舒展两道眉,仿佛是在说抱歉。

一片甲骨惊天下

一

2019年7月初,一个偶然的机会,我去了烟台。在福山区河滨南路福山文博苑,我懵懵懂懂走进了王懿荣纪念馆。此时,离8月15日还有38天,离1900年的8月15日王懿荣投井,已经过去整整119年。走进纪念馆那一刻,忽然觉得自己在一个不经意的时刻,去了一个早该去的地方。

王懿荣是个规矩的人,或许并不欢迎不速之客!何况,我们是一群人浩浩荡荡而去,并不管主人喜不喜欢,算是正式拜谒吧!当然,没准儿,偶然,且带点仪式感,正合了他的心意呢?

人,可以在偶然中结识;事,可以在偶然中获取——前提是敞开心扉,认真对待。山川河流,星移斗转,每一次的相遇,都带有偶然,却似乎在冥冥之中又是必然,机会始终是给有准备的人的。

——与发现甲骨文一样,来到这里也是偶然。

四川省散文作家联谊会与山东省散文作家联谊会开展创作交流活动。来烟台已经两天,头天去了牟平杨子荣纪念馆,第二天又到了蓬莱,那种上午举办创作基地挂牌仪式、下午参观景点的模式,显得紧张充实甚至有些忙碌。当然，傍晚的时候，我也和朋友一起，在沙滩戏水，在海边踱步。几个人凌乱的脚步，急慌慌地踏碎一地光影，吸几口海风，然后归去。

其实山东这地方，尽管早前从未到过，但却熟悉。比如烟台，比如青岛，比如莱芜……当然，这种熟悉只是感知，是从书本上或影视剧中，从岁月的脚步声中感知的，与实感有着很大的差别。从烟台下飞机的第一观感，就得到了实证。到的第一晚住在烟台海边的养马岛一家新开发的海景酒店，早晚凭窗凝望碧海蓝天，只见晨雾散过之后，有白云行于水，海鸥翔于天，或见岸边千艘快船，隆隆轰鸣，海面溅起万朵浪花，群鸟逐船，争抢食物，海天相接，辽阔一色，诗情画意，难以尽述。忽然发现，人的要求有时候是很低的，一点点的惬意就心满意足了。不得不说，烟台风光的确迷人，据说，秦始皇曾经在这岛上养过马，养马岛的得名便源于此。现今的养马岛，沿海边已经开发出来，环岛铺通了柏油马路，高端酒店、山庄鳞次栉比，显见已经是一处像模像样适合闲居的去处。人不多，景不少。离下榻的酒店一箭之地，就有一个獐子岛，小得可怜，其实就是一处礁石。当地人修了栈道，礁顶抹平，立一块碑，就成了景点。看似简单的点，可站立礁顶，眼底却是波平海阔，海天一色。上岛时正值夕阳西下，海鸥忽高忽低地飞翔，那种"新月已生飞鸟外，落霞更在夕阳西"的美，远远地超出了诗的境界。偷闲于养马岛，就算不出门，也可以凭窗而立，洗肺悦心。

到的第二天，便是散文创作基地挂牌仪式，下午观景。第三天上午，看了"活动指南"才知道，要去王懿荣纪念馆。

"王懿荣是烟台人？"我问。当地友人回答是烟台福山人。我又问："死后也埋这里？"回说是的。说原本有墓的，修开发区平了。

"那就只能去纪念馆了。"我的心，在为这样一位"甲骨文之父"的坟墓没得到很好保护而疼痛。

"是的，午后。"说是纪念馆在郊外，离城不远，果真不远。车开出福山城区一路所见，全是一派现代风光。平坦的柏油路旁，成排的绿色行道树，高耸的新楼林立。正沉浸于沿途风光，友人忽然说"到了"。

来不及四顾，一座宏大的建筑突兀地呈现在眼前。我们由友人领着，跨过几级长长的台阶，从大门鱼贯而入。院坝里一尊塑像静静地立着，身着黑色长袍，左手前置于腹，右手反背于后，两眼炯炯有神，表情执着而睿智，仿佛能看透千尺厚土。后面一块幕墙做背景，镌刻着一排排甲骨文字。推测，如此张扬，是想让凡来烟台的人，都能来此看看这位从甲骨文里走来的人。走进去，纪念馆里，前面部分是牟子国及青铜器的历史，图文并茂，勾勒出烟台这地方早期人类活动的轨迹，乃至中华民族的繁衍脉络。后面部分才专门纪念王懿荣和关于他的甲骨文。

初始，面对一长排的民族历史展览，我粗略地浏览着，目光却在急切地寻找有关先生的文字。纪念馆里人不多，很安静，寂寥的空间里只听见解说员一个人的声音。陪着去的烟台朋友一言不发——他大约是怕惊扰一众先贤，抑或很难揣摩我的心情。想想，突然觉得，于先贤们来说，是该有那样安心静养的环境，但于历史的传承，又应该留有我们清晰的脚印。突然发现，馆里有后人描摹放大的一幅幅画作，我依稀觉得这些画以前似乎见过，像历史课本中的山顶洞人——似乎又不是，看解说，原来是牟子国的先民。可以说，这是此行一个重大的发现。烟台之所以自古成兵家必争之地，与人类在这里过早活动，社会快速发展有关。从历史的角度去阐释，我理应驻足长思，但我依然匆匆而过。

面对一段久远的历史，虽然懵懂，却不自惭，挺直腰杆的时代，我带来了自己和自己的一颗心。

因为太急切，我抛弃解说员和他的声音，一个人扑进纪念馆的另一头，扑进记载着甲骨文的地方。我想有一段只属于先生和我共有的时光。室内同样很安静，黑黑的文字和雪白的墙壁都沉默不语。或许，此时的先生正在午休，我特意放轻脚步，不想吵醒他。也不管先生是否知晓，有一个人，如同刚进校园的学生那样，奢望偎在他的身旁，静静地聆听……

二

其时，我眼前并没有蜚声海内外的一片甲骨和甲骨上的文字。尽管我知道，那一干文字早已刻入茫茫时空，我只是和识得刻在龟板上的文字、而后在抗击外辱中殉国的"甲骨文之父"王懿荣在一起，静静地待一会儿。烟台福山是个很不知名的小城，先生的故乡就在这里。或许，是因为继承了烟台人的传统，先生才那么聪明睿智和铁骨铮铮！虽然先生已经走了100多年，但福山这座小城并没有忘记他——在市郊建起了王懿荣纪念馆。以甲骨文名满天下推论，世人以为，先生的归宿应该在北京的某个陵园，即便没有专属的纪念馆，哪怕在西山，在众多历史名人墓中也好。来这里之前我就一直是这么揣摩的。北宋大文豪欧阳修曾说："不与万物共尽，而卓然其不配者，后世之名。此自古圣贤，莫不皆然，而著在简册者，昭如日星。"一个文化人，能世世代代留在自己的贡献中，被建馆记住，已经足够。先生身在官场，却毕生研究金石，为社会前途焦虑，心如杜甫、陆游，志如辛弃疾。细想，又不尽一样。杜甫、陆游虽有一腔爱国热情，但面临国破家亡，终究没能舍身抗敌；辛弃疾虽亲临杀敌，却有专业军队，早早训练准备。而先生却是临危赴险，自招团练，仓促上阵。文人临时充当武将，实在有些为难，单凭一己之力，岂能支撑起即将倾覆的大厦？杜甫、陆游、辛弃疾自然是以文名达于天下，先生却是独辟蹊径，从金石文字里追索，终让后人难以望其项背，于中华文明传承与发展，功莫大焉。与其说先生是因为北京菜市口发现"龙骨"名世，不如说是先生的金石文字研究做了铺垫，让"甲骨文"这一个时段的文明得以重现天日。原本可以由此文名大盛的王懿荣，却在后来的金戈铁马声中黯然陨落，从此消失于人间。

——属于一个人的时间，由此戛然而止。

其实，我知晓王懿荣，是在来烟台以后，是在看了"活动指南"后，问过烟台的朋友，才把先生与甲骨文联系起来。

40多年前，人生中相遇的第一次高考，把我送进了师范学校，我从历史课本中，第一次知道了甲骨文。

其时，我正年轻气盛，一腔热血，却四顾茫然。虽具勇往直前的劲头，却陷世态沼泽不能挣扎，稍一动弹即会被淹没。目睹世事的残忍与虚伪，却对其由来依然近乎无知的懵懂——也难怪，一个没有深读过历史的人，怎懂得"当今"是从历史中长出的呢？

读到甲骨文，如同读天书，根本不知道那古灵精怪的形体是什么，唯觉笔画有一种刚毅而朴素的自然美，曾一度怀疑其是不是文字。其时曾想，哪位圣贤能读懂这样的文字？凭何判断其是文字，并且断然说是商代文字？翻开书本，细细读判，如掉入浩瀚海洋，迷茫于烟波之中，浩渺得无边无际。唯见铁画银钩，张牙舞爪迎面袭来……

之前，虽也进过几天学堂，读过"人之初，性本善"这类古老的记述，却完全是译成了现代文字，跟所展现的甲骨文有着天壤之别。然而，其确实是一脉相承的中华文字，是中华民族祖先的创造，不容置疑。这于我来说，不能不说有着新鲜得要命的陌生。当然，相信不仅仅是我，如若不是王懿荣的读译，比我能上百倍千倍的人，未必能识其意。

苦读再苦读，依然不能识得，然后抛开，转身。

那会儿，以为老师是贤明，可以通晓一切。捧着书本求解，哪知除了已经译出来的，其余则一样一抹黑。那时年轻，少读史书，心想，原来老师也并不高明啊！有了那样的际遇，我想象到了甲骨文被发现的情景，看到了破译者匍匐书桌的艰辛。

直到今天，我站在了王懿荣纪念馆，仍傻乎乎地琢磨，先生是怎么识别出那刻在龟板上的文字的。一个人能看到什么，跟所站的位置自然紧密相关，也跟个人的修养密切相关。同一事件，同一景物，站在不同的位置看，所得到的结果往往很不一样。所谓"横看成岭侧成峰"，除了所站位置，还有修为。读书时的老师，位置是一所基层学校，站得太低太低，看不到广阔的瀚海，胸中存墨不够，自然无法解读那龟板上的文字，跟先生那满腹的金石学问没有可比性。

即便这样，我仍追索。后来我想，面对混杂在中药里的"龙骨"，他怎么就能看出来，那是中华文明的瑰宝？

自古中国的文人都酷爱金石，大凡绘画题字，都盖金石印章。或许，这种喜好本身就是一种传承，那雕刻在印章上的一笔一画，也许就是来自龙骨上的文字的变体呢！喜欢金石，喜欢的其实正是那样一种自古而来的一脉相承。王懿荣对金石的偏好，抑或正是受中华文明博大精深之心念，成就了其在废物中寻宝的慧眼。当然，能在一堆中药材里发现甲骨文这样的瑰宝，除了偏好，更需要极大的悟性。

据介绍，在烟台，王懿荣是个神童，自小天资聪颖，勤奋好学，5岁便开始接受正规家教，少年时就已博览群书，有过目不忘之能。对于他，读书就像畅游大海，积淀知识如玩积木。经年苦练，年轻的王懿荣在他的金石学问里，积累了丰富而敏锐的洞察力。如此，对甲骨文的发现，就不是偶然，所需就不唯知识，更是见地。

三

甲骨文是殷商王朝使用的文字，于清光绪二十五年（1899年）被发现，过程很具戏剧性。那年，已在北京做官的王懿荣不幸染病，而且很重。请医生开出药方，家人将药取回。煎药之前，家人来报告，说一味叫

"龙骨"的药，骨片上刻有像文字的东西。王懿荣赶紧拿来查看，发现"龙骨"的中药片上有清晰似篆籀的刻画，极像青铜器上的铭文模样，赶紧询问家人，药是从哪家店里购买的，然后亲自赶到菜市口"鹤年堂"，探问龙骨来历。药店老板告诉他，是从古玩商手里买来的。王懿荣以每字2两银子的高价，买下所有骨片，并向药店老板叮嘱，以后凡收有这样的骨片就送到王府，全按每字2两银子收购。

其实，一开始王懿荣也只是凭直觉，并不能确定是何时何代何种文字，甚至不能确定是不是文字。他只隐隐约约觉得应该是一种有重要价值的东西，之所以高价收购回来，是怕当确定是珍贵文字的时候，骨片已经被"吃"掉了。他在拿到骨片以后，先是去找琉璃厂清秘阁的古玩商孙桂澄商讨，从古玩商那里得知这种"龙骨"出土自河南安阳，说是居民掘地得之，用车载到市场出售，无人问津，不得已才卖给了药铺。这个线索太重要了。河南安阳正是殷商王朝的都城所在地，这一信息大大增强了他对龙骨刻文的判断力。稍后，他又拿着骨片去请教当时的金石学问大家、刑部主事孙诒让，再吩咐家人："你们给我多收集铜器上的铭文、拓片，我要仔细研究、考证，对照一下有何相似之处、有何不同。"此后，他拿着骨片与青铜器铭文比较，经过反复研究，终于从骨片上找到了商代几位国君的名字，由此认定是上古人用来占卜的龟板，龟板上的文字是殷商王朝王室重大活动的档案材料，是中国最古老的文字。从此，中药材中的龙骨有了新的名字——"龟板"，那种刻在龟板上的文字叫"甲骨文"。

两个月后，山东潍县古董商人范维清又从安阳携几片甲骨到鹤年堂，被引荐到王府。王懿荣大喜，告诉范维清，甲骨是商朝的龟板，上面刻的是中国最古老的文字，请其多留意收来。其时，王懿荣脚步是那么匆匆，心情是那么急迫。接下来，他跑遍了北京所有的古玩市场和药铺，凡有字甲骨，他全买下来，前后收得5000余片。

其实之前，大量文人也对刻在青铜器上的篆籀文字进行过考证，以为那就是最早的中国文字，殊不知突然出现了更为早期的文字符号。王懿荣的这一发现，不仅震惊了中国文坛，也震动了整个世界，直接影响了对河南安阳殷墟的发掘，把中国的信史提前了1000多年。

史载，王懿荣作为甲骨文的首先发现者，在经过深入研究的基础上，肯定了商代的存在和断代，促使中国古代史研究获得了重大突破，20世纪初的历史学家们对商代的研究，全以此作为基础。他的研究成果，成为夏商周断代工程的起点。

按说，王懿荣生于官宦之家，应该醉心于仕途升迁，自幼饱读诗书，本应是为了科举考试，为了入仕，为了晋升，然而他似乎早就洞穿了这个世界，更多的倒是凭着天性，随自己喜好，把时间和精力从庙堂投向金石文字。他似乎早已从穿越时空投向泥土的天光中，看到了一片片闪光的甲骨！

王懿荣，字正儒，又名廉生，晚清人，祖籍云南大理府云南县。其先祖王忠于明朝洪武年间来山东任登宁盐场盐课大使，定居烟台福山，后逐渐成为福山名门望族。其祖父曾历任四川成都知府、重庆知府、四川布政使、山西巡抚。王懿荣出生在山东烟台，据说5岁能背诗。他打小就颇负文名，金石文功底极好，闲来无事，喜欢把玩金石，积淀深厚，所以练就了一双慧眼。由是可知，甲骨文的发现并非偶然。可以说，先生对甲骨文的发现，为中国古文化研究翻开了新的一页。建这样一座纪念馆，值！也应该。

友人说，这座纪念馆才落成不久，早先在一座民居里的三层院落里，一条泥泞的路直通纪念馆门口，僻静而落寞。前去的人稀少，展室并不经常开，连门轴都变得很钝。后来建文博苑，才搬了过来。于这样一位贡献卓越的人，是应得其所。这并非为一个清朝旧官吏树碑立传，而是为褒扬一位为金石、为文字的学者型大家。身在官场，孜孜以求的却是中国文字的诞生、中华文明的起源，能如此躬身力行者，天下有几人？

四

王懿荣生卒的晚清，早已经破败没落。整个朝政，在慈禧这个女人的把持下，已经江河日下，国体如将倾的大厦，听得见"嚓嚓"的倾倒声。身在朝中的王懿荣看得分明，身不由己地思念着家乡。"碧桃花下清明节，底事家书惯不来。昨梦乘风破浪去，满山灯火是烟台。" 1894年7月，他出任国子监祭酒后，写下了这首诗。满满的故乡情怀里，透露出一丝忧虑——不仅是对家乡的，也是对整个时代的。

在王懿荣一生中的同治、光绪年间（1861—1908年），世界正处于激烈的变革中，科技革命风起云涌，英、法、日、俄、美等国家的工业发展日新月异，而偌大的一个清王朝，已是风中残烛。然而时人专心致志所做的，是一幕幕惊心动魄的宫廷争斗和底层人如何逆袭到帝王将相。逃不出的魔咒，王懿荣也深陷其中。殊不知，流行于中国历史的科举考试，裹挟着太多人治与不确定性。史载，王懿荣虽然在金石研究方面硕果累累，科举考试却连连失利，他从18岁开始参加科考，乡试考了8次，到中进士整整用了17年。据说他第一次参加乡试就吃了一记闷棍。那是同治元年（1862年），先生首次参加顺天乡试，3场考试下来，现场考官读到其文章时，甚为欣赏，以本科北闱第一名推荐给主考官，不想主考官认为其文章不好，大笔一叉，他就莫名其妙地落第了。

纵观整个封建王朝统治时期，入仕似乎是读书人唯一的出路。即便满腹经纶，如果没能混到一官半职，别说什么出息，连温饱都会成问题。浩瀚文海，唐诗宋词，流传于世的布衣平民作品有几何？残酷的现实，先生自然比谁都明白，所以不惜成为范进第二，经第8次科考，终于得中进士，从此鲜衣怒马，烈火烹油。但他并未得意忘形，仍旧低头行路，凝眸厚土，洞悉时代凛冽的冷艳，把饱读的诗书用在良途。5000余枚甲骨，一个个文字，无不透露出惊世骇俗，无不让人称奇叫绝！

即便如此，王懿荣仍将一副侠骨柔肠交与国家和朝廷。入仕后，他先在庶吉馆教习，期满，考试取得一等好成绩，被授翰林院编修。接着被任命为会典馆纂修总纂，翰林院侍读。光绪二十五年（1899年），因编纂《会典》甚精，甚得光绪帝喜欢，被加二品顶戴，任国子监祭酒。按照清廷惯例，国子监祭酒只能一任，王懿荣却三次连任，可见朝廷对其信任有加。

可惜，王懿荣生不逢时，命运总是以出乎意料的方式降临。正当先生的仕途风生水起之时，一连串的厄运突袭而来，将国家和民族的生死存亡悬于一线。或许，眼前墙壁上那一幅幅巨画，能还原当时国体的危急。那场景让人震撼：远处火光冲天，洋人士兵面目狰狞，举枪猎杀，遍野血腥……巨画把时空穿越，把历史倒回——

光绪二十六年（1900年），义和团运动爆发，严重威胁帝国主义在华侵略利益，由英、法、美、日等列强组成了八国联军，浩浩荡荡杀来。王懿荣上奏招募团练抵御，获准后迅速招募起一众团丁投入训练。众人杀敌热情正高涨，却得到朝廷在与洋人谈判的信息，王懿荣认为和谈已成定局，便解散了团练，自掏腰包填补了用去的2500余两库银。不想洋人并未停止进攻，很快攻克了大沽炮台。在民族危难时刻，王懿荣被任命为京师团练大臣。不得已，他再次临时招募团练，准备用大刀、长矛迎战手持洋枪洋炮的八国联军。很快，他又招募起团练1000余人。不久，八国联军攻克天津的消息传来，王懿荣感到时局越发严重，亲率仆人将后花园的水井挖深淘净。那个时候他就已经预感胜利的希望渺茫，做好了最坏的打算。看着空空的水井，他意味深长地对家人说："此吾之水也。"明确告诉家人，一旦城破，这口井将是他最后的归宿。8月13日，八国联军在通州烧杀抢掠之后，集结2万余人将北京团团围住，猛攻齐化门、东直门、广渠门。王懿荣率众团练赴东直门和朝阳门抵抗。15日，慈禧太后挟光绪帝仓皇出逃。几乎在同时，八国联军攻破东直门，成千上万的敌军蜂拥而入。王懿荣被团练簇拥退回家中，写下绝命书后，投井殉国。

一代甲骨文大师，从此与世诀别。

或许，这算是一个儒家士大夫的最终解脱。可惜真正该死的慈禧却优哉游哉地活着，怎能不使人心生悲凉！

自古文人真骨气。当其时也，竟有几位官人没有随慈禧早早逃出？但无论怎样说，一代金石大师、"甲骨文之父"，在抵御外敌入侵中，甘愿以死相搏，其精神已经足以长我民族志气。

对于文人，世人所关心的，多是其诗、其文、其金石作品，不大在意其归宿。我也一样，早知甲骨文字，却不知是由先生所发现破解，更不知其归宿。直到此时，走进这座纪念馆，才知道先生结局的悲壮。

人太过执拗，世事沧桑中不知变换，总会折翅。历朝历代社会莫不如是。据说当时王懿荣与翁同龢、张之洞等交情甚厚，并与军机大臣李鸿藻，同僚张佩纶、黄体芳、陈宝琛、邓承修等"清流"成员过从甚密，是慈禧用以对抗李鸿章等地方实力派的干将。在京城失陷之际，这些人无一不率先逃命，伺机再起，唯有先生以命相搏，虽堪称壮烈，却也可悲！是怕世人锋利如刀的目光刺穿皮肉，扎得一颗心鲜血淋漓，还是怕慈禧的一道圣旨满门抄斩，抑或对国破家亡的痛心，现在已经不得而知，唯有其临投井时喊出的一句话"主辱臣死，吾可以死矣"或可以作为解释。而其对帝王的愚忠，从来都不是他个人的错，而是几千年封建统治的错、时代的错！我知道，此时的我，灵魂里有如一阵狂风刮过，泪水犹如倾盆的雨，哗哗而下了。

五

无论如何，一代金石大师、"甲骨文之父"王懿荣，生他养他的故里烟台福山没有忘记他，以命相报的城市淹没了他的痕迹，福山却慷慨地为他建起了纪念馆。虽然是在100年之后，看似有点儿晚，毕竟有一座醒目的建筑，留存先生灵魂及其中华文化之瑰宝，得以让先生和他的甲骨文能拂去岁月的尘土，而无数后之来者，亦可前来致意、醒心。纪念馆依然很安静，没有金戈铁马和硝烟，但站得久了，我似乎闻到了金石的墨香。那是一个灵魂的香味，无以形容。

走出纪念馆，回望那座充满古韵的现代建筑，玻璃门里，王懿荣高大的塑像依旧在院子里默立着。这位"甲骨文之父"无论在人格上还是在学术上，均受到后人景仰。他的死让人领略了一种崇高的悲壮，然而后人来瞻仰时，是否也会收获到另一种悲哀？

离开纪念馆前，我又细细看了那座现代建筑几眼。其实馆址选择确实很用心，是个好地方：不出闹市，却远离尘嚣，不算清隐，却可独处，正合了先生秉性；人间未远，能居高，能远望，有石可研，也正是先生的做派。烟台这块故土上的后辈，真是对先生了解透彻，不枉先生毕生贡献，不负先生一世英名。虽然那个消亡的清廷辜负了先生，但是这个时代，包括故土的后世之人，铸起了一个"甲骨文之父"高洁的灵魂。

收回目光的那一刻，我心里掀起了海潮般的波涛……

彩色的天空

一、伞里

去分水岭镇的伞里是三月里的一个上午，去伞里的目的是看油纸伞。到的时候，三辆大客车连着开来，嗡的一声停住，车门打开，吐出一群穿着整齐校服的学生，童声里带着惊喜，奔跑中带着急速，很快就散落开去，消失在迷幻的色彩里。

伞里是一条街的名称，因油纸伞而名。人们在描述这里油纸伞的时候，喜用"中国民间伞艺活化石"来形容。这并非夸张。虽然江南也有古典油纸伞，其制作工艺堪称油纸伞中的代表，但是分水油纸伞厂却是中国仅存的唯一一家保持桐油、石印传统工艺制作油纸伞的企业，也就成为油纸伞行业中唯一的国家级非物质文化遗产。

跟着学生们的脚步走进小街，这时候太阳已经升起。头顶是一片五彩，斑斓得如霓虹灯光照射。相隔不远，便有几把撑开的油纸伞置在街边，伞面的彩绘与周围环境映衬，一步一景，美轮美奂。穿过长长的古朴小巷，毕六福坐在展示厅里，眼睛正盯着手中的一把油纸伞，嘴里不住地说着话。他把手中的伞撑开，目光落在伞骨以及伞的整个面上，带着一种

绿土地上的**影子**

伞里小街

自信，定海神针般从眼里射出，在空气里铺排，并摇曳成了一片伞的海洋。尽管初春里伞里的空气还有些凉，但他感觉温度已经上升了，灿烂的暖阳已经铺开了一条大道。作家廖永清坐在他的对面，倾斜着身子，在静静地听，像虔诚的学生听讲座。

我坐下来，觉得好奇的是，给一条街取名伞里，难道这里居住的人都会做伞，抑或居住在伞的世界里？

毕六福说："怎么解释都行。"

伞里位于分水岭镇老街之侧。伞是世人皆熟悉的一种遮雨工具，每家都有几把。这种遮蔽雨雪又阴凉环境的用具早在3500多年前就出现了，是我们老祖宗的发明创造。一说是工匠大师鲁班发明的，另一说是鲁班的媳妇为关心终日在外劳作的丈夫而发明的，而且被记载在了《玉屑》一书中。无论哪一种说法，都在证明其出现的时间及祖宗的发明创造。到了大唐，盛唐对外开放，古丝绸之路贯通，前来经商和学习的外国人增多，技术流传出去，日本人开始学习制伞。有文献记载，法国人开始普及制伞是1620年，而英国人使用雨伞更是晚了100年。中国人不仅制伞用伞早，更是普及得快，据说最初不叫伞，而是叫作"簦"，因为方便实用，从皇帝到普通百姓都在用。

分水岭镇地处江阳、纳溪、合江三区县接合部，古来就位于交通要冲，清嘉庆前成为集市。分水场地处三岔路口，从泸州去夜郎国在这里分道，即便到了现代，交通也异常发达，成都去重庆的国道93线和去贵州的国道42线也在这里交会，由是被定名为分水岭。

便利的交通，熙来攘往的人流，为制伞业提供了得天独厚的条件，产生出发达的制伞业，新中国成立前达到鼎盛，仅分水场就有几十家油纸伞作坊，几乎家家都在制伞，分水场成了油纸伞迷幻的世界。

伞里小街是专为油纸伞新建的，从街房还能闻到散发出的泥土芬芳就知道时间不长。走完后发现共分为三个街区，着墨点在古韵和油纸伞。

毕六福笑着问："这下晓得为啥取名伞里了吧？"

其实从满街的油纸伞就已经看出来了，只是没想到专为这伞修一条街。于是，我回他说："这是对你的褒奖，名副其实。"伞是日常用具的名称，里是指居住的地方，满街的油纸伞和古老的制作技艺，传承着一种文化，一种中国人发明创造的伞文化，应该得到彰显。

毕六福自幼生活在分水岭镇，一辈子做伞，手艺是从祖父辈那里继承下来的。毕家世代做伞。第一代传人叫毕先健，第二代传人叫毕祥路，做伞的地点不在分水岭镇。"湖广填四川"那阵子，毕家从湖南宝庆府邵阳县（今湖南省邵阳市）迁来四川，落脚在合江的先市镇，因生活不易，开始做伞。传到毕六福曾祖父那一代，一年端午节划龙船，彩头是抢活鸭，毕六福曾祖父唯一的弟弟去抢鸭子淹死了，毕家搬离了那个伤心地，来到大城泸州。那个时候，泸州做伞的人大多集中在观音堂、大河街。毕家住进了大河街，依旧做伞。

父亲毕林泽命运坎坷却又幸运，出生1岁多祖母就去世了，祖父好不容易把他拉扯大，1949年，正值青年的毕林泽被招去公安部门管治安，觉得工资少养活不了家人，几个月后辞职回家做伞。这段经历成为到分水岭的直接因由。

1951年，国家公私合营，毕林泽积极参加筹备工作。1952年7月，政府在分水岭镇创办油纸伞厂，大小油纸伞作坊及经营者都被吸收入厂，集中起来达到了近千人。20世纪50年代初，相邻的鼓楼山聚匪，分水岭一带常遭土匪祸害，后虽经解放军包围剿灭，但仍有残匪活动。油纸伞实行军事化管理，把公私合营后的人分为了两个连队，即一个转业生产连和一个工业生产连。转业生产连从事农业生产，工业生产连从事油纸伞生产，毕林泽被任命为工业生产连连长，管理四五百号人。毕六福一家便跟随父亲来到了分水岭。

毕六福是这项技艺的第六代传人。分水岭东与弥陀镇连界，东南与合江佛荫镇、尧坝镇接壤，南与纳溪区龙车镇为邻，西接泰安，北连黄舣，清嘉庆前为集市，早前属泸县崇义乡，1996年才划归江阳区管辖。除了是交通咽喉，更是沃野广袤，丘浅地平，日照充足，难得的土深肥厚的坝子，长江从边上流过，自然条件好，物产丰富。小时候下地劳动，毕六福望着多彩的自然世界，常被晨光中远处若隐若现的丘山迷住，烟云泛乳，丘冈升浮，一幅现实版的海市蜃楼。他特别喜欢晨雾消散那一刻，丘山突然清晰，万道霞光照射下，鹅黄、浅绿、深绿等层次分明的绿色突然苏醒。他沉浸在眼前的美中，直射的太阳光逐渐强烈，皮肉晒得生疼，路人次第撑开一把把大伞……这一幕，幼年的毕六福记忆尤深。

此时，已是日近中天。毕六福停下话来，端起茶杯喝了一口水，把手中的伞放回展台，目光扫一遍展台上摆放着的伞，这是他用一辈子心血凝结成的作品。他已形成了习惯，每天一有空，哪怕是挤出来的一丁点儿时间，都要看伞，看当天生产出来的产品。

我的眼睛跟随他的目光看向展台,随口问道:"做伞复杂吗?"他随手从展台上再拿过一把花伞来,撑开又收拢,油纸伞发出轻微的声响。他说油纸伞不能一直收拢置放,久了伞骨之间会粘连,要时不时撑开,让浸过桐油的油纸得到舒张,这样存放的时间才久,不会坏。他把伞再次撑开,这才回我的话:"几十道工序呢,你说复杂不嘛!"然后他手指一个个伞骨、伞寸,说:"从上油、晒伞、收伞、顺伞、石灰泡伞、晾、刷、箍、扎到抹掉箍子、开伞、再烘。每天6点开伞,第二天取出来抖伞杆、剪嘴子、换伞杆、打记号、钻孔、打栓钉、打封钉、清补、上桐油、晒。干了再打二道桐油,穿线、栽顶子、钉手把,然后验收装箱。"廖永清听完说:"乖乖,想不到制作一把油纸伞这么复杂。"

毕六福说:"这还不算,还要会熬桐油。桐油这玩意儿很多地方没有生产,不好买,有时得买桐籽自己熬来应急。桐油熬制费工费时,还很考验技术。桐籽要先用刀切开,再用粉碎机打壳,得到白色桐籽仁后才能榨油。最初出来的桐油色泽清亮,关键是熬制,老了不行,嫩了还有水分,用铁瓢子舀起来滴,颜色深黄才能熄火……"

窗外阳光灿烂。幽静的小街传来人声,不断有人进到展厅里来看伞,询问价格,掏钱买伞,过程中不断瞄我们,并不怕打扰。我说:"没想到这儿还恁热闹。"毕六福说:"自有伞里这条小街,分水岭这地儿的人便多了起来,旅游的人多了,生意也好做了。"

一年多以前,毕六福刚搬来这里,开办起一个展厅,向游人演示油纸伞的工艺。伞里小街建在董永坝,这是一个好地方,丘陵中难得的一块坝子,被开发成了农业观光园,并借用了一个老掉牙却疯传甚广的故事搞起旅游。分水岭这地儿,名气最响、最有代表性的产业是油纸伞,小街当然地以伞命名。毕六福有了一个宽敞而亮堂的展厅,他把石印搬来,辟出一方净地做工作间,演示古老的艺术。安顿下来不久,中央广播电视总台记者就来拍摄石印技术,忙忙碌碌十多天,有时熬到深夜。他说:"石印这道工序复杂得很，是精细活儿，急不得。"

说话间他站起来，带我去看石印。一块长条形的方石，平面光洁得像玉，能照出影像来。毕六福说："石印的时候还要打磨，直到如镜面般平整，再用白糖、盐、面粉做药纸，把药墨画在纸上，将画好的纸铺在石板上……还要用到酱油、醋、松香、墨，总之复杂得很。"

"这种工艺在别的地儿看不到了，很吸引游人吧？"我猜测似的问。他说："当然。""当众展示绝活，不怕被偷艺？"廖永清接过话去，盯着他说。他哈哈一笑，说："我巴不得有人学，传承文化，富裕生活，有啥不好呢！"

这是一个非常有胆识的回答。其实生活里让人们思考的往往就是一句话、一道目光，他的回答既是思考又是初心。

街口，一把撑开的巨伞半空立着，似乎要遮住整条小街。毕六福说："这伞不仅仅是象征，它撑起的是分水岭的天空，一片彩色的天空，是伞里人富裕的标志。"他带着我们从巨伞下走过，去分水岭老街。

二、老厂

与父辈相比，毕六福很幸运，遇上了好时代。走在路上，话题依旧是伞，他很感慨地来了一句："做伞其实很辛苦。"不知是感慨有幸成功还是感慨生活不易。其实生活就是如此，总是曲曲折折，波涛起伏，辛苦是肯定的，哪有真正蜜罐似的生活？说过这话，大概是渴了，他抓过一瓶水灌了几口，然后一指说："前面就是分水老场，马上就到了。"

顺着斜坡往上爬，两边是早早迟迟修建的街房，差不多到最高处了，横着山脊又出现一条"丁"字形的小街，大概是修得更早，小街更窄，两边的街檐快要碰头了。毕六福的制伞厂在窄街的入口处，临街三间铺面，往里高低三四个车间，因为过了山脊，几个车间分布在几个阶梯上，上下进出很不方便。

"这是老厂,开初的油纸伞生产一直在这里。"毕六福说。

进门的时候,一群年轻人在忙碌,两三个撑着画架写生,另几个拍照。毕六福一点儿也不惊讶,说:"已经成了常事,差不多天天有人来打卡。"我问一个约莫30岁的女孩来自哪里,她回答她是四川化工学院数字经济学院数媒专业的老师,叫刘梅,带学生来拍摄素材。

刘梅看毕六福继续往里走,赶快丢下我赶上去说:"毕老师,跟您合个影可以吗?"毕六福停下脚步,刘梅高兴地拉上几个学生,用几把撑开的伞做背景,拍过照后连声说谢谢。

"大工匠堪比明星,热度高。"我半是玩笑半是赞叹。毕六福只笑笑,带着我们继续往里走。"这里的条件确实比较差,太窄了。"走进第一个车间的时候,几个工人正在生产,看了环境,我一声感叹。毕六福说:"没办法的事,从开厂到现在,好多年了,街小,地儿不好找。"说完便沉默了。

"你干厂长多少年了?"我问。

他抬头环视了一下,一脸苦笑,说:"直到承包经营。"

1995年中秋节前一天,下了一场雨,稀疏的云朵在天空飘着,天气晴朗清凉。毕六福一家渴盼过节的欢愉冲散了家中经济窘迫的阴霾,一家人都在为中秋佳节的到来而忙碌。上午9点,厂里来人通知毕六福去开会,他丢下手中的活儿赶去厂里,原来是市里轻工业局要改变厂领导班子,叫他出任厂长。原本是一件好事,但他回来一说,父亲毕林泽坚决反对。毕林泽说:"那么个烂摊子,哪个接手哪个倒霉,有啥干头?"毕六福说:"厂里几百号人要吃饭呢!我是共产党员,必须撑起呀,总不能眼睁睁看着几百号人没饭吃吧!"父亲见他铁了心,丢下一句"你别后悔",就不管他了。

其实制伞厂好长一段时间是很辉煌的。刚成立那阵子,大家都争着挤进厂里，以为不仅有了一份工作，还学到了手艺。"艺多不压身"是中国人的信条，毕六福大姐毕六秀12岁就进厂学做伞骨子，二姐毕六华随后也进了厂，他的一大家人都在厂里。

20世纪六七十年代，油纸伞供不应求。那时候油纸伞厂属泸县二轻局管，产品由二轻局下的二级站供销社统一包销。产品注重实用，以红色为主，兼之黄绿，单色，很少画彩，即便这样，几百人做伞还搞不赢，后来供销社又在弥陀街上办了一个分厂。

油纸伞的骨子是用楠竹劈成细条做成的。伞骨子不像竹筷，可以做成筷坯运输，因为技术性强，要求高，一般人做不出来，即便做出来，废料也多，所以伞骨子的原材料——楠竹的运输都整根地运，笨重又不方便。那个时候路不通，车少，仅有几条主干公路还是泥石路面，汽车运输费用高，楠竹从江安县的蜀南竹海运过来多走水路。弥陀场在长江边上，从水路运来的原材料上岸就能生产，能大大降低成本。这个看似前途光明的举措，却在投产不久后遭遇了滑铁卢。

说起来很无奈，不是管理出了问题，也不是经营不善，是笨重和成本高。20世纪70年代中期，世面开始有了布伞，虽然一开始也与油纸伞类似，伞把不能伸缩，但胜在伞面用的"洋布"。布伞不仅比油纸伞轻，能做各种彩绘花纹，而且更耐用好看，一面世就很受欢迎。布伞发展很快，不长时间就推出新品，后来更是有了伞把能伸缩的折叠伞，收起来比手掌大不了多少，撑开却跟油纸伞一般大，最为关键的是价格很便宜，当地人欢喜地把布伞叫作"洋布撑花"。油纸伞骨是楠竹，伞把也是竹质或木质，限制了想象空间，不能缩短或伸长，没有好看的彩绘，价格奇高。两相对比，油纸伞逐渐没有了市场。

为了降低成本，厂里也想了很多办法，比方把伞面用桐油改为了一般清油，伞面增加花色，搞出彩绘花伞，但一是成本始终高于布伞，二是实际使用中的耐久性胜不过布伞。那个时候，毕六福拼命工作，他想到了勤能补拙，欲以加班多干、延长劳动时间来降低成本，跟布伞争夺市场。可他没能战胜新技术的应用和人的趋利本性，人们选择性地弃用，油纸伞业走入了低谷。首先经营不下去的是弥陀分厂，在经历连年亏损后，被迫放弃纸伞生产，一分为二，改为家具厂和火柴厂。接着是分水老厂接受了同样的命运，一分为三，改为肥皂厂、铜厂和布伞厂。

苦苦经营这么多年，厂子不是变大变强，而是变小变弱了，眼看着就要撑不下去，毕六福心里着急，这样老老实实不思求变，一辈子也活不了，但是求变的路又在哪里呢？厂子化小，改行生产，不是求变的一种方式吗？他往返在家与厂的路上，低着头徘徊。活人怎能被尿憋死？他走进厂长那间屋子，厂长说："我正找你呢！布伞怎么做，没有技术，你出去淘点儿回来。"

幸好那个时候不兴专利，人们乐于传授。武汉是中国有名的火炉城市之一，8月正是酷热天，毕六福肩负振兴制伞厂的使命，来到武汉学习制作布伞。相比而言，布伞的制作要比油纸伞简单，有制作油纸伞的技术基础，学起来并不困难。

时间不长，毕六福便从武汉带回了布伞的生产技术，厂里开始做布伞。那个年代信息不发达，一项手艺全靠手把手地教，几个熟练工怎么顾得了几百人的生产，看似简单的活儿做起来却难，生手众多的生产线生产出来的产品成本自然不会低，加上模具要从武汉运来，布匹等原材料要从浙江运来，产品生产出来一核算，成本比油纸伞还高。同样的产品，别人质好价低，自己的产品按照市场售价卖出去，亏损更大，布伞生产宣布失败，不得不重新回到起点，做油纸伞。伞厂陷入了严重的亏损，一个工人一月100元的工资都发不出来，不得已办了一个蜂窝煤厂，生产蜂窝煤做补贴。

这件事让毕六福看到了跟风的恶果。他说："做产品如同做人，要有定力，扬长避短，坚持做熟悉和擅长的自己，才会有好的前途。"

这天,他站到一堆纸伞前,脑子在现实与想象中冲浪:产品销路不畅,生产停滞,很多人下岗了,生活陷入困境,油纸伞的路还能走下去吗?正在这个时候,财会来通知,叫他去挑100个蜂窝煤做这个月的工资。他颤抖了一下——一个月的工资仅得100个蜂窝煤,这厂子还有存在的必要吗?工人的全部希望就是工资,工厂没有工资发给他们,怎么生活?他仿佛看到了工人们满是汗水油污、具有老树皮一般褶皱的脸上显露出来的焦渴。

好在去武汉学艺,到浙江跑原材料,这些外出的经历让毕六福见识了更广阔的世界,看到了外面飞速的发展。他记下了却没往心里去,因为那不是分水岭,不是自己所在的油纸伞厂。

毕六福并非仗着一腔热情胡打乱撞,接手厂长后,他清理了不切实际的项目,只保留了蜂窝煤生产做补贴。把因降成本油纸用清油改回用桐油,这是父亲告诉他的。父亲毕竟心疼儿子,看他执意要为厂里解困,警示他说:"油纸伞要用桐油做,不能用清油,保证品质才有出路。"桐油成本高,售价必然跟着提高,油纸伞由用清油时的4元多一把飙升到8元多一把,订单迅速减少,仅发工资一项,每年就亏损几万元。光节约开支已经不能扭转亏损状态,厂里不得已开始搞承包经营。

"看样子,这些厂房时间不短了,都是那个时候建的?"走下一段石梯,下到最远一个车间,我看地面一层层脚泥,四围墙面陈旧,禁不住问了一句。

他回答:"你的眼力不错,都是老房子。"我说:"你是厂长,算是捷足先登,把厂子承包过来了。"他苦笑着说:"啥子捷足先登哟,烂摊子没人干,被迫接过来的。"

工厂熬到2000年,实在无法经营下去了,县公交局来主导改制,承包书贴出去后,几个星期没人报名,眼看承包不出去,厂里的党支部书记找来,说:"老毕呀,你接手做下去吧!你有技术,路子也宽,法子多,别人比不了你。再说了，不能让油纸伞这门手艺在我们手里断了呀！"父亲毕林泽也给他鼓劲："放胆去干，搞不懂还有你老子呢！"

承包过来的第一年，费了很大的劲，动了若干心思，年底结账，赚了2000元钱。相比一直以来的亏损，已经做到了最好。他觉得这么辛苦，只赚了那么点钱，养不活一个家，父亲却说不要放弃，有辉煌的一天。父亲的理由很简单，改革开放后，人们的生活逐渐向好，早先作为挡雨遮阳工具的油纸伞，必将被当作装饰品收藏。物质生活满足的人们，追求精神生活丰富多彩是必然。还别说，姜还是老的辣，父亲竟一语中的。后来油纸伞果真被广泛地当作装饰品，做跳舞的道具，做收藏品。

脚下的这个车间有近百平方米，是老厂几个车间中面积最大的一个，空旷的地面上零散地堆放着设备和伞骨等半成品，只有一个50多岁的人在伞骨上贴纸。他右手拿一把特制的刷子，左手拿起一片制作好的油纸往伞骨上一铺，右手的刷子飞快地上下刷过，油纸便妥妥地贴在了伞骨上，动作快捷而熟练。毕六福说："他是厂里技术最好的工人，做伞几十年了，做的伞品质好，没有次品。"他说完弯腰拾起散落在地上的一根伞骨，轻轻放到材料堆里，走过去在那人肩头轻轻拍一下，两人相视一笑。人与人之间的信任，无须用语言，也不必有多余的话，一个眼神的交流，一次肢体互动，就把心里的话传递了，或许这就是心灵相通吧！

我问："这么大个车间怎么不利用起来？"毕六福说："早先大部分工人都在这里做，新厂弄好才搬走的。你没细看，这里爬坡上坎的，原材料搬上搬下既耽搁时间又费力，有了好地儿哪个还愿待在这里呢？"他说的是实话，往回走的时候我特别留意看了一下，上下的石梯又窄又陡，进出的门还低矮，搬运原材料确实不方便。

我忽然想到，除了毕六福一再强调的原材料价格外，生产环境的制约也是一个不容忽视的因素。

回到进门那间屋子，四川化工学院的师生们还在，再见我们，拉着我们拍了两张背影照。回到小街上，我感觉光线偏暗，抬头才发现，街顶挤挤挨挨地挂满了撑开的油纸伞，光线被伞面遮挡，穿透过来的部分很微弱，却把花花绿绿的影印在石板上，街上斑斓而迷幻。来的时候急于进厂，我并没有注意到被打扮得美轮美奂的小街。我打趣说："差点与美失之交臂。"廖永清接过去补充说："古人说走走看看是很有道理的，走是行路，看是观察，重点在看，不仔细看就会漏掉精彩的东西。"

毕六福已经跟出来，听到我们的话，也抬头看一眼，说："这是我儿子的主意，年轻人有想法，思想前卫，比老一辈强。"我问："你儿子在哪里？"他说："在新厂里。"我说："见见你儿子吧，再看看新厂。"

三、新厂

新厂离老厂大约2公里，在伞里与老厂之间，很新的一座厂房，宽敞明亮，2000多平方米。与老厂稍显冷清不同，新厂里一派忙碌，几个车间的人都不少，加起来有三四十人。他的儿子毕原生并不在厂里，打电话问，说去泸州城里了。毕六福说："泸州城里世纪锦园还有一个厂，也是新开不久，有20多个工人。"

我问毕六福："这厂房是自己修的？"

他说："不是，是租的。原来是纸箱厂，生产包装纸箱，效益不好，垮了，厂房闲着，我看地方不错，便租了，去年才把生产线搬过来。现在场地宽了，新厂、老厂都在生产。"

"主要是儿子儿媳在经营。"补充说这话的时候，毕六福的脸上显出一丝得意。我问："你儿子多大了？"他说："满40岁了。三十而立，40岁的人，正当力，该挑起担子了，现在是主力呢！"

毕六福的儿子毕原生毕业于电子科技大学，儿媳妇叫周俊，简阳人，两人是在成都时学车认识的，后来恋爱结婚，一起回了分水岭，接班做油纸伞。毕原生善于学习，更善于观察分析，在生活这本书里吸取了远远多于书本的经验。他注意到油纸伞的生产状况：就目前而言，全中国生产油纸伞仅有湖南、湖北、云南、浙江、台湾等几个地方有限的几家，江西婺源的名气很大，但多数地方的伞是平伞，没有用桐油制作，雨淋过后不耐久。云南腾冲虽然工艺相近，但泸州油纸伞凹凸感强，画面生动，实用和美观完美结合。物以依稀为贵，什么东西一旦独特，市面上一定会抢手。虽然桐油做的油纸伞成本高，价格也贵些，但因为稀有，多10元8元，对富裕起来的人来说，根本不算个事。

这是油纸伞快速发展的一个重要原因，另一个重要的原因是政府重视传统文化的传承，支持老的技术创新发展。毕六福说，2006年，他这油纸伞厂还在举步维艰，遇上政府在成都举办西博会，江阳区文旅局局长陈洪

伞里一景

特地赶来分水岭，动员他做大伞到西博会参展。这个信息就像一剂强心剂，让他兴奋不已。他知道这样出彩的机会不多，政府特地让他参展，是看重油纸伞这一传统制作技艺，是他宣传油纸伞的绝好机会，于是铆足劲做了一把半径1.2米的特大"伞王"，运去成都参展。不料到现场却傻眼了，会展举办方通知他，伞太大，太占场地，不能摆放。泸州市负责宣传的同志努力跟会展举办方协调，争取到了展出的机会。大伞一亮相，吸引来一众媒体争相报道，使油纸伞重新获得了人们的青睐。

"站得高的人总是比站得低的人看得远。"毕六福说这话时眼里充满感激。他说自己虽然也看得清，干事也踏实，但是与政府的人比起来，人家才真正有前瞻性。2007年，政府来人跟他说，油纸伞的生产技艺独特，传承数千年，应该列入国家级非物质文化遗产保护名录，让他先向四川省人民政府申报，同时协助他做申报资料，理顺传承人，填写报表。当年油纸伞便被列入省级非物质文化遗产保护名录，2008年又成功入列国家级非物质文化遗产保护名录。

2009年，毕六福把油纸伞打上"国家级非物质文化遗产保护名录"印签，送北京博览会参展，获得了空前好评，他还受到国家领导人接见。生活的富裕造就了文化繁荣，造就了人们对文化追求的多元化。人们对传统文化的喜爱，政府对文化繁荣的支持，使毕六福的油纸伞生产一年好过一年。

毕六福说，儿子儿媳虽然聪敏，一开始还是受了不少波折。尽管年轻人思想活，学得也快，但是真正做起来还是很费了些工夫。毕原生还好，从小生活在做伞的环境里，耳濡目染，动手做过，有一定的技术垫底，成熟得快些；儿媳从来没有接触过制伞，每一个环节都是陌生的，学起来就慢多了。学制伞不易，"一坯二糊三打杂"，说的是做伞的工艺来不得半点马虎毛躁。一坯，说的是伞坯，就是伞骨子。伞骨子的厚薄均匀，决定了一把伞的耐用度和灵活度。二糊，就是油纸贴面。伞面贴得好不好，用眼直观地就能看出来。顾客买伞，撑开的第一眼看的就是伞面。一把伞面有8幅纸，糊面的时候，每幅纸之间要看不到线头，衔接处不能起"耗子耳朵"，每沟深浅要均匀，这样做出来的伞才合格，才算正品。三打杂，指的是90多道工序，每一道都得精益求精。通过这些年的努力，两口子的技艺都已经很成熟了。

毕原生两口子与毕六福经营理念最大的不同是，把店开到网上，在线卖伞。看着父亲在分水在泸州城里开店，靠当地人和来董永坝旅游的人买伞，出货量太低，他们想到了互联网，想到了线上卖货。他们不盲信经验，只相信实践出真知。有一天从车间走进库房，堆放的产品让毕原生猛然悟出到一个道理：凭着经验生产总会积压产品，造成资金周转不畅，假如按订单生产，不仅不会有产品积压，还能加速资金周转，有效降低成本。

那时分水岭周边的人刚刚接触网络销售，一是对新兴事物不熟悉，多数人弄不来；二是电子商务还没成熟，对网络购物缺乏信任，大多小心谨慎。不谨慎怎么行呢？一段时间利用网络行骗很多，不少人上当受骗。毕原生觉得那些不足都是暂时的，影响不了发展的大趋势。打定主意后他与毕六福商量，毕六福说："这个办法好，放心大胆去干吧！现在油纸伞已经不再做用具，主要用作装饰，随着人们越来越富裕，前景也会越来越好。"

方向有了，又有了毕六福的支持，毕原生减少一般性生产，中心转向订单，不长时间，不仅销售量成倍上翻，利润也显著增长。

说话间我们走进第一个车间，吸引目光的是一把巨伞。"好大的伞哟，有1米吧？"廖永清惊呼。毕六福说："差不多，应该是1米的伞。"我问："指的是直径吗？"毕六福说："半径。"我也禁不住叫一声："乖乖，那么大，该不是遮雨吧。"毕六福说："是做装饰用，客户订做的。"

越过大伞,里边还有几名工人在忙碌,有做伞骨的,有操作机器的。靠窗一位中年女子正在贴伞面,这是一把中型伞,比一般雨伞大了很多。廖永清走过去,说:"你好呀,这么大的伞好长时间做得完呢?"女子没看廖永清,继续手中的活儿,回说:"贴纸呀,这半天吧!"廖永清说:"厉害哟,半天做这么大一把伞。"女子说:"这只是一道工序,活儿还多着呢!"说话的工夫,一张油纸已经贴上了,她用刷子顺着伞骨飞快地刷,两三遍过后,看油纸妥帖了,又拿第二张。

"你这儿的工人自律得很,都不愿停下来歇一歇。"我赞扬女子。毕六福说:"计件,做得多,工资就多,大家舍不得耽误时间。"这个倒是不出所料,现在的工厂基本没有吃"大锅饭"的,特别是私营企业,更是每一道工序每一个零件都严格了工时和价值,符合社情和发展规律。

走过最后一个车间,我记了一下,除去仓库,新厂共有4个车间,可容纳上百人同时工作,如果加上老厂和泸州城里的车间,毕六福油纸伞的规模不小了。我说:"毕老师,你现在的规模不得了,大老板。"他哈哈一笑,说:"手工作坊,成不了啥大老板,只不过想把油纸伞手艺传下去罢了。"

"三个厂同时经营,单工人就不少,对社会贡献大呢!"我说。毕六福掰着指头算了算,说:"现在也就七八十人,有点搞不赢。"廖永清接过话去:"还可以多上点人。"毕六福笑了,说:"别看是手工活儿,主要是技术要过硬,不是一来就可以干。有句老话形容学做油纸伞:'学三年,跟三年,当个师傅几十年。'分水岭油纸伞厂那么多年培育下来,能评上八级的师傅仅有几十人。"

在车间里看工人制作,我觉得并不是特别难,感觉毕六福说得似乎有些夸张,正在想用什么方式验证一下,毕六福又说:"制伞需要心灵手巧,因为没法上流水线,工人全靠师傅带,所以伞工要选人品,选恒心,选悟性。过去码头有伞帮,每年农历八月二十六是自诚仙姑生日,这一天就是收徒、敬师仪式的举办日，各个帮口制伞人聚集在一起，杀猪宰羊敬菩萨。现在没有了那些烦琐程序，也没有特定选什么人，只要想学都可以。"

我忽然想起他先前说过"为了油纸伞技艺传承"的话，问："现在来学的人多吗？"他说："有，但是有恒心的不多，或许跟辛苦有关吧！"

听到这样的回答，我默然了。

制油纸伞不易，坚持更不容易。能坚持下来并得到发展，没有一颗恒心确实不行，但愿我们的生活里，人人都有这样的恒心。

廖永清说："在老街看到有个体制伞的，是不是从你这儿学会了独立出去做的？"

毕六福没有直接回答，只说："先前在老街门市里你们看过的。"他的话让我记起他那间售卖油纸伞的门市，里边左右贴墙的两排货架上整齐地摆放着各式油纸伞，屋顶被撑开倒挂的花伞填满，走进去便被绚烂的氛围熏染。货架上的伞初看没什么差别，毕六福拿两把让我们辨识，我们看来看去，觉得似乎都一样，他指出几处不一样的地方，我们这才发现差别还是很大的。他拿着次一点的伞说："这把是街上别的小厂生产的，拿来这里帮忙卖。"我说："别人的产品你也卖？"他说："只要是分水岭的油纸伞我都帮忙卖，一花独放不是春嘛！"

我被他的气度彻底征服。

在毕六福心目中，油纸伞可以改变生活，那撑开后射出的彩色光芒，能把一个人的天空照亮，开启生活的想象。

时近中午，日头当顶，灿烂的阳光从天空直射下来，亮堂了整个分水岭，伞里折射出的彩带映衬在董永坝的绿色里，宛若万道彩虹。离开的时候，毕六福说："我们合个影吧！"站在撑开的油纸伞前，我们都笑了。

出　厢

上　篇

一

从车窗往外看，挤挤挨挨的房屋塞满了沟底。"应该是石厢子到了吧？"后排传来不确定的疑问。我也不知道是不是到了，于是找路去沟底。然而云天上的路还在绵延，没有下去的道，只得继续往前。又走了两三公里，停在三岔路口问过路人，才知道确实到了。原来是公路在云端绕了一个圈，倒回下到了沟底的。

离得老远，我就被一种氛围包裹，它缠缠绵绵地围绕在四周，越近越浓，似乎所有的空气都被浸染。

走进去，氛围中透出一种气息，一种闻到即令人亢奋的气息。我问街上的人，这是由什么散发出的气息，他们竟然没有感觉到。明明存在，为啥感觉不到？愣了半天我才明白，是他们在这种气息里沉浸得太久了，已经习惯了。很快我就发现，这是一种只属于这儿，只属于石厢子的气息。

这儿的人还在努力把这种气息营造得更浓厚。

第一次来到这个地方，我竟也被感染，不由自主地要融入进去。天刚亮就迫不及待地出门，街上还冷清，店铺门都关着。一只猫蹲在店铺门前的石板上，眼睛朝我这边盯着，一动不动。我从它前面走过，它依然蹲着，居然没有半点反应，仿佛一段街都是属于它的。

我继续前行。这个时候后面有了脚步声，一个叫杨国才的当地人跟上来说："我陪你走走吧！"街边陆续有了人，土豆、白菜、瓜果摊摆上了。"今天赶场？"我问。杨国才说："不是。""不赶场也这般热闹，可是不简单呐！"杨国才说："这地方就这样子。"人逐渐多起来，不多时，山货便塞满了一段街。

"好好的一个地方，为啥叫石厢子呢？"走了大半条街，看过农贸市场后，没看明白这地儿取名的来由，我问。杨国才指指街口的几块石头，又指指四周的青山说："石厢子这个名字2017年才改过来的，早先叫万寿场，也叫石坝彝族乡。启用这名的原因是中国历史的进程在石厢子烙下了一抹无法抹去的痕迹。"

街口一块石头的确有点像一口棺材，再看这街，躺在一段稍显平整的沟底，四围高山包裹——我豁然有所悟："这地儿封闭，走出去确实不易。"

"现在好了，路通了，方便多了。"显然，杨国才没有完全听懂我的话。不过，他是按实说话。说完他冲我一笑，说："再走会儿吧，我带你去一个地方看看。"

山边的风从街口吹过来，微雨后的早晨空气清新，却带着冷气。尽管昨天就加了一件外套，还是感觉到凉飕飕的。从街口急转，下两个台阶的石梯，便来到一个宽阔的"广场"。虽然并不宽大，但在没有平整地儿的地方修建这么一块坝子，确实是下了决心的。

"这广场是做啥子的？"我没看出用途来，问。

杨国才说："这些年红色旅游兴起，来石厢子的人多了，没个活动的地方哪儿行呢！这地儿居住着那么多人，也需要场地搞大型活动。彝族人喜欢跳舞，节假日有聚集的习惯，一直以来没有合适的表演场地，有这么一个广场，就可以载歌载舞了。"

我这才细看，广场被两个圆圈分为了两块，每个圆圈里边的地面不是用水泥抹平，而是用鹅卵石填的。彝族人还用鹅卵石拼出了他们的图腾，圆圈中间预留了孔。"这是搞篝火晚会用的。"看明白后，我说。杨国才说："主要是为外来旅游的人表演，旺季的时候，几乎天天烧篝火。"

鸡鸣三省大桥

"有多长时间了？"

"也就近些年的事。受这两年防控影响，来的人少了，今年放开后，情况好多了。这个时间来这里刚好，不冷不热。"

实际上，来石厢子的人还是少了。看到外地来的人，当地人总是热情地搭话："你好！刚来？""刚来。""我带你走走？""不啦，耽搁你。"搭上话后，他们就会热情地介绍。

或许是因为太早，这时的广场很安静，安静得有些冷清。

二

"我对红色格外敏感。在贵州遵义，我去过苟坝，听过红军长征中关于一盏马灯的故事。"我说。红军长征学院负责人陈勇说："这里故事更多，这样吧，给你介绍一个人，他比我讲得清楚。"于是，他给了我一个电话号码。

我说:"你讲不一样吗?"他有些不好意思,说红色故事的整理推介博物馆在弄,他知道的事确实不如所推介的人详尽。

照着电话号码打过去,我找到了叶顶文——博物馆在石厢子的具体管理人。叶顶文虽然年近70岁,却很精神,爽朗中透着干练。他早先是石厢子社区干部,红色纪念馆建起来那阵子,急着找一个既了解那段红色历史,又懂当地风俗文化的人来做管理和推介。那天,乡党委书记杨志友找到他,说他年纪大些,又是当地人,熟悉情况,请他去红色纪念馆工作。杨志友怕他推脱,带着感情说:"石厢子这地儿,外面的人只晓得当年中央红军来过,但多数人不清楚中央红军在这里做了些啥子,发生过些啥子事,你能讲好这些红色文化故事。"

杨志友不知道,其实叶顶文从小就对红色文化感兴趣。读书的时候,课本上那些关于红军的故事对他影响很大,后来读到毛泽东的诗词,更是心灵震撼,早就想整理红军在石厢子的故事。听杨志友说让他去红色纪念馆工作,他心里一乐。

此后每天,他一大清早就起来往纪念馆跑。周边的人那个时候也正下地。走在街上,不断有人打招呼:"恁早!往哪儿去呢?"早晨的阳光里,铺子的门开了,忙碌的身影在穿梭,有老人守在门口,看见他过来,笑着招招手道:"喝口茶不?"声音亲切得很。"不啦,有事呢!"叶顶文笑着回一声,脚步不停,继续往前走。

他开门的第一件事,就是看看纪念馆里的物件有没有染尘,然后做卫生。都是些老物件了,既要轻拿轻放,又要经常擦拭,正所谓"流水不腐,户枢不蠹",过程需要小心、细心。做完这些,他慢慢伸直累酸了的腰,拿起水杯咕咚咕咚喝几口水,来不及享受舒坦,便去中心等待游人的到来。

听完他的这番解说,我心里也热乎乎的,想让他轻松会儿,拽着他往外走。纪念馆来了人，不断有人往里拥。他看了一眼腰里别着喇叭的解说员，才放心跟我出来。

拐过弯，一个衣着鲜艳、扎着小辫的女孩用棍子在地上写字，"石"字已经写完，线条却很随意，歪歪扭扭的。她听见声音，扭过身子看我们。阳光将她的轮廓透视出来，古朴的街房和周边的菜摊成了很好的衬托。有人迎面过来，笑着和叶顶文打招呼。

我问叶顶文："干了这么些年，有什么心得？"叶顶文说："没想那么多，就是干好自己的事，讲好这里的故事。"

后来跟陈勇讲到这段话，他说："这叶顶文做的事，很多人不愿意做，也做不好。"

三

"让人注意到这地儿，是中央红军的到来。1935年2月3日下午5点多，军委纵队来到了石厢子。那个时候这地儿封闭，进来、出去都不容易。"叶顶文说这话的时候，目光里满含感情，当然也带着激动。这样一群人的到来，给石厢子人后来的生活带给了太多的改变。

"果真像来人说得那么美好？最初谁也不能确定。当军委纵队走进来的时候，住在这地儿的人只觉得稀奇，对他们的话觉得是一个不可思议的事。是的，石厢子太封闭，封闭得长久不通外界，高高地隔着天地。

"在人们的心里，以后怎么样很难说，重要的是眼前这支队伍能不能走出石厢子。当时中央红军刚刚经历二渡赤水，前有堵截，后有追兵。石厢子的人不知道这些，但看到他们的衣着，看到他们手里的枪矛，疑虑、害怕和担心像巨石般压着。"叶顶文在街上一边走，一边这样跟我说。

也确实，那样的时候，那样的环境，一支陌生的军队驻进来，荷枪实弹，哪怕你是当地人也准进不准出，换谁碰上，没有想法是假话。幸而这里封闭，受反动宣传毒害少，人们热情的本性未改，此乃红军之幸、石厢子之幸。

"中央红军在这里开了一个很重要的会议。"叶顶文说。

没走多远，我们便来到石厢子会议旧址。前边一片栅栏，栅栏门锁着。叶顶文叫人来开了，走过一片空地，敞开的中堂里摆放着一张方桌、四条板凳，内在的久远让它们展示出来的是陈旧，当然还有历史感。一张农家的木板床，几样趁手的用具，被精心搭配着，组成内心所想。一切都是还原。看得出，哪怕是一个凳子，摆放得也很讲究，还原者精心求证过，费了不少心思。或许当初的房间的确就这个样子。

站在方桌前，叶顶文激情顿来，仿佛当时发生的事就在眼前。

"面对一军团在叙永攻城未果，敌人以10个旅的兵力向叙永县城集结，泸州长江沿线重兵设防，毛泽东倡议中央政治局常委和中央军委召开专门会议，探讨中央红军行动方针、中央苏区和中央政治局常委分工问题。这个会议，历史上称之为'鸡鸣三省'会议。这个会议是智慧的展示，使得困难重重的队伍有了新的生机。"

四

跟着叶顶文返回街上，几十米远后，走进一条小巷，那里连着一处旧房。三间瓦屋一字排开，川南典型的木质结构房屋。屋顶青黑色的瓦上长有浅浅的苔藓，散发出淡淡的光。

我在屋里细细看着，想着那个艰难的日子。叶顶文说："这屋里木柱上有三个铜圆，找找看，能不能找到。"

我说："找铜圆干吗？有啥说法？"叶顶文说："有一个很感人的故事，找到铜圆再讲给你听。"于是，我开始细心查看屋里的木柱头。在进门左边的第二根木柱上，看到了三道铜楞，但不知道是不是铜圆。"这个是不是？"我问叶顶文。他并不过来查证，冲我点点头说："正是。"不等我再发问，他主动讲了三个铜圆的来历。

石厢子会议原址

"这个房子的主人叫肖有恩。1935年2月3日,几位中央领导住进了这里。肖有恩人很实在,真心诚意地为几位素不相识的人服务,获得了赞赏。3月5日离开的时候,领导叫来警卫员,拿出三个铜圆给肖有恩说:'打扰了,谢谢你为我们提供了住宿,三个铜圆就算作我们的住宿费吧。'

"那个年代的石厢子穷,三个铜圆已经算一笔大钱了。肖有恩拿着铜圆在手里掂了掂,感觉到这么大一笔钱,花了舍不得,放在家里又害怕土匪来抢,想找地方藏起来,转遍屋子也没找到能藏铜圆的好地方。想得发蒙的时候,脑壳撞在柱头上,他用手摸摸额头,看看柱子,突然有了主意。他找来铁锤,把三个铜圆嵌进木柱里,脸上有了满意的笑容。

"肖有恩藏好铜圆,就把这事丢开了。时间一久,他自己也记不起藏在哪根柱头上。后来家人陆续外出,肖有恩也走了,三个铜圆的事也就没了下文。虽然这件事一直流传着,但是几十年过去,人们一直没有找到铜圆。2013年建纪念馆的时候，这几间房子被列为重要文物保护起来。在清理过程中，肖有恩的侄子肖为勤想起了一直没找到的三个铜圆，在室内的每根柱头上仔细查找，才终于找到。这个事当时引起了不小的轰动，中央党史办、四川省党史办同时派人来调查，对取不取出铜圆进行了论证，最后决定还是原样保存比较好。"

"这么说，铜圆没动过？"我说。

"当然啦！你看与木柱间的密实程度，哪儿像取出来过的？"他回答我。

"这确实令人感动。小小的三个铜圆，体现的是一种作风、一种精神。这屋子，路过的人走了，原住的人也走了，留下柱子和瓦檩静静地矗立，支撑起人和人的缘以及信念。"

五

现在，说话声停了，屋子静得出奇。我伸手轻轻抚摸一下铜圆楞子和承载铜圆的木柱头，抬脚跨出门来。刚才还阴沉沉的天空明亮了，瓦屋被太阳光照射着，屋顶也明亮起来。

跟出来的叶顶文说："为了走出这里，当年中央红军还留下一支部队打游击，想在这片建立根据地，可惜力量太弱，最终没能成功，留下来的人几乎全都牺牲了。但这些人很了不起，坚持了很多年才被敌人完全打垮。"

叶顶文说的这件事我隐隐约约听说过，纳溪的廖荣华还以他们为线索写过一本小说，后来被拍成了电影，名字就叫《川南游击队》。不过，具体发生在哪儿，怎样发生的，我一直未闻其详，听叶顶文这么一说，才知道事发于叙永，发生在眼前的石厢子。

"有详细的资料吗？"

"纪念馆就在上边，过程全都记着的。"

"去看看。"

沿石板路往上，百十米远，便到了叶顶文说的纪念馆。我在系列陈述中，找到这样一段介绍：1935年2月12日，中央红军组建的川南特委在云南威信石坎子河坝头召集留下的红军游击队全体成员开会。这时，纵队有400多人，六七百条枪，4挺重机枪和1部电台。13日，纵队人员与中央红军主力部队在叙永水潦四合头分手，向分水方向前进。14日，叙永特区游击队在树坪迎接红军纵队，两支队伍会合后，共有600余人。18日，会合后的红军游击队经过黄坭到达田中五龙山。特委在五龙山庙召开大会，徐策在会上宣布了中共中央关于组建中共川南特委和中央红军川南游击纵队的决定，明确中共川南特委由中央直接领导，讲述了纵队的性质和任务。

看完后，我站立半天没有动，反复在想一个问题：这样一支区区几百人的队伍，是什么力量让他们在艰难与困苦中支撑了十几年？从字面上看，这支队伍貌似不弱，武器配备也精良，可是他们面对的是几十倍甚至百倍兵力的敌人，他们没有后方，没有根据地，人生地不熟，可想困难有多大。但是他们毅然决然地留下了。

叶顶文说："徐策是这支队伍的第一任负责人，不久就牺牲了。后来又经历几任，一直战斗到最后一个人。导致这支队伍失败还有一个重要原因是出了叛徒。"

"怪不得，叛徒比敌人更可怕。"我说。

这个时候，我仿佛看到一群操着不同口音，穿着破烂衣服，淌着血仍向前冲的年轻人。在那个血雨腥风的年代，信念成了他们唯一向前的动力。拖住敌人，让中央主力走出去，于这些留下的人来说，就是最大的成功。在留下的那一刻，他们就很清楚自己存在的价值。生与死已经不再重要，重要的是能留下一颗纯净芳香的心。

徘徊在纪念馆里，我仿佛能感觉到那一群人的呼吸。他们迈出的每一步，都需要直面自己温热的内心。他们的生命虽然短暂，却活成了这里鲜活灵动的标杆。

他们使这里成了一片让人沉迷的土地。

六

来到石厢子，我在意的自然是长征之旅留存的精神传承。从走过的地方看，虽然都差不多，但还是能看出其中的差别。你看在这儿建党校，就与一般的党校很大不同，它极好地利用了"鸡鸣三省"石厢子会议旧址这个资源优势。在偏僻的乡场上，在一片普通的民房中，突然立起这样一处标志性建筑，院中汩汩冒出的红色气息，一下子就扯住人的脚步。

我们到石厢子住进的地方就是党校。进门往左，墙边立着一面红色板墙，上边有"四川长征干部学院泸州四渡赤水分院叙永教学点"一排大字。右边一块宽大的显示屏，播放着长征中的故事。几边墙上，全是与红色文化有关的标语。院内栽着一排小树，树龄看上去才两三年，但很鲜活，每一棵树都笑盈盈的，以饱满的姿态将绿色呈向蓝天。

这是一个修建在基层的党校。校园并不大，两三栋建筑就是它的全部。这种建在乡镇上的党校，虽然名字很响亮，但是条件相对艰苦，和院子里的树一样，扎根在这里，需要勇气，也需要毅力。

宿舍楼一共有四层，我住第三层。从上往下看，院子里的绿树更亮眼，似乎从水泥地上冒出来一样，树冠上的绿油亮油亮的，没有一片叶子不是拼尽全力，好像这样才对得起透亮的阳光。我下楼的时候，站在坝子里的校点负责人陈勇走过来，脸上的笑正好与树的绿相映衬。

我问他："你在这儿多久了？"他说："才两年。"

"这所设在基层的党校有什么特色呢？"

大概是我的问题正是他想要说的，所以他兴致很高，说起来如放连珠炮。他说："别看这地儿偏僻，院子小，其实作用大得很。经过探索整合，现在已将全县4个市级党员教育示范基地、6处省级以上红色革命文物保护单位、6个干训教研基地纳入教学整体布局，构建'1+6+N'布局体系、'特色+精品+本土'教学体系、'专家+骨干+红色讲解员'师资体系，其中布局体系以叙永教学点为龙头、6个干训教研基地为支撑、N个现场教学分点为补充，形成了专题教学、微党课教学、现场教学、体验教学、激情教学、音像教学、拓展教学七大教学形式。"

陈勇像是做总结。或许是说得多了，他说起来流畅得根本不用思索。经过他的解说，我知道了他们努力的方向。无疑，这个方向是成功的，连我们这样一些与党校无关的人也来到了这里。

一群人围了过来，似乎被陈勇的话吸引了，但是没等陈勇再说下去，就有人叫他了。一下子拥来几十个人，事多，忙得很，他答应着跑走了。

围拢来的人散开后，有几个人邀约到那块红色牌子前照相。四川省诗词协会会长孙和平和副会长郭定乾也来了雅兴，被簇拥着与人合影。

住宿楼对面，隔着坝子修了一排平房，一边做了餐厅，一边做接待室。热心的李腾双来叫我去喝茶。喝茶的地点就在接待室。我进去的时候，里边已经坐了不少人，闲聊中都在谈一个事：这里的人铆足了劲，就是想走出去。

同我一起进来的靳朝中插话说："说得没错，没有这个心思，大家今天不一定能相聚呢！"

下 篇

一

晚上没有安排，我早早地窝进房间。天尚未完全黑尽，氤氲的雾气渐渐上来，坝子里踢踢踏踏的脚步声逐渐稀疏，街上则完全安静了。

屁股还没坐到椅子上，靳朝中跟了进来——严格地说，是我跟他进了这个房间。他昨晚已住了一个晚上，我是今天才到的。

其实来的时候，还在街口我就接到他的电话，问我到了没有。几天前在电话里跟他说我要来石厢子，他说他也要去，说好到时见的。没想到他比我先到，还跟服务的人打了招呼。签到的时候，接待报到的人说："胡老师才到呀，靳老师问你好几回了，叫安排你跟他住一起呢！"就这样，我跟他住进了一个房间。

靳朝中说："告诉你吧，石厢子这地儿的人，文化做得很有心得呐！他们把传统诗词结合红色旅游文化做出了特色，其中一个叫静秋的农民诗人尤其了得，在云、贵、川三省边境这一带很有名气，连当时的云南省委书记令狐安也知道他。"

靳朝中是叙永县本地很有名气的诗人、儿童文学作家，对当地熟悉，他的话肯定没错。这是个很好的话题。我立刻想起刚才在茶室闲聊时，四川省诗词协会会长孙和平说他看到过石厢子彝族五诗人的诗集，盛赞其诗很好。当时我就委托当地一位女诗人帮忙联系，想见识一下几位彝族诗人。女诗人说，这几个人早就不在了，但一位叫静秋的诗人熟悉情况，找他肯定能了解到一些鲜为人知的事。女诗人当场联系过静秋，只是没联系上。现在靳朝中又说到这个人，我于是接过话问："这个静秋多大年纪？能不能联系上？"

靳朝中立刻翻找电话，又问一个自己的弟子桑伦远，得到号码立即给静秋打过去，两人唠嗑了好半天，才挂掉电话，冲我说了一声"妥了"。

二

见到静秋，我很惊讶，原来他竟是一位年逾八旬的老翁。介绍认识后，靳朝中便开会去了，留下我和静秋独聊。

静秋送我一本《静秋吟草》第二集，说是他自己写的诗。我随手翻了一下。"文章本觉淡如烟，秃笔偏偏屡夺闲。狂躁能伤心上地，清虚不乱室中天。磨穿岁月难求净，翻破诗书好了缘。我到古稀完二卷，依然未出一痴癫。"其诗其意，处逆境而乐观，出污泥而自洁，一位胸怀坦荡的人扑面而至。

出于时间考量，我说："我带回去好好拜读。"合上诗集，转而对他说，"说说你吧！"

顺着静秋的思路，我们很快聊上正题。

静秋本名叫李正仁，住在水潦场上。我问到孙和平口中的五位老诗人，他叫跟来的桑伦远从手提袋中拿出几本书来，我接过来一看，是余达父著的《邃雅堂诗集》，余家驹和余珍合著的《时园诗草·四余诗草》，余昭和安履贞夫妇合著的《大山诗草·园灵阁集》。我翻看了一下，诗词写得确实不错，但都是清末和民国时期的人，代表不了现在人的状况。

我赶紧把话题扯到他身上："听靳朝中说，你很喜欢诗词，诗写得很好。"李正仁说："好谈不上，喜欢罢了。"李正仁高中毕业后，因为家庭成分升不了大学，当时很失落，也很郁闷，不知道该做啥。

父亲一辈子做买卖，对他抱有很大期望，他也希望父亲能帮一下自己。可辍学回来，他感觉父亲整天除了做买卖还是做买卖，忍不住就问父亲怎么想的。父亲竟然说："什么都没想，该干啥干啥去。"这让李正仁没了方向，很多向往都成了梦幻。1962年，国家刚从困难中缓解，但扫盲、开办学校，提高人民知识水平却没敢耽误。那个时候人才紧缺，高中学历已是具有很高学识的人，村里开办的学校缺老师上课，李正仁不得已，进了村办小学，开始了教师职业生涯。有一份稳定的工作，他心里很满足。那个时候他年轻，精力充沛，放学后的时间就爱写写画画，没想到一写一画，人就有些变了，逐渐有了自己的天地。

其实，李正仁很小的时候就喜欢诗词，只是那个时候不懂韵和平仄，只能写一写顺口溜。读高中的时候，他遇到了一位叫阎维霖的语文老师。那天语文课写作文，他写了一首传统诗，碰巧阎维霖是一位老夫子，对古诗词造诣很深，看了他的作文，觉得他是一个可塑之才，便给他开小灶，重点指导他写律诗,他由此学到了古诗词写作要领。

自从当上老师以后,很长一段时间,李正仁感觉教材内容太少,远远满足不了学生需求,于是便写了一些诗词掺进去。没想到增加的内容学生特别喜欢,他们逐渐会创作简单的诗句。他这个创举在学生中产生了很大影响,引起了全乡和三省边界人们的重视,不少人假期询问着来交流。开学了,省际边境周边的学校又请他去上公开课,就如何进行诗词教学展开探讨。李正仁将自己的教学方法和盘托出,当地人更是当作宝贝,他就把这一理念贯穿到整个教学中,带动起学生跟着写古诗词。

"那个年代,你用自己的方法教学,还取得了成绩,真是不简单。"我说。

李正仁说:"是偶然想到的,如果当时的教材够丰富,哪个还费力费时去写诗教学生。"

李正仁继续说,到了1988年,乡里来了个叫杨甲林的乡长,其人喜欢诗词,到学校听了他的课,感觉很不错,临走的时候给他提了个建议:办一个小报,用诗词反映当地的好人好事。头一回得到乡里重视,李正仁很惊讶,怎么连乡长也对诗词感兴趣,以前可从来没听说过。

于是,李正仁开始筹办,联络了艾青海和桑林荣,加上杨甲林,四个人自费把小报办了起来,取名《鸡鸣三省报》。头一期发到县里,收到了很好的评价,信息反馈回来,更激发了他们的热情;第二期起发送到了云南的镇雄、威信,贵州的毕节等县。这种从骨髓里发出来的热情,实在让人赞叹。但是,单凭热情毕竟不是长久之计,办报需要经费,艾青海和桑林荣都是农民,也没工作,拿不出钱来,办了几期后,经费没有了,只得停刊。

"不是教书吗,怎么没工作了?"我听他这样说,感到奇怪。

他说,这个话说来很长。他是在村办(民办)的小学上课,已经20余年了。那年区供销社要写一本社志,找人写了两稿,耽误了3年,却交不了差，不得已找到他，请他来写。供销社跟村里协商好，借用他几年，社志写完就让他回学校。没想社志写完后，供销社觉得此人可用，便把他留下了。原本是一件好事，他也愿意，谁知三四年后，供销社解体，他这样的聘用人员，自然直接被解雇了。学校回不去了，只能自谋职业，他便在水潦场上开了个书店，靠给人写对联、碑文求生活。那些年正困难，两个农民没钱，他自己也没钱。

"要是没去供销社，现在应该是退休教师，工资可高呢！"我替他惋惜。

"可不是呢！不去供销社，按照后来的政策，早转公办教师了。"他苦笑道。

我说："你们是真正喜欢，自己出钱出力，采访、创作、编印，确实不简单。负担不起，停刊很正常。"

李正仁说："后来又起死回生了。"

我问怎么回事，李正仁说，这就是诗词的魅力，想不到的美好全藏在里面。小报停刊了，但是它产生的影响却很大。一段时间见不到小报，周边的人很不习惯，云南镇雄县的孔洪猷等人便发出倡议，恢复小报。后来三省边界的几个县经过商议，把原来的报办成刊，改名《鸡鸣诗苑》，一年出一期，几方轮流办。镇雄县办了第一期，石厢子办了第二期。年刊出来后，得到镇雄县县长吕维杰的重视，后来镇雄县把刊印的钱全出了，刊物也由镇雄县单独办，聘请李正仁担任常务副主编，发送的范围依然是周边乡镇。诗刊出来，影响不断扩大，时任云南省委书记的令狐安也给诗刊寄来诗稿，一句"春城一席红楼宴，深山十载贫家粮"让李正仁感动了好久。

石厢子的人说，诗词给人长知识了，通过所办的诗刊，他们知道了好多原来不晓得的事。

这些话让李正仁很感慨。他说没想到，做了一件小小的事，竟得到这么多人的认可,影响会这么大。连中国台湾和美国的华人都有稿投来,美国记者韩志坚甚至跑到水潦他的家里采访。

李正仁说这些话的时候身子前倾着,眼睛盯着我在笔记本上沙沙移动的笔,这种情绪把我也给感染了。

三

头一回听一个诗人讲这些,我很吃惊,在这个"鸡鸣三省"之地,居然还有这样一群痴迷诗词的人。昨晚靳朝中说起的时候,我还有些怀疑,静秋这个人的形象一直在脑子里打旋。这种交通不便、信息闭塞、极度偏远的地方,诗报诗刊居然能传播这么远。这种办报办刊的方式和赤诚,实在让人赞叹。

李正仁一直很平静。讲到现在的状况,他指一指在旁边陪着的桑伦远说:"现在,他们新一代是主力。"他说得很实际。他们那一代,年岁都大了,不能再挑大梁,无论传承还是拓展,都离不开新生代。

我问桑伦远:"你也喜欢诗词?"桑伦远说:"有点痴迷。"他的回答让我心里顿时爽朗,感觉到这儿的人真正不简单。

桑伦远57岁,现在在水潦小学教书。他说其实刚开始没有写传统古诗,也不喜欢,是碰上了李正仁和靳朝中。他学写古诗的第一个老师就是李正仁,第二个老师是靳朝中,受两个老师脍炙人口的诗与词吸引,才逐渐喜欢上的。

他家住水潦彝族乡海涯村一社,青年时候,除了读书,回家一天到晚都有干不完的活儿,哪有时间去吟诗作文。师范毕业后,他开始在糖厂小学教书,那儿更偏远,条件很艰苦,课后没啥事可做,读到李正仁的诗,他感觉心灵纯净,于是有了兴趣。也因为写诗,知识积累厚重了,后来水潦中学缺人,第一个把他调来了。

桑伦远还记得最初学诗的情景。

李正仁说："你真心喜欢古诗词？"他"嗯"一声，说："特意来请教老师。"一句话让李正仁感动，把自己的心得悉心传授于他。

李正仁从不说弟子不行，而是悉心帮助，修改其诗中的不足之处。他说诗要贯通始终，行气不涩，流畅自然，也要提炼，用最浅白的语言，写出至高境界。

桑伦远说，跟着李老师长知识了，学懂了诗词里原来不懂的东西。知道了诗词要韵，律诗要讲平仄，讲对仗，还有粘、挤、孤平、四连平……韵还分平水韵、新韵、通韵等，开始学习的时候老整不归一。

桑伦远说，在李老师这里学了最基础的，后来碰上靳朝中，又在那儿学到了写诗的精妙。他说诗词除了丰富知识，对教书也有很大的帮助。自从有这个爱好，学校就让他担任诗教老师，每年都带学生参加市里的屈原魂诗词大赛，一等奖、二等奖、三等奖都拿过。自己也参赛，拿过二等奖。

桑伦远说到李正仁的时候，带着一种崇敬的感情，眼里流露出的全是感激。他的声音委婉、亲切，时不时还用手比画一下。他清朗的声调把整个石厢子给震动了，实际上是把我给震动了，把我的情感也给震动了。

四

李正仁诗词功底好，娴熟。我们聊的时候，他也能顺口来一两句。他爱和年轻人打交道，看到年轻人喜欢诗词的，会主动去帮助。

我们聊到年轻人，他忽然提起糖厂读书会。起初我没在意，后来说到诗词的发展，如何能走出去。他拿起自己的诗集，翻开序言跟我说："这个序言是一个年轻人写的，叫李春晓，现在可不得了呐，诗词写得溜溜顺，当初他就是糖厂读书会的发起人之一。"

他这一说，我来了兴趣，于是扯到了糖厂读书会这个事。我问去糖厂有多远，他说不在石厢子，在水潦那边，远着呢，但只要说起，方圆都知道的。于是我就问详情，然后你一句我一句地说着，扯出了读书会的几个人。

　　糖厂是水潦那边的一个村，地儿很偏僻，办有一所小学。那年，李春晓、肖飞、杨振森三个年轻人到了那儿，因为离场远，课余没有别的事，偶然得到李正仁他们办的诗刊，读后很有感慨，于是商量搞一个读书会。三个人利用星期天，一个月聚一次，探讨写作思路和读书心得。由于几个人都很有想法，所以把每一次聚会讨论的内容都记了下来，多年后，出版了两本《糖厂读书会纪要》。

　　起初仅仅是爱好，格律诗一点儿都不懂。李正仁去了，几个年轻人将其奉若上宾："李老师讲讲？"其实不用说，李正仁去的目的，就是介绍格律诗。他一点点地讲，像码砖坯，一点点地堆高。几个年轻人很快就会了，引起了兴趣。

　　李正仁看到几个年轻人的诗的时候，觉得棒极了，于是常鼓励他们说，练熟了就更棒。当然也少不了修改。没事的时候，几人邀约一起，少不了往李正仁那儿跑。李正仁泡一杯清茶，几个人坐下来慢慢地品，不说闲话，也不抬头，就那么闷着头想。一会儿工夫，他们就有了几句朗朗上口的好诗，捧给李正仁求指点。

　　李正仁看到诗，就仿佛看到阳光和风在窜来窜去，蜜蜂在采花蜜，鸟儿在跳跃飞翔。李正仁说："年轻人脑子活，学得快，写得很不错呐！"李春晓就说："差得远呢！哪天呈给您的诗您改不动了，或许就真的差不远了。"

　　其实李正仁能感觉到几个年轻人越来越喜欢诗词。有事无事的时候，几人或邀约一道，或单独跑来，手里总捏着自写的诗稿。李正仁改过的诗，他们都记着，细心琢磨，咀嚼其中的味道。

　　几个年轻人就这样，将自己的爱好和热情细嚼慢咽，当作偏远乡村里的一束火光，照亮青春艰涩地生长。之后，李春晓调到水潦小学，办起了刊物《水潦之声》，仍请李正仁指导。

"很可惜,他们中的肖飞早早走了,读书会也就散了。"说到这儿的时候,李正仁带着惋惜和悲声。

停顿片刻后他接着说:"庆幸的是,读书会影响了不少人,那种自我学习的精神传了下来。比如,残疾农民桑伦荣因为离得近,常去蹭热度,空闲就写诗,出了一本《桑梓呢喃》诗集。"

偏远的石厢子,生活的一个个缝隙,既有酸甜苦辣,也有星光明月,沉浮升降,灰暗与光彩,需要自我调节,自己品味。

有时,我的眼前不断在静秋的话语中叠印出一个个身影,如张启辉、曹仕林……透亮的阳光下,这些身影透亮地笑着,石厢子的地儿被这笑填满了。

第三章 绿林争锋

一片绿色,足以富裕万家,应该是一种奇迹吧!其实我的足迹,更多的是在故土的绿色中穿行。当花香塞满万千农家,人们在生态与绿色中富足,生活就变得丰盈。

日　子

一

　　太阳从天上暖暖地照下来，把酷寒中的万物变得鲜活，荔枝的深绿也越来越清晰，看得见林中人影晃动。即便是冬天，川南的乡村也不宁静，不息的喧闹声成了日常的一部分。

　　与别的地方山地浅丘不同，赤水、习水河岸合江境内15公里的丘山，都是如梦如幻的荔枝林，丰润潮湿，时常云蒸雾霭。

　　我们目的地是花桂村，一个离赤水、习水两条河汇入长江河口仅数公里的村子，去那儿找万志伦。

　　坐落在习水河岸的花桂村，是合江荔枝的主要产区之一。往上游走十来公里就是贵州省赤水市地界。一个最大的区别是，不出10公里就进入贵州高原数十万亩森林覆盖的二级台地，荔枝便止步于这10公里内。

　　"过了花桂村，再往前走就看不到荔枝啰！"行进中，温健突发感慨，话像是对谁说的，又像是自语。

　　我问什么原因，温健说合江是盆地气候，三条大河入境，高温高湿，适合荔枝生长，进入二级台地，气温下降，荔枝即使成活了也不结果。

温健是合江荔枝专家，一辈子从事荔枝研究，对合江荔枝情况再熟悉不过，他的话像是定性。

温健说，合江荔枝种植历史最早可以追溯到唐朝。"诗圣"杜甫曾有《解闷十二首》，其中一首写道："忆过泸戎摘荔枝，青峰隐映石逶迤。京中旧见无颜色，红颗酸甜只自知。"短诗作于唐永泰二年（766年）夔州任上，即今天的重庆奉节。诗中第一句的"泸""戎"两个地方，指的就是泸州和宜宾。诗中的石逶迤指的就是合江境内的连石滩，是杜甫在连石滩和龙聚山采摘荔枝。杜甫被贬奉节，入川后从成都出发，坐船经岷江入长江，再沿长江经泸州合江顺流而下。或许当时正是荔枝成熟季节，应朋友邀请，上岸吃荔枝，到任所后写下了这首诗。由此推算，合江种植荔枝有证可查的历史已有1500年。他已经把这个推断写在了《合江荔枝栽培》一书中。

缀满果实的荔枝树

我没有反驳他的话。

温健所说虽仅为一家之言，或许不一定正确，但我看到过另一个实物图景，能直接佐证这一推断。合江县城的中国汉代画像石棺博物馆中，陈列着出土的汉代画像石棺40多具，是目前已知中国出土最多的汉代画像石棺。在石棺陈列室的对面，同时开辟出了一个宋代石刻陈列室。从宋代墓室中出土的一幅名为"宋刻荔枝图"的石刻，清晰地刻着主仆食用荔枝的场景。由此可以推断，合江早在唐宋时期已经盛产荔枝。

从杜甫的诗中还可以了解到一个事实，在唐代，内陆除了合江以外，宜宾和重庆涪陵等地也产荔枝。但是到了近代，除沿海的广东、广西、福建，内陆还产荔枝的地方就只有合江这么一小块地儿了。只不过，连合江这样有着悠久的荔枝种植历史的地方，荔枝发展也一直缓慢，甚至可以说基本没有发展，直到新中国成立前，合江荔枝仅为有钱的数户人家所有。到了20世纪70年代，合江荔枝成片种植仍然只有马街、密溪、榕山、望龙、凤鸣、先市等几个小地方，共约3600株，面积也就100多亩，产量少得可怜。这些荔枝要么是国营林场管理，要么是生产队集体果园，多分布在河边或河岸的小丘，很少有人用自留地和承包地种荔枝。个人家庭即便有荔枝，也只是零星的三两棵树，而且这样的人家极少。因而，哪怕是在合江产地，荔枝还是稀罕物，一般人家要吃荔枝，拿着钱到市场上也不一定能买到。大多数本地人直到死也没见过荔枝的样子，更别说吃了。

温健说，现在境况不同了，到处都是荔枝。我点头表示赞同，摇开车窗欣赏车窗外的风景。

绿色像海浪一波一波地扑来，荔枝树的深沉染透大地，丛林中一幢一幢别致的小洋楼跟随着浪花向山间蔓延开去……

去花桂村要渡赤水、习水两条河，几年前修建了一条大道，一道桥横跨两河，交通便捷了很多。

花桂村的万志伦在堰坝场边上建有一冷藏库。温健要先去看冷藏库，司机便直接把车往那儿开。

花桂村早先属虎头镇，几次乡镇撤并后，现在是荔江镇管辖。上班时间，万志伦却不在，他的女婿马永庆告诉我们说万志伦在家里。我问有多远，他说不远，几分钟的路程。说完便去把车开了出来，送我们去万志伦那儿。

万志伦的"家"在一条沟的半坡上，是荔枝园搭建的临时建筑——两间用红砖砌成的矮窝棚。屋子的前边是马路，马路下是一口鱼塘，水已经被放干，底部积着厚厚的淤泥，一股清泉哗哗地流着，在淤泥上冲刷出了深深的沟。看样子，鱼塘是在准备清淤。所有的鱼捉来养在窝棚前的一个小池子里。一条小水管咚咚地往池子里冲着水，用于增氧，避免池小缺氧死鱼。

万志伦站在水池边捞鱼送人。一个人提着白色塑料袋在装，塞进三条，六七斤重，万志伦还在捞，那人说"够了，够了"，提着三条鱼走了。看见我们到来，他停下了手中的活儿，跳下来打招呼。我问有多少鱼，他说出塘的时候有三四千斤，卖了一部分，大部分送了人，剩下的都在池子里，还有几百斤。

走进窝棚样的家，厨房里杀了一盆鱼，有十多斤。一个人正在洗腊肉，灶后堆着湿柴火。灶膛里的火半熄不旺。万志伦热情地泡茶，厨房里忙活的人也丢下手中的活儿凑了过来。

我说还是出去走走吧，到荔枝林看看。万志伦说行，站起来带头走出窝棚。

眼前是一道斜坡，一条深沟从坡中劈下，把斜坡生生地剖开，成了两半。一股清泉从沟顶冲刷而下，哼着小调欢快而去。鱼塘就筑在深沟大约三分之二的地方。再往下百十米就是沟的尽头，一条小溪接纳了从沟里流出去的水，深沟的泉水长年不断，因为是流动着的活水，所以养出来的鱼品质很好。

两边的坡地上，摇曳着泛着笑意的荔枝树。冷风吹过，树丛依然绿衣飘飘，不像杨柳被剥去外衣，露出光秃秃的枝条。树冠之上，绿叶丛里伸出如小蜡烛样满蕾的花枝，静静地傲视天穹。

"年岁不大。"我说了句玩笑话。

万志伦说，这些荔枝树刚投产不久，是种得迟的一批，早的一批不在这片坡地里。我问他都是啥品种，他说栽得迟的都是好品种。后来种荔枝的人，都晓得栽带绿、翠绿等特晚熟的品种，不栽大红袍。

他的话引起了我的另一种担忧——都栽特晚熟的，成熟的时候时间就很集中了。像现在的大红袍，集中在短时间成熟，价格会直降很多。

万志伦很自信地说，也许价格会降一些，但不会太多。毕竟，特晚熟的荔枝品质好得多，加上现在冷链技术成熟了，延长了存放期。他的这种自信当然是来自多年经营荔枝的判断。或许，我的担忧的确是多余的，是真正的杞人忧天。

我们在林子转悠不到半个小时，他接了几次催促的电话，是客人打来的，叫他回去，说等着的。走出林子，果然看见水泥路上停着三四辆车，鱼池边站着几个人，正翘首往我们这边看。

两个人是来拿鱼的。另一个年轻人却有些不同，站在那里看着万志伦忙活，没动也没说话。两个拿鱼的很快走了，年轻人随万志伦进了屋，十多分钟后才出来走了。万志伦说年轻人是本社的，他家里修房子，把公用电断了，没有打招呼，造成万志伦的鱼池抽不上来水，缺氧，死了几十斤青波鱼，损失了几千块钱。年轻人是来赔钱的。商量的结果是，年轻人赔了2000元钱，一身轻松地离开。万志伦说没有认真算，象征性地收了点钱，人家修房子正是花钱的时候。

我们坐下来聊天，说到种荔枝，他有时像受委屈的孩子，有时又像喝过三杯酒的莽汉，道出来的全是酸酸甜甜。

20多年前，他把打算在家种荔枝的决定告诉父母亲之前，一直在外。

万志伦初中毕业就出去了。他学过石匠，拉过板板车，后来又去广东打工。看到沿海发展飞速，他心里曾特别羡慕。后来村里培育青年职业农民，发展荔枝，他才决定留下来。

"把我家山上的青冈柴砍了，栽荔枝树。"一天吃晚饭的时候，他突然这样对父母亲说。

他老实巴交的父母，当了一辈子农民，只晓得田里种粮食，山上栽竹木做烧柴，哪里愿砍掉顿顿做饭必用的烧柴。父亲吼了他一句："你敢！"于是饭桌上气氛就凝固了，只听到筷子夹菜声和嘴巴里的咀嚼声。

他很不满意父母亲的不开通。他们当了一辈子的农民，脸朝黄土背朝天地从早干到晚，到头来还是穷。明明可以改变的，偏偏要死守。他几口刨完碗里的饭，把筷子一丢，气鼓鼓地出去了。

他去找朋友聊天，消散胸中的闷气。朋友给他建议："听说县里在搞培训，你可以先去看看，摸摸情况，把技术弄到手再说吧！"他摇头说："有啥用？家里不让种，学了也是白学。"

朋友给他出了个歪主意："哎呀，你还怎求老实。你家不是有一坡塝塝田吗，天黑偷偷去把水放干，等你老爸老妈晓得，迟了。一塝塝的干田，不栽荔枝做啥子？"

万志伦觉得这是个好主意。

夜色弥漫，云层遮住了月光，万志伦早早睡下了。等到半夜，他要出去，没有月光更好。

父亲屋里传出了鼾声，万志伦悄悄起来，拿上电筒，蹑手蹑脚摸出去，摸到地头，把一塝田的缺口全打开。听到田水哗哗流出的声音，他的心跟水流一样快活。

早饭后，父亲上山干活，看到田里的水没了，知道是万志伦干的，气得大骂："败家子，我看你是不想活了！不种庄稼，吃个求！"骂完，父亲回家提了把锄头，挖土把缺口重新堵上。水田里的稀泥，即使水放干了，没有十天半个月的晾晒，是栽不了树苗的。缺口堵上后，没等晒干，天上下雨，田里又蓄上了水。

万志伦没敢再惹父亲生气——硬来不行，他只得另外想法子。

万志伦吃过饭就去城里，他找到一个修手表、配钥匙的人，缠着跟人家学手艺。

修表是个新兴的行当。合江最早出现钟表的时间只能追踪到20世纪初，很富贵的人家才有一口钟，坏了只能拿到城里修。后来手表普及，大的乡场才有了修钟表的人。

万志伦在场上摆了个摊，赶场天去半天。单纯修表活儿太少，他又学了修锁、配钥匙。

修表、配钥匙要备两套工具。钟表的零件精致，加工需要专门的车床，手工无法生产，所以钟表修理主要是换零件，常用的工具是一个放大镜、几把小夹子，外加润滑油。

精密的机械锁其实很难修，里边的零件也是手工无法加工的，所以修锁只是说说好听，锁坏了就坏了，真正的活儿是配钥匙。配钥匙的主要工具是锉子、砂轮。万志伦的摊前便有一张小方桌、一个砂轮，有精致的放大镜、小夹子，也有粗犷的钢锉。

赶场天来万志伦摊前坐着摆龙门阵的人多，有种植荔枝的人来，他便引诱人家海吹，耽搁了不少生意。媳妇跟他生气，他说："你晓得个求，我这是曲线救国。"他把自己的谋划说了一遍，媳妇听后就笑了。

父亲见万志伦似乎铁了心，出门前堵住他，眼睛里充满怒火道："硬是不出去打工了？"

万志伦回父亲："看看再说吧！"

修锁、配钥匙活儿少，万志伦有一段时间没拿钱回家，父亲、母亲很不满意，咕哝他说："没出息的东西。"

万志伦没理会父亲，照常去场上出摊。蓝天、白云、红日头，一个人能看多远，凭着自己对世间的认识和判断。世间上说来稳当的事就是太稳当了，养活不了自己。

其实万志伦心里也急——家里缺钱，父母亲心急，他怎能不知道？但他不甘心一辈子过这样的日子，一生一事无成，他想过上好日子。

万志伦是一个有意思的人，比起他的父辈要聪明好多倍，别以为他真的是逛街玩儿，其实鬼精着呢！

夏秋季节的天很闷热。万志伦午休起来后，走到太阳下看看天。这个季节是合江温度最高的时候，即便是雨后初晴，温度表也已然爬过了30多摄氏度。揩一把汗水，他缩回屋里，把纸扇哗啦一声甩开，使劲扇几下，身上的汗水便收起了许多。"应该晴得稳了。"他嘀咕了一句，拿上草帽准备出门。

纸扇是昨天在场上买的，既用来扇凉，又做道具。当然，他买纸扇的目的主要还是用来做道具。荔枝熟了，他等的就是这个季节。

集体管理的荔枝林分给个人了，早期胆子大的人种下的荔枝也上市了，市场上有了鲜荔枝。

在场上出摊的这些日子，万志伦其实在观察市场。他也去乡间看过，买纸扇，是准备下乡收荔枝卖。做商人，得有商人的样子。挑一对箩筐去荔枝林，不用说，人家一看就晓得你是个农民，哪个卖荔枝给你？除非你出的价比市场高。

穿一身伸展的衣服，摇一把纸扇，再加一张能把死人说活的嘴，收荔枝就容易得多。万志伦天天去场上闲逛，见的人多了，晓得要怎么办。

万志伦从容地走出屋子，往明家坝而去。沿途，有荔枝树一闪而过，红彤彤的果子耀得人眼睛发亮。他满意地打量着，由近及远，树绿着，天蓝着，风吹着，有小鸟从头顶飞过。

"真好。"他在心里默默赞叹一句。

到了明家坝，万志伦一头钻进荔枝林就出不来了——太诱人了！不用品尝，只眼观，就让人沉醉了。他看中了一棵树，一眼望去，看不到叶子，只见挤挤挨挨红彤彤的荔枝果。

他走过去问："怎么卖？"

人家反问他："整买还是按实？"

他下意识捏一下自己的衣袋，回说："当然是按实。我要那棵树，多少钱一斤？"

人家摇头说："对不起，那棵树被人'买青山'了，不能摘。"他当然知道"买青山"是啥意思——合江荔枝市场的一种买卖方式，即在荔枝尚未成熟前，买主看中了某一棵树或一片林子，就与树或林子的拥有者商谈，整体买断，然后支付总价30%—50%的定金，成熟后再来采摘。其间树或林子的拥有者帮忙看守，不能再行出售，不能采摘。其形式有点像玉石行业的赌石，判断力好，有眼光，赚头就大，反之也有可能赔本。只不过比起赌石来，荔枝是摆在明面上的，判断力再差，也不会像赌石那样血本无归。

万志伦刚开始做荔枝买卖，哪有那个眼力"买青山"，只能现场讲价，买一斤算一斤。

望着树上的荔枝却买不到，万志伦悻悻地离开时，想着探一下底价，就多问一句："多少钱？"听回答说3万元，他吓得伸出舌头做鬼脸，叫了声"乖乖，那么多钱"。

万志伦在荔枝林转了一圈，选定一棵树，谈好价钱，开始采摘。

林子主人看出他是生手，怂恿说："兄弟，多摘点，明天涨价了哦！"

万志伦知道成熟后的荔枝摘下来存放的时间极短，他问过种荔枝的人，人家告诉他说："荔枝摘下树，一日色变，两日味变，三日不可食。"

"你们怎么存放？"他问收购荔枝的人。

人家说，通常是下午采摘，晚上放到低温的地方，第二天一早上市销售。

万志伦听林子主人这么说话，晓得不可信，他可不敢贪心多摘，下午卖不完，明天就掉价了，没人买。他细想了一下，觉得还是先试试水，就只买了100多斤。

他把荔枝挑到城里，很快卖了出去。

第二天一大早起来，万志伦喝了一碗粥，吃了两个煮鸡蛋，往流着汗的上身套了一件短袖衬衫。父亲看他这身打扮，瞪起眼睛吼道："去场上买挑大箩回来，明天打谷子。"

万志伦叫媳妇去买，自己摇着纸扇就出门了。他依旧去了昨天的荔枝林——初尝甜头，他不想罢手。

万志伦看到林子主人坐在荔枝树下，叼着一根烟，烟蒂燃了好长了，一阵风来，把那截燃尽了的烟灰吹落在脚边的草地上。林子主人看到了万志伦，站起来热情招呼："来啦，看吧，荔枝安逸得很。"

万志伦看好果树，再谈价钱。采摘的时候，相邻的树下站着一个比他年纪大多了的人，指挥着一群人在摘果、装挑，地上还堆着一大堆荔枝。

一下子整那么多卖得完？万志伦脑子里闪过一丝疑问。他想过去提醒一下那人，看人家很淡定，而且一点儿也没有要停下的样子，就打消了念头。摘满挑子，他挑着就往城里赶。刚走两步，他却停下了，扭头望了一下还在忙碌的那人，索性放下了挑子。

万志伦走过去，递上一支烟，自己也叼一支在嘴上，点上火："老兄，都下午了，整恁多卖得完？"

那人看了万志伦一眼，接过烟点燃吸一口，才有些得意地回答他："卖啥哟，批发，车子等着的。还得快点儿摘，连夜走。"

"卖到重庆？"

"重庆、成都都有。"

万志伦脑子里打个转，回身挑起挑子，进城把荔枝卖了，又赶回到那片林子。

万志伦看那人还在，上前说："老兄，弄完没有？走，喝一杯去，我请你。"

那人看看天色晚了，对采摘的人吆喝一声："黑了，收工，明天早点干。"随万志伦走了。

万志伦找了一家小酒馆，要了几两杨梅酒，两个人你一杯我一盏地喝开了。三杯酒后，万志伦便向人家套话："老哥，你的货走的是……"

那人瞪着一双大眼睛，盯着他好久，然后一声哈哈："万兄弟，我晓得你的意思。看你是个爽快人，就帮你一把。露天坝的饭，有就大家吃。再说了，现在栽荔枝的人多了，以后的荔枝多，多一个人往外销，种荔枝的人就少烂点果，多得点钱。好吧，我把联系方式给你。"那人不愧是做大事的人，大方地给万志伦介绍了一批客商。

万志伦端起酒杯，敬了那人一杯，眼里全是感动。

也该是万志伦财运开了，经人这么一提携，他竟赚下了人生第一桶金。他将厚厚的一沓票子送到父亲、母亲手上时，笑声塞满了整个屋子。荔枝确实能来钱，加上村里支书、社长都栽了荔枝，父亲不再阻止，万志伦得以顺利拥有了自己的荔枝林。

万志伦家的老荔枝树

二

"冬天似乎就是让人思考和积蓄力量的。"万志伦说这话的时候我一下子没明白他的目的，有点发怔。他一笑，手指眼前的荔枝林说："这块地太费神。"

他在屋檐下站着，风轻轻蹭着他的腿，一条黑色的小狗也跟着蹭。

自从流转来这片地，栽上荔枝，万志伦就在地边搭起三间临时住的小房子，搬到这儿住下。一晃好多年，像这样立在风中，他已经习以为常。

在他的对面以及前后左右,都是绿得沉沉的荔枝树。他守着的,正是这片林子。

小房子下边的水泥马路是为进出荔枝林方便而修的。鱼塘的上方有一道岩,沟两边和岩上长满杂树,阴森森的。20多年前,这个鱼塘淹死过人,之后就很少有人来这儿,成了无人管理的废塘。

鱼塘出口数十米远的小溪平时涓涓细流,下大雨才有大水流过。小溪上边一大片山坡地早先是杂树林,绝大部分是做烧柴的青冈,只有冬季砍柴烧的时候,才有人光顾。

万志伦想再弄点地把事业做大点时,有人给他推荐了这地儿,他来看了,觉得地儿不错,回去跟媳妇商量,媳妇说:"恁远的,你成天守在那儿?"万志伦说:"肯定要有人住在那儿才要得,流转过来后就只有我守,家里这片地就交给你了。"

万志伦花时间把地弄熟,栽下荔枝,至于家里,隔三岔五回去一趟。

前天回去的路上,路过垭口的黄桷树,他折了截树枝斜立在树下,然后给树下的石头菩萨磕头。

这棵黄桷树不知存在了多少年,茂盛的树冠遮了大半亩地,巨大的树干根部已经空心,有人在空心的树干里塞进几块石板,砌了个菩萨庙,用石头雕了个菩萨立着,来来往往的人,都在此烧上一炷香。

这石头菩萨年年享受着人间烟火,路过的一代代人亮着嗓子发泄对日子的不满,在心事重重的人世间活着。石头菩萨不说话,永远冷冷地看着热闹,看着人离去,看着人回来。

现在,感觉似乎有些变了。磕过头起来,恰巧起风了。临风而立的那种感觉,一下子来到万志伦周围,风推着身子,不用主动抬脚,人就往前走了——顺风而行,不正是自己一直希望和期待的感觉吗?

看得见家了——半坡上闪着亮光的三层楼房,如一盏灯挂在了万志伦的肩上。他春天出去,秋天又回来,进到屋里便幸福满满。

天已经黑了，万志伦坐到屋子中间的凳子上，桌上已经摆上了半壶酒、一钵炖鸡和一碟炒鸡蛋。他一点儿也不饿，靠着桌子闭上了眼睛。小狗来到面前，在他腿上蹭了蹭，他伸手摸了小狗一把。

　　媳妇端着一碗青菜上来，看他没动筷子，问一声："还不饿呀？"

　　万志伦说："等你呢，一起吃。"

　　饭后洗漱完毕，万志伦有一种焕然轻松的感觉。回到家里跟媳妇在一起，皮肤的感触，手指甚至脑子里储存的东西，往昔的熟悉感彻底回来了。

　　媳妇在万志伦的背上抚摸："累不累？"声音柔软。

　　万志伦眼睛开始迷糊，含糊地说："捉鱼有点儿累。"

　　鱼塘是五天前放的水。现在的万志伦对鱼塘比家里还熟悉。家里找不到的东西，只能问媳妇，在这口塘里，他知道鱼群常在哪儿，有多大的鱼，有多少鱼。

　　承包鱼塘后的第一次捉鱼，万志伦带着媳妇去过。新塘捉鱼用渔网，万志伦弄来一条小船，早上就下水了，一个上午，媳妇在后面划船，万志伦在前面下网。开始拦住鱼塘三分之一，网下了，请来的两个人各压住一边，踩着塘底慢慢地收，万志伦则在小船里用竹竿猛拍水面。随着渔网收紧，鱼儿开始紧张，浮出水面，用尾巴弹起身子，噼里啪啦往外飞。万志伦脸上则满是喜悦，媳妇几次喊"网收快点"，万志伦说："别急，慢慢地来，飞出去的鱼还在塘里，下一网就捞起来了。"

　　第一网收起来后，媳妇看到那么多鱼，担心销售问题，问万志伦："恁多鱼，怎么卖？有人收鱼没有？"

　　万志伦说："放心好了，联系了的，一会儿鱼贩子就来。"

　　媳妇又问："啥子价，说没说？"万志伦说："鱼贩子都是批发价，比市场价要少块把钱一斤。"

　　媳妇没说话了，眼睛盯着活蹦乱跳的鱼，心里泛起了酸酸的味道。那些年，一年到头也难得买一回鱼吃。乡下农民家底不厚，最便宜的花鲢也要四五元一斤，鲤鱼、鲫鱼七八元一斤，一家四五口人，买三四斤鱼就要一二十元，哪里去挣那个钱呢？还有家里吃的粮食，穿的衣服，人情往来，头疼脑热……哪一样不花钱？很多时候连必要的用度都没钱，即便吃一回鱼，也一定是自己下河捉的。

万志伦说："你发啥子愣？赶快划船，再下两网。"媳妇帮着把渔网重新弄上船来，划去鱼塘中心。

两三网过后，鱼捞得差不多了，万志伦收渔网，媳妇把小船靠到边上去做饭。进厨房里，见除了一口土灶，什么也没有，锅碗瓢盆、筷子、杯子统统堆在一块案板上，装着粗粮、细粮的米袋子放在地上，她皱了一下眉头，嘴里嘟哝一句"男人干事一点都不靠谱"，倒也没再说什么，开始做饭。

媳妇拿起水瓢舀水洗锅，这才看到屋里连水缸也没有，她皱着眉头把脑壳探出门去，摇着手中的水瓢问："水呢？"

万志伦笑了，说："屋拐拐上，一缸的水不够你用？"

媳妇出厨房门转到屋后，果然看见有一口石头做的水缸，用半边竹条搭接的水槽，一头延伸进远处的树林，一头搁在水缸上，一股泉水从水槽里流进水缸。水缸早已盛满，多余的水从缺口处流出，无声地浸入地下。

她笑了一笑，嘴里说："虽然是个聪明的办法，但总是不方便，为啥不直接把水缸放到厨房呢？"她空着瓢转身进去，提一个桶出来，打满一桶水进厨房。

媳妇喝了一小口水——凉凉的，什么味儿也没有，随后把锅洗干净，盛水，点火。柴湿，她便找了点干草，几次才点着，随之满屋浓烟，她被熏得咳了几声，眼泪都出来了。

锅烧热了，她找油下锅，去案板上看，有半碗熟猪油，大概是用吃剩的肉熬的，油的颜色黄里带黑，一点儿也不正。她用鼻子闻了闻，没有异味，铲了一锅铲下到锅里。

鱼刚煮熟捞起，请来帮忙的人把鱼抬上来了，一共跑了四趟，清一色的活鱼，水灵。

鱼贩子开着一辆四轮小货车来了，是万志伦找人联系来的。万志伦问："老板贵姓？"

鱼贩子说："免贵姓陈。"

万志伦说："陈老板看看，清水鱼，一点儿饲料都没喂，安逸得很，你难得买到这么好的鱼。"

鱼贩子瞄一眼鱼立刻喜形于色，不用细看，单从鱼表及活蹦乱跳的蹦跶劲就知道是好鱼，随即问："你要啥价？"

万志伦说："随行就市，鲤鱼、鲫鱼、鲢鱼、草鱼都有，没分。"

鱼贩子说："综合价4元，我拿去鲢鱼、草鱼赚1元，鲤鱼、鲫鱼赚2元。"

"行。"万志伦回答得很痛快。

乡下用的是钩子秤，两个帮忙捞鱼的零工抬秤，鱼贩子喊万志伦看秤。万志伦看一眼，鱼贩子把秤平了平，掐住秤砣的绳子，固定在秤杆上，转给万志伦看。

鱼贩子称完鱼就急着要走，万志伦说："鱼煮熟了，吃过再走吧！"鱼贩子说："谢谢，这么多鱼耽搁不得，死了屁钱不值，怕本钱都要给我收完。"说完开着四轮车走了。

吃饭的时候，媳妇说："你这儿哪像有人住的嘛，得空了买个碗柜，买张桌子，把水缸移到厨房来。"

万志伦说："临时住，整那些干吗，浪费钱。"媳妇指着门外的荔枝树说："明天就转出去？"一句话堵得他瞪眼，服软说："听老婆的，买。"

我打断他说："你两口子很有意思嘛，日子过得不错。"他笑笑，一副憨憨的样子。

三

天蒙蒙亮的时候，万志伦就起了。

小雪节气过后，真正进入农闲，乡村开始闲散下来。万志伦不敢久睡，早起煮碗面条填饱肚子，便往村里去了。

他已经连续两年不再去场上出摊。昨天，村里通知说县里下来搞农业技术培训，问他参不参加。他问培训些啥技术，有没有荔枝种植栽培，村里说就是荔枝栽培技术专场。他高兴极了，说铁定参加。

第一次去，他有些忐忑，害怕听不懂。几分钟后，他的担忧就没了，心情也平静了，来讲课的是温健，他头发已经花白，却精神抖擞。他讲的内容是"荔枝苗木繁殖方法"，室内的理论课，涉及实心苗技术、"郑氏筒靠法"等等。这些知识，他以前根本不知道。温健讲"郑氏筒靠法"特别仔细。他说"筒靠"实质就是高空压条。合江最早创造这一技术的是兰花塝一位名叫郑清怀的人。1884年，郑怀清直接从母树身上靠托幼苗，第一次成活3株，定植后到结果，需要的时间比用核育成的实心苗短，而果味与母树没有差别。这一创造被记入县志，称为"郑氏筒靠法"。具体做法是在春季二三月，选择母树树冠中上层枝条，在其隐芽基部，截作"鸦雀口"，深度达枝条直径一半左右，再套筒筑泥，捆紧，使枝条既不易折断，又容易生根。三四十天后就能下树假植。总结起来就是一句话："断竹为筒，穿筒于枝，实心泥久，则生细根。截为小苗，实时种之。"这个人干了件好事。

万志伦听得心痒痒的，不住地赞叹。

第二次培训是现场示范，县经作站站长刘昌质负责讲解。刘昌质说："合江荔枝发展到现在，已经在传统的农耕技术基础上，发生了深刻的、令人难以置信的变化，完全实现了技术管控。一棵荔枝树的高矮、粗细、大小都能精准控制，再不像早先那样任其天性无限生长。甚至，连荔枝的品种、口味和口感都在控制之中。想要哪一个品种，想要肉质粗的、细的、酸的、甜的，都能精准得到。现在保留的大红袍，酸甜适中，上市早，能满足一般消费群体。大力发展的带绿、翠绿等品种核小，肉质脆甜，更受高端消费群体的追捧。栽培技术上，我们更获得了突破，一改早先的栽实心苗、嫁接苗为栽砧木压条苗。"

万志伦听不懂，问："啥子是砧木压条苗？"刘昌质回说："就是上回温健讲过的托苗。"温健是按实际操作要领讲的，通俗易懂，万志伦听起来就不费力。刘昌质按技术名称讲，一般人没接触过，听不懂很正常。刘昌质继续解释："就是在成熟的母树上托枝条。这种方法叫自根砧。自根砧是由母树自身器官、组织体细胞形成根系的砧木，所以能保持母树原有的特性。这种技术的好处是克服了栽嫁接苗投产慢的致命缺点，并与绝大部分的荔枝品种具有亲和力。缺点是成本大，要很多母本树。这个技术得到了省农科院和全国权威专家的肯定。"

万志伦听懂了，自己总结道："哎呀，说半天原来就是托树枝，栽大苗。"刘昌质点头赞同说："不错，就是托树枝。"然后再补充，"为了确保托苗的成活，竹筒一定要扎紧，泥的湿度要足够。"

万志伦培训回来就琢磨：荔枝种植的学问大，这么大几片林子，要是自己没有技术，光请人这一笔开支就负担不起。况且，这几年买卖荔枝他也有深切的体会，好品种简直供不应求，价格涨幅也大。

从培训会场出来，万志伦就钻进了自己的荔枝林。

那天午后下了一场雨，山坡上的水流下来，在鱼塘上方的沟里涌起了一道小小的水流，鱼塘的水上涨不少。雨把万志伦从荔枝林里逼出来，路过鱼塘的时候，他看到缺口水哗哗地流。这样的水流，要不了多长时间鱼就跑光了。

万志伦扯了半张渔网，拿锤子把两头用木桩钉在缺口两边，下边用泥

第三章　绿林争锋

压实，上边绑在木桩上，临时做了个栅栏。

雨还在下，沟里的水大了很多，他站起身看看栅栏，摇了摇木桩，感觉扎实了，才赶紧回到塘边的屋子里。

睡一觉醒来已是第二天早上，万志伦起床后探出脑袋看了一下外面，雨早就没下了，晨光下的野地里，被洗过的荔枝林绿得泛翠，每一棵荔枝树似乎都在展示妖娆，都散发着晨光。他想到了一个好词——梦里水乡。

说起那段日子，万志伦挥了一下手势，说："总算熬过来了。"

时间不知不觉在他的话语中溜走，一个多小时眨眼就过去了。我也如万志伦般站到屋门口，任冷风吹打被炉火烘热的脸。

"就这些了？"我问。

万志伦又笑了，说："再给你讲点儿吧！"于是重新坐下来，喝一口茶，继续讲他的故事。

寒冷过后，燕子飞回来了。

三月是一年里最繁忙的时节。天刚麻麻亮，苗圃的便道上就挤满了人，后来的都排着队站在苗圃的边上。为了当天就能栽下去，万志伦把送苗的时间定在了7点半开始，足足比公务员上班时间提前了一个小时。

万志伦起了个大早，准时来到苗圃，刚开始分苗子，远远地看见万品德和万品高匆匆赶过来。

有人开始用锄头挖荔枝苗，万志伦喊媳妇来帮忙，先把苗子挖出来，并排堆放好，主要是防止人来多了，出货搞不赢。

经营多年荔枝，万志伦手头宽裕起来，开始热心乡邻的事。乡亲们看他办事爽快，有头脑，便选他当社长。

选举那天，社里的男男女女都来了，几个年轻女人穿着碎花裙子，来来回回地在场子里走，有时神经似的蹦几下，哼一段曲儿，总之很热闹，像过年一般。选举结束的时候还有人开玩笑，叫万志伦办招待，花生米下酒都行。万志伦说花生米下酒太寒酸了，得让大家吃卤猪蹄下酒。

万志伦当然知道乡亲们的心思，选举当场他就发了誓，绝不辜负大家的信任。

回来的路上，他反复思考一个问题，用啥子方法让大家吃上"卤猪蹄下酒"。脑子里突然想到自己栽荔枝赚到了钱，镇上村里正大力推广，栽荔枝需要苗子，这不就是一个机会吗？于是他整了一个苗圃。本社栽荔枝的人家，他提供荔枝苗，不要钱。

听到有这样的好事，一个社的人一时有说不出的奇怪，同时也扭捏地交头接耳，问是不是真实的。万品德和万品高两兄弟更是私下里嘀咕，高兴与怀疑交织。

这种露天坝说的事，社里人并没有当真。

万志伦找到万品德，说："叔，要想日子过得宽裕点，只有栽荔枝。土整出来，到我那儿来拿苗子。"

"真的不要钱吗？"万品德心里不踏实，复问。

万志伦说："怎敢说话骗人哟！尽管来拿，一分钱不要你的。"

万品德与兄弟商量了一下，觉得有人送不要钱的荔枝苗，种点荔枝倒也可行，跟着就砍柴林，刨疙蔸，整土。看看弄得差不多了，万志伦就叫他们一早来拿苗子。

万品德和万品高两兄弟一辈子没走出去过，最多也就赶堰坝场，连城里都少有去，与万志伦这样到处跑过的人聪明劲儿不在一个层次。

两兄弟早年家境很差，老大不小了还娶不到媳妇。

那天万品德去堰坝，在上场口的马路边，迎面一辆车飞快驶来，他躲闪不及，往旁边一让，撞倒了一个姑娘。他顿时满面绯红，牵起姑娘准备道歉，却被姑娘一把拉住，嘴里不住地念："总算找到你了，总算找到你了。"

以为是他欺负姑娘，一堆人马上围上来。

万品德慌了，极力摆脱想走，姑娘却死死拉住他不松手。有认得这个姑娘的人过来,跟她说:"错了,那个人在那边。"才帮万品德解了围。

等姑娘走了,那人才说:"白村的,被男的甩了,得了失心疯。"

不久,有人给万品德介绍对象,只说女的有点儿病,不影响生活。见面一看,竟是他撞到的那个姑娘。

这个姑娘成了他的女人。万品德感谢生活,女人给他生了一个儿子和两个女儿,都很健康。

女人的病是间歇性的,时不时会发,不能持家,所以,家境一直好不起来。

万品德娶媳妇两年后,弟弟万品高也娶了个残疾姑娘。万品高媳妇的脊椎出了问题,腰直不起来,虽然弓着背能走能下地,却干不得重活,一家人就靠着万品高一个劳动力。

两兄弟都是只知道埋头干活,不晓得变通的人,少了万志伦那种年轻人活络的思维,怎么干都还是个穷。

论辈分,万品德和万品高是万志伦的叔,同一个祖宗传下的子孙。虽然已经隔了好些代,但好歹都是万家的后代,每每能帮忙的事,万志伦总会照顾他们。

"叔,你们来啦!要多少?"万志伦丢下手里的活儿,迎着两人问。

"要不了好多,没空地。你晓得的,我那柴山地不大一块,二三十株够了。"万品德扭捏着说。在他看来,不要钱的东西,拿多了不好意思,人家也是花了钱培育的。

"没事的,要多少只管拿。"万志伦没看万品德的神态,慷慨地说。

打过招呼,万志伦便去应付另外的人了。人多了闹嚷嚷的,他一个人有些顾不过来。

万品德、万品高两兄弟掐指算了一下,自己的柴山地不大,栽不了很多。像万志伦那样把塝塝田放干了全部栽荔枝,他们不敢。不种粮食,哪来吃的?最终,两兄弟各拿了40株荔枝苗。

"够不够哟，多拿点嘛！"看着他们手中的苗子，万志伦又赶过来，一个人再塞过去几株。

万品德8岁的儿子一蹦一跳地来了，一声"爸爸"把他的心喊化了。他为一个在贫困中成长的孩子愧疚，他知道自己的生活发生了偏差，40多岁了，孩子才这么大，他害怕儿子再走自己的老路。

万品德看一眼万志伦塞来的荔枝苗，心一横说："再拿几株吧！"

万志伦一上午差不多没歇气，送出去了几万株苗，累得汗流浃背。从苗圃出来，他突然想起另一件事，中午回去匆匆刨几口饭，喝两口酒解乏，连午觉都没敢睡。

没糊过面的砖墙被正午的阳光照亮，人生仿佛如日光敞亮。荔枝林上的太阳让万志伦看到了一种长久以来想要的明亮。他丢下碗走出门，很快出现在了蔡维林的家。

万志伦敲门问："在家没有？"蔡维林睡眼惺忪地打开门，看到是他，惊讶地说："没睡瞌睡？"

万志伦说："手头事多，哪像你怎安逸，有时间睡瞌睡。"蔡维林调侃他说："辛苦辛苦。"边说边把万志伦让进屋，端条板凳让他坐下。蔡维林以为万志伦是来跟他吹牛的，准备泡茶。万志伦说："别忙了，顺道过来的，就是几句话，说了就走，还有事等着的。"

蔡维林眼睛鼓得大大的看着万志伦，像头一回认识似的，心里说："真的有怎忙？这可不是像是你万志伦的性格。"不过没说出来，鼓着眼睛等他说话。

万志伦说："其实也没啥大事。我不是承包了你房子边上那口鱼塘吗，本来想这两天投点鱼苗进去的，手头活儿多，搞不赢，你拿去养鱼算了，承包费我已经交了，你就不用付了。管好点，一年能出几百斤鱼，好歹得几千块钱的收益。"

蔡维林没想到万志伦来说鱼塘的事，心里一边感动，一边又觉得不妥，连忙推辞说："要不得，要不得，你把承包费拿了，一分钱不得，连本钱也蚀了，我咋个好意思哦！"

万志伦说："你也看到的，我事太多，顾不过来，荒废了可惜，你就整点鱼苗丢进去吧，好好弄。再说了，沟下边我不是还承包了一口吗，管理那口就够了。"

蔡维林晓得万志伦说的是客气话——哪儿是顾不过来，是有意扶持自己。鱼塘养鱼投放饲料少，多是养白水鱼，并不用费太多的精力。白水鱼肉质细嫩，味道鲜美，价格高，很受市场欢迎。万志伦正是看中这一点，才承包的鱼塘。明白了万志伦的好意，蔡维林没再推辞，连声说"谢谢"，边说边泡茶，坚持要万志伦喝口水再走。

万志伦说："客气啥，真的搞不赢，改天空了来喝。"起身走出来，迈出门槛，突然又回头问蔡维林，"栽荔枝不？"蔡维林脸红了一下，有些不好意思，顿了一下才回说："想栽点，可青冈疙蔸还没刨。"万志伦说："把土整好来拿荔枝苗，送你栽。"蔡维林迟疑了一下，红着脸说了声"要得"。

"当上队长觉悟就一下子高了？"我调侃中带着疑问。

万志伦说："也不是觉悟高了，是感到了一种责任。群众信任你，总得要为大家做点事吧！"

人其实更适应生活在各式各样的残缺里。万志伦虽然忙得不可开交，心里却快乐。这从某种角度说，其实是他的福分，更宽泛一点说，这是人的福分——永远有一个圆满的东西在诱惑你。

第二天早上洗手的时候，万志伦觉得手背有些痛，一看，手背上不知什么时候刮破了，沾水就痛得厉害。他笑自己，不知道啥时候弄的，怎么没感觉到痛呢？他找来棉签和酒精，在伤口上涂抹一遍，算是处理过了，也不包扎，煮碗面条吃了，又去了苗圃。

春天结束的时候，他计算了一下，一共送了十多万株荔枝苗。

或许是说得有些累了，他停下喝了一口茶。我问："怎么想到修冷藏库呢？"他没有直接回答，而是站起来往外走。

四

跟着他回到早上来时进去过的冷藏库办公室，温健回县城有事，司机把他送走了。万志伦泡上茶，说不用慌，晚会儿送我，然后带我看他的冷藏库房。

冬天来临之前就已经清库，角落里整齐码放着一堆箱子，地面空空荡荡的，只有看到特殊的墙壁和设备，才知道是专为"果中皇后"建造的金屋。

我问："这里仅冷藏荔枝吗？"他说："啥水果都冷藏，主要是荔枝。荔枝娇贵，成熟时节正是气温高的七八月，有'一日色变，二日味变，三日不可食'之说，没有这冷藏库真不行。早些年荔枝不卖钱，发展不起来，很大的原因就是存放期太短，经不起折腾。"

我问："冷藏库建起来多长时间了？"他说："六七年吧，很费了些力，多亏女婿过来，要不然还没搞成。"

万志伦计划建冷藏库好久了，一直没落地。这些年，每到荔枝成熟季节，看到摘下树的鲜荔枝因没有冷藏库，卖不完的眼睁睁看着烂掉，他心疼得要死。想荔枝能不能像其他水果一样，应用冷链技术保鲜呢？带着这样的疑问，他跑到县农业农村局咨询。

县农业农村局技术员告诉他："当然可以。广东、福建的荔枝，运到我们这儿卖，没有冷链技术咋得行。"

"建一个冷藏库难不难？"万志伦再问。

"技术当然没有问题，只要有钱。"技术员笑道。

"手头有点钱，不晓得够不够。"万志伦心中燃起了希望，却又有点担忧。

第三章　绿林争锋

"国家有专门的农业补贴项目,你可以做一个项目可行性方案,申报给发展改革局看看。"技术员给他指了一条路子。

万志伦说:"啥子方案?我不懂咋个弄。你帮我弄一个吧!"

技术员说:"那可不行,项目不归我们农业农村局管。还有,冷藏库基建需要专业的技术,具体怎样设计,需要多少钱,我们也搞不清楚,没法做预算,必须请专业的人做。"

万志伦嘴上咕哝一声"恁求复杂",脚下却不敢怠慢——有了这条信息,无论如何,他都要试试。

从县农业农村局回来,万志伦就请人做方案,跑县发展改革局。忙不过来,自己又不懂,就把女婿叫过来帮忙,吩咐女婿盯着点儿,方案要做实。

万志伦的女婿叫马永庆,山东人,新加坡英华美术学院毕业生,原本在奔讯电子科技(北京)有限公司工作。老丈人召唤了,他只得跟着媳妇一起回来,帮着打理荔枝园林,做第二代职业农民。

马永庆刚来时很不习惯。没人喜欢干农活,万志伦自己也不想干。人人都知道干农活辛苦,特别是春、夏、秋三季,人到地头就是一身泥、一身水、一身汗,起早贪黑还不赚钱。可是现在不一样了,自从专业经营荔枝,活儿就变得轻松起来,钱也赚得容易,但马永庆还是想着城市生活。

想不想换一种活法?要不要试试?马永庆有时耳边会响起这样的声音。每每这时,他心里一紧,急忙跑到屋外去深吸一口气。在那棵能把屋子遮住一小半的大榕树下,他又会鼓起勇气停下来,回头盯住亮着灯的窗户,小心地看一看,直到心绪平稳下来。这种状况持续了好久,他才逐渐适应。现在,他已经定下心来,一门心思经营荔枝,真正成了万志伦的好帮手。

有了女儿、女婿做帮手,万志伦做事利索了许多。方案很快做好,申报后就是等待。微雨过,烟柳浓,光阴飞泻,两个月后,终于等来了好消息——项目通过了评审。

绿土地上的影子

2015年端午节，熹微的晨光从天边一点点冒出头来，刚刚向大地缓缓弥散的时候，万志伦便迫不及待地扛起一把铁镐，来到了堰坝场口的公路边。夹裹着阵阵暗香的晨风吹着，他立定在画着白色石灰线的地方，没等红霞铺陈头顶那方湛蓝的天幕，便重重地落下了第一镐。

他这一镐下去，冷藏库就算正式破土动工了。

随镐而起的尘土，溅到了他的脸上。他用右手抹了一下，"呸"地吐口唾沫，再抡起第二镐。"推土机怎么还不来呢？"他嘴里咕哝一声，看一眼公路，继续抡起铁镐。直到听到公路上轰隆隆的推土机声响，他的脸上才露出一丝笑容来。

光阴疾走的惊悚声，让他更趋急迫。他是怀着托起红果远走他乡的梦想，才铁了心要建这个冷藏库的，所以，接到通知他就激动得很，要亲手落下破土的第一镐。

万志伦说，冷藏库对自己重要，对当地荔枝种植户来说，或许更重要。所以，他心急赶工，必须在当年的7月下旬前建好，荔枝成熟后投入使用。看着推土机后逐渐平坦的地面，他悬着的心终于踏实了。

听着轰隆隆的推土机声，踢着脚下翻起的泥土，披星戴月般地紧赶慢赶，两个月后，一座冷藏库终于落成。

从那年起，不仅万志伦的荔枝进了冷藏库，周边的所有荔枝都往他的冷藏库里送。

万志伦说，自己做了一件很值得骄傲的事。

离开的时候，万志伦说："我们一起照张相吧！"站到院子里，荔枝树从围墙外伸进来簇拥着我们，万志伦的女婿按下手机快门，定格下我们和荔枝树的笑。

生命的极致

一

这是我第一次去探秘老柚树,亲眼见它的真容。

很早就听说这棵老柚树的存在,却因为生长的地方很隐秘,迟迟未能得见。不过好饭不怕晚,或许见到的时候,会有出人意料的惊喜呢!

刘昌质说,老柚树在赤水河边上,这条河不仅孕育了红色文明,更孕育了绿色生态文明。

我知道他说的红色文明是指红军四渡赤水以及之后所生发的社会文化文明,绿色生态文明指的什么,我却有些迷糊。他说看了后就知道了。

气温恰到好处。沿着赤水河岸往上,除了荔枝树就是柚子林。绿叶下,有青色的果子泛着光,微风中飘来一种淡淡的清香。我问刘昌质离瓦房村还有多远,他说马上就到了。回过我的话,他立马给老柚树的主人杨建超打电话。

几分钟时间,便看见杨建超从另一户人家坝子里穿过,爬了一条30米的短坡,站到了正在修建的又一座赤水河大桥头。他立定,我们也到了。脚边,几棵柚子树在阳光下展开盈盈的绿。

杨建超的家就在短坡下边。

我站在坝子边上，眼睛盯着前面，尽力让目光滑过去，触及赤水河的岸以及河岸那一大片绿色的柚子林。一种不可言喻的喜悦，霞光般从眼里激射出来，在天光下转折，在半坡散开。我的左侧立着那棵8米高的柚树，树冠高耸，枝叶繁茂，挂满青涩的果。我侧头望一眼大树，喜悦和笑意更显肆无忌惮。景象让我有理由愉悦。我转身，准备奔大树而去，没等移步，杨建超叫我过去坐下喝茶。

杨建超说自己刚从实录场回来。赶场这么早就回家，于他是少有的事。我说："没多逗留一会儿？"他看一眼刘昌质，说："刘站长要来，哪敢久待，家里没人。"话里带着调侃。

其实是我今天要来他这儿，让刘昌质联系他。杨建超的话让我心里生出歉意，只得听从安排。

喝了一口茶，我忍不住扭头看一眼老柚树，话题依旧是柚子。我说："这儿的柚子林壮观，发展很好。"

刘昌质说："合江地处长江、赤水河、习水河流域，地貌有河谷冲积地、深丘、低山，海拔200米多到600米，形成了独特的河谷气候环境，适宜柚类种植。1942年，杨建超的父亲从尧坝购入4株幼苗栽植，成活了3株。土壤和温湿度的变化，发展成了现在的优质柚子——真龙柚。"

我问："这种柚子有啥特点？"刘昌质说："真龙柚果实中大，倒卵圆形，果顶广平，果颈短。果皮黄色具光泽，有凹点，油胞密，有香气。果心充实，囊瓣较整齐。果肉蜜黄色，易剥离，汁胞较短细，脆嫩化渣，果汁较多，风味浓，纯甜。"

我终于没按捺住，站起来奔去老柚树下。

刘昌质跟过来，伸手在树干上轻轻摸一把，盯着我说："这是目前仅存的一棵真龙柚种树。"

老柚树的周围，绿油油的一片，能看见或看不见的，成片或零星的，

合江真龙柚

只要是真龙柚，差不多都是它的子孙后代。与它同时植下的，原来一共是3棵，分布在两个地方。另外的两棵死掉了。柚子树一般能存活50年到60年，按这个推算，这棵树已经是高寿了。接地的树干，枯朽了半边，约半米高完全烂空，叶子也黄了。眼看树快不行了，杨建超急得没办法，大前年，他喊刘昌质来看看。

刘昌质围着树干转一圈，说："桥接吧！"

杨建超没弄明白，问："啥子叫桥接？咋个弄？"刘昌质说："这是一种现代新技术，挖几棵粗壮的小树栽在这老树下，成活了，再把小树干嫁接到老树干上。"

杨建超在老树周围栽了7棵拳头粗细的小树，成活后，把树干全桥接到老树干上，把树身围了一圈，支撑起巨大的树冠，给了老树新的生命力，树叶这才慢慢返青，繁茂起来。

刘昌质是县经济作物站站长，这些年来，为保护这棵真龙柚老树，他一直与杨建超打交道，从选育品种到嫁接改良，从选花授粉到疏果、治虫，再到最后的果子销售，全程服务，跑得熟了。

真龙柚因其存放期长，素有"水果罐头"的美誉。

其实柚子这种水果在合江规模发展比较晚，早期零星柚子大多为品质较差的酸柚。有记载的栽培历史是清光绪元年（1875年）郑世伟从福建东山岛引种的几株香柚，植于马街柿子田村桂花湾。王禹高于1900年从奉节引种回来的"合江夔府柚"，还有1902年留学日本的李继高引种回来的"合江日本柚"。

1994年版的《合江县志》记载，1938年，县人刘毅一由广西沙田村购回300余株幼苗，分别栽种到榕山锅厂湾、马街菜园坪、白米新房子，这才有了比较好的柚子——沙田柚。但发展缓慢，品质也没法和现在的真龙柚相比。

杨建超这地方叫荒沟，在赤水河边上，一色的红色砂岩，风化后构成了紫色土，水源好，日照充足，特别适合种植柚子。但在早前，人们习惯种粮食作物，没有人愿意拿良田熟土成片种植水果。杨家栽下这几棵柚子树，结果后品质就特别好，有别于其他地方的柚子。

至于这棵老树何以能独立成为一个柚类新品种——真龙柚，子子孙孙一下扩展到几十万亩，其势不可当，这话说起来长。当初，刘昌质也问过杨建超，这棵柚子树是啥品种，杨建超摇摇头，说不知道，只晓得好吃。

其后很长一段时间，人们围绕着这棵柚子树的属类开展追根溯源，以它为对象研究了好些年，最终才将其确定为一个独立新品种。至于名称的由来，说起来有些偶然。

1995年，农业农村部举办第二届全国农业博览会，柑橘类水果的品鉴设在重庆北碚，合江县经济作物站从杨建超这棵老柚树上摘了一批柚子，拿去参加品鉴。送走前，经作站几个技术人员有些犯难——按规定，送去品鉴的产品要有一个名称,现在这棵树的柚子并没有一个确定的属类,它的品质比合江现存的所有引进品种的品质都优良,特征明显,显然不能用现有的名称命名。那么,用什么名称好呢?经过反复斟酌,经作站的几个小伙子说,这个品种产地是真龙乡,不如仿照"梁平柚""台湾柚"的做法,把地方名冠上,不就是很好的名儿吗?于是就以"合江真龙柚"的名称送去鉴定,结果一举获得金奖,"真龙柚"这名称才正式确定下来。

2019年,县里给杨建超这棵树颁发了"真龙柚树王"的牌子。

此时已是上午10点。刘昌质围着老柚树仔细观察树的挂果,再看桥接的几根树干的成活情况,他伸手灭掉两根树干上长出的嫩芽,正想说什么,真龙镇的党委书记黄强来了。黄强新上任不久,下乡调研柚子发展情况,第一次来杨建超家,顺带了解老柚树的保护情况。

黄强坐下来跟杨建超聊柚子。别看杨建超年已70岁,却精瘦矍铄,黝黑的皮肤里透着健康。他抬眼看一下老柚树,告诉黄强,和这棵树一起栽下的一共三棵,还有一棵在另外的地方,数年前死掉了。这里栽的是两棵,他和哥哥杨应辉分家时,各分得一棵。杨应辉在园艺场上班,同事常来家里玩,吃到这树的柚子好吃,便弄枝条去嫁接,零星发展了一些。杨应辉死后,家人迁出,那棵树没人管理,也死掉了。

刘昌质接过话道:"其实,1992年就发现了这里的两棵柚子树特别优质,只不过没有命名,相关发展也缓慢。"

"你这话说得对头。"杨建超抢过话来,说,"早先哪个种柚子哟,粮食都不够吃。那个时候的柚子并不好卖,几角钱一个,当地人还说贵,卖不脱。幸好住在赤水河边,房子不远就是码头,常有走船的人来买。所以,除了我家栽几棵,几乎都没人栽。"

杨建超端起茶喝了一口,顿了顿又说道:"1995年,从这树上摘的果子拿去参加博览会获得了金奖,柚子就好卖了,这棵树一年结两百来个柚子,还在树上就卖完了。"

听到这儿,我心中顿生感慨,脱口说了一句"这就是品牌效应"。长期耕耘在农村的黄强大概也有同感,说:"我们得利用好这个品质优势,发展好这个品牌。"

刘昌质也说:"这个金奖来得可不容易,是该好好发展。当时,送去参评的水果很多,全国顶尖水果专家都来了,先是外观评比。真龙柚的外观并不占优势,专家打分后,第一轮就被刷下来了。幸得到会参评的几个人机灵,剥开柚子送给专家品尝。专家们经过讨论后,重新打分,真龙柚以果肉玉润、细嫩化渣、质脆浓甜、柔软清香的极佳品质获得一致好评,得了最高分。"

"为你们对真龙柚的贡献鼓掌。"黄强半开玩笑半认真地鼓起掌来,转过话题问杨建超,"这个社真龙柚发展得不错,你家种了多少?柚子卖了多少钱?"

杨建超说:"平时就自己、老伴和10岁的外孙,女儿在浙江上班。一年能摘十多吨柚子,卖十多万块钱,生活还可以。"

黄强喝了一口茶,正要再问点什么,电话响了,他走到坝子边接完电话,回来就跟杨建超告别,说镇上有点急事,要赶回去,改天有时间了再来。

黄强走后,刘昌质也站起来,再次走到老柚树下,抬头看一遍树冠,喊来杨建超,指着树上的幼果说:"可以再疏一遍果,把最小的那部分摘掉,免得争养分,果子长不大。"杨建超也看一眼树冠,回说:"太高了,我不敢爬上去。前几年还可以,现在腿脚不灵便,怕摔下来。"

刘昌质说:"用剪子,绑上支架,可以搞。"

杨建超点点头,说:"那我试试。"

二

初夏的热度在绿色的柚子林里。柚子刚挂果不久,鸡蛋大小的果子在树叶间泛着青色。

说好看老柚树的,到底经不住诱惑,我跟着刘昌质去另一户农民张华益家,那里连着一片坡地,地里全是挂着青色果子的柚子树。

我因为受过柚子树的赐予,看到柚子林就心生激动,想奔去。刘昌质说不要慌,慢慢看,这一片全是。

说完刘昌质就给张华益打电话,说马上就到。张华益回说在林子里,马上出来。

正是柚子疏果季节,一早,张华益就去柚子林疏果,顺带为补种还没投产的幼树修枝,剪了一车的枝丫。接到电话,他赶紧站到林子边上,眼睛盯着水泥路。

柚香扑鼻,从田坝上、山岚间、篱笆下飘过来,远山近地飘荡着浓浓的味儿,太阳明晃晃的,轻风裹挟着热气升腾,幽香渐渐淡去,取而代之的是温热。

刘昌质说,张华益这儿,他可没少来。自从发现了真龙柚这个品种,他就把很大一部分精力放在这上头。那时正逢泸州市组织开展全市良种柚提纯优选工作,杨建超那棵柚树优良单株,就成了他的研究对象。张华益从杨建超那儿搞来了几株苗,已经挂果结实。刘昌质先去杨建超那儿,再到张华益这儿,对真龙柚的生物学特性、植物学特性以及果实的理化特性进行详细的观察记录。

报送上去后,泸州市经作站由站长李小孟带队,联合合江县经作站做课题研究。柚子成熟的时候,李小孟从张华益那儿摘得几个柚子带回经作站。同事吴安辉正在电脑前忙着,等李小孟把柚子剥开送过去,他拿在手里观赏半天，品尝过后说："这个柚子跟沙田柚相像。"见李小孟不置可否，马上补充道，"当然，还是有明显的区别，沙田柚的果肉乳白色，肉质较粗，汁较少，核多，而这真龙柚果肉绿白色，肉质细嫩化渣，纯甜多汁，无核，品质没的说。"

李小孟倒了一杯水，咕咚咕咚喝进胃里，然后才冲吴安辉一笑说："你说得太对了，这就是区别。"

吴安辉回答："似乎是一个新品种，但你我说了不算，得凭数据，凭种源和不一样的特性。"

李小孟说："那就找出它们。"

打那以后，刘昌质就同李小孟他们把这里的柚子树列为研究重点。对幼树、结果树的春梢、夏梢、秋梢和花期、果期进行观察，获取第一手资料，掌握真龙柚根系、枝梢以及开花结果等生物特性，为集成栽培技术提供依据。

为了证明真龙柚是个值得培育的新品种，他们可是下了苦功夫，带着四川省农作物品种审定委员会组织的专家，对选育的真龙柚进行田间技术鉴定。2014年4月，委托中国农业科学院柑橘研究所对新审定的品种真龙柚做分子鉴定，首次采用RAPD和SSR分子生物学技术，从分子水平上对真龙柚、沙田柚和九狮柚之间的关系进行研究，从分子水平上证明了真龙柚是一个柚类新品种，泸州市经作站光是追根的论文就发表了《柚新品种——真龙柚的选育》《沙田柚芽变品种真龙柚的分子标记鉴定》两篇。那一年，真龙柚获得了四川省农作物品种审定证书。

说话间看见张华益了，我们上前打过招呼。走在长长的柚树林通道上，张华益迫不及待地问："刘站长好久没来了，又有啥新东西传授？"

刘昌质说："这回主要是看看，记录一些数据。不过，防蝉害有一种新办法，万利平正在试验，你也可以试试。"

"你真是及时雨。我正愁把那家伙没办法。药打了，还遭害。"张华益听刘昌质说有办法治蝉害，很高兴。

张华益家日常三口人，妻子、岳母和他自己。儿子和儿媳带着孙子在城里上班，平时回家少。张华益当了10年村文书，去年才卸任，他思想前卫，把自己的地全种了真龙柚，一年收获柚子1.5万公斤左右，收入30多万元，日子过得很滋润。他的岳母笑盈盈地过来泡茶。

"还是先去林子看看吧！"刘昌质说。

"先喝口水吧，热。"张华益看刘昌质一来就去柚子林，有些过意不去。

"我们来就是钻柚子林的，不去咋得第一手资料？"刘昌质笑笑，坚持先去柚子林。

太阳高悬，热浪起来了。几个人走进林子，与热浪一起游荡，细察叶片，轻抚树干。疏风在耳畔拂过，凉意随之而来，凉爽是初夏柚林下的快意。

刘昌质站到一棵30多年树龄的柚子树前，开始观察树的状态、病害和挂果情况，边看边记录。

张华益说："你第一次来的时候，这棵树的果子又小又少，一晃十多年了。"

刘昌质围着树绕一圈，停下来回道："时间过得真快。不过，看到这树上沉甸甸的果子果型这么漂亮，我高兴。"

张华益说："要不是你和泸州市经作站的几位专家，我这园子恐怕还是那几棵老树。"

刘昌质听得张华益这么说，倒像是有些不好意思，说道："老张，你就爱说好听话，捧我们，柚子林或许倒并不像你说的，只栽了那几棵，但未必有这么好的柚子，那倒是真的。"

"就是。"张华益忙附和，"早先我们的柚子缺陷明显，个头小，长一个葫芦顶，外观不美，果顶容易裂口。果顶裂口的柚子不耐储藏，品质变差，卖不出去。那个时候一家一户种植得少，基础条件差，产量很低。"

张华益说的是实话。

2010年的时候，合江全县种植的真龙柚才仅有6万多亩，产量只有1万余吨，不及现在他一家产量的三分之一。张华益用手撑起树枝上的一个柚子，往上掂了掂，继续说："不仅是产量低，更是卖不起价，哪点能跟现在比哟！"

刘昌质笑了，望着张华益说："你这话听着受用。真心感谢。"张华益很诚恳，马上补充道："今天无论如何要吃了午饭走，我已经喊婆娘煮饭了。"

往常，因为一天要跑几个点，刘昌质下来很少在张华益家吃饭，事办完总是匆匆走了。刘昌质看看手机上的时间，快12点了，抬头看我，意思是征求我的意见。我没说话，算是默认。于是他说："今天就麻烦老张了。"

张华益听了，高兴得喊一声："走，回家。"

三

在山村小屋休憩，喝清茶，谈闲话，是颇愉快的事。清茶如雪，绿色的雪，绿茶的雪意湮灭了初夏的热。饭前喝柚子皮制的茶，三杯下肚，两腋风生，一阵通透。

午饭后没有休息，刘昌质带我往另一人家走。

乡下人这个时候该出门了，他们会在很集中的一个时间段钻进林子里，除草、打药、疏果，一直到太阳落山，夜幕上来，看不清眼前的东西，才肯钻出林子回家。

实际上，现在像张华益那样自己侍弄林子的人还是少了。年纪稍微轻一点儿的，要么外出打工，要么请人干活。刘昌质说要去的人家主人叫万思成，这时候可能在柚子林里。他这么一说，我就推测万思成年纪不小。

刘昌质像未卜先知——万思成果真不在家里。他冲屋子里喊了几声，一个精瘦的小老头从柚子林里钻出来，搓着手上的泥土，乐呵呵地回应道："刘站长来啦！"

万思成迎上来，要进屋烧水泡茶。刘昌质忙说："免了，我们看看就走。"问了几句生产上的事，万思成就带着我们看他新修的仓库。一个利用高度差修建的地下室，有四五十平方米，两边通风的窗子留得很大，上边跟坝子齐平，连在一起，拓宽了上面的活动空间。地下室已经打上水泥，地面上整齐地插着几排小管子。几个人猜了半天，也没弄明白用来干啥。万思成解释说："是用来立挡板的。柚子堆高了，用挡板在两边隔开，既防垮塌，也方便取拿。"

刘昌质先竖起大拇指，夸赞会设计库房，然后才笑着问："去年收了多少柚子？"

万思成说："不多，也就30多吨，卖了30多万元。"万思成已经65岁，老伴去泸州替女儿照顾外孙了，平时就自己一个人在家，照管40余亩柚子。他把手在裤子上擦了擦，说："我去摘点儿菜。"

万思成的话让我吃惊，没想到他一年就能收入这么多，就算老伴在家，两个人的生活简直是神仙日子。

刘昌质知道他想做晚饭，赶忙阻止说："不用了，去地里吧，我们看了就走。"

万思成的柚子林就在房前，一大片绿把小楼房包围得严严实实，站在坝子里，就能清晰地看见柚子树上结的果子，甚至能数清一棵树上柚子的个数。每一棵柚子树下都插着三五根竹竿，支撑被果子压弯的枝条，看上去密密麻麻的。

刘昌质一抬步，身子就已经在林子里了。他立定在一棵柚子树前，仔细观察挂果状况和病害情况。

"这棵树就是当年参加技术培训回来后授粉的第一棵树，看看这果子，无论是形状、色泽，还是挂果的密度，那个时候根本没法比。"万思成凑上前说道。

刘昌质很高兴地说："有你这话，我们就放心了，说明我们的工作没白做。"

2012年4月10日，合江县举办了第一场真龙柚人工授粉技术培训会，万思成去参加了。回来，他便照着干了。

万思成说："不过……"

刘昌质一笑说："我知道你要说什么。开头那几年，因为正在选用花粉，没有定型，尽管费了力，效果并不很好。"

万思成脸上显出不好意思的笑。

刘昌质说："为改良真龙柚的品质，泸州经作站和合江经作站开展了十多年的攻关，先后用过14个品种进行比较。这一过程还有一个难点，就是父本花期不遇。经过多次试验，发现将采集的花粉放在零下18摄氏度以下冷冻保存，第二年授粉时花粉活性与当年新采花粉活性差别不大，这才成功解决品种花期不遇问题。接着又琢磨如何解决传统人工点授费工费时成本高这个难题，用花粉与蔗糖、硼酸、硝酸钙

幼树挂果

和黄原胶按一定比例配制成花粉液,盛花期用喷壶进行授粉,效率是提高了,但配制花粉液需要大量花粉,后来再试验用花粉分离机收集花粉,效率一下提高了80倍。可以说,在改良真龙柚品质上,两级经作站真可谓是废寝忘食,费尽心力。"

正午的太阳热量足,闷热上来,这时候真想有一股清爽的风,带着干净的凉,让人浑身轻快。

万思成带着我们继续往林子深处走。刘昌质伸手在额头擦一把汗,继续说道:"你不晓得,2012年4月20日,市经作站的吴安辉和李小孟,合江县经作站的周天平,三个人带着两个驾驶员,去南部县和广安区采集脆香柚和龙安柚的花粉,连续两天一夜,两个驾驶员轮流开车,一刻不停地取回花蕾。尽管两天一夜没休息,几个人还是立马把花蕾进行花粉制取后放进冰箱。因为花粉娇贵,再过一晚就没用了。第二天又赶紧把花粉送到合江来,在张华益果园和康一可果园进行异花授粉试验。经过一系列试验,淘汰了十多个品种,最后选定脆香柚等三个最佳授粉父本,才有了现在的结果。"

听到这里,万思成收起笑容,脸上显出敬佩的表情,拱手说道:"这几年授过粉的柚子这么好,都是你们的功劳。"

刘昌质说:"都是我们应该做的。"

刘昌质的话听起来云淡风轻,实际上,"应该做的"几个字里,饱含着努力。授粉技术是一个方面,这些年他们还重点培训了良种柚高换后的管理技术及生产栽培技术。起草并与四川省园艺作物技术推广总站、四川省农业科学院园艺研究所、泸州市农业农村局、合江县农业农村局共同完成了真龙柚生产技术规程,发布了四川省地方标准,使得真龙柚栽培有了一个规范的流程。

这个栽培规范流程对真龙柚的发展起到了至关重要的作用。按照流程栽植,农民减少了很多麻烦,提高了成功率。

其实这是市、县经作站做的一个体系工作。这些年的研究，对真龙柚形成了从品种选育到应用推广的综合配套技术。这个研究也得到了政府的支持和认可，《真龙柚品种选育与产业化应用》获得了泸州市科技进步奖特等奖。

刘昌质一句"应该做的"，万思成却感动了。作为农民，他这么些年只顾埋头经营自己那几十亩柚子园，从来没想过来这里的这群人做过些什么，付出了些什么。一时间，他愣在那里，一动不动，似乎另外想到了什么。

这个时候下起了稀疏的小雨，淅淅沥沥的，绿色的柚树叶子上泛着亮光。万思成盯着柚子林，盯着那片绿色，半晌，突然说道："昨天曾玉才来了一趟。"

刘昌质显然对这个话题感兴趣，抬起头来问："是吗，他来做啥？"

万思成说："曾玉才说来看看，应该是还念想着。前些时日雨水多，柚子挂果普遍不好，曾玉才可能是放心不下。"

我熟悉曾玉才——前真龙镇教办主任，退休后在这个村担任党支部书记，于是问："他离开这里有几年了？"

"六七年了。"万思成回道。

"也难怪，毕竟是人家一手一脚干出来的，十多年心血，哪有不惦记的。"我感叹。

万思成说："也是，为了我们这个村，他可没少吃苦。当初要不是他在我们村当支书，根本没有这大片的柚子林。"

我说："这个我倒是不太清楚，他当你们村支书时，我和他打过几回交道，人很踏实，肯干。"

万思成像是在回忆，顿了一下才接着说："曾玉才是2004年来我们村的。来的时候说是干1年，后来干得好，大家不让走，就干了13年，68岁了，年龄实在太大才走的。你看得到的几条公路，都是他来带着我们修的。当初政府让我们发展经济，村里的人都不晓得发展啥子，曾玉才就列了两个项目，一是栽荔枝，二是栽柚子。把两个项目列表打印征求意见，让每一户人家签字，愿意栽啥，结果80%的人愿意栽柚子，这样才栽的柚子。"

说话间，万思成发现一棵柚子树树干上有两个蝉蜕，他快步上前摘下，摊在手心翻看一遍，然后给刘昌质看，说："这家伙难治。"

刘昌质把刷药的新方法给他说了，叫他去张华益那儿看看。

万思成又继续刚才的话题，说："栽柚子的过程中，曾玉才没少花心思，受了不少的委屈。早先缺管理技术，果树重栽轻管，柚树栽下后，管得好一点儿的，每年施点肥，差的连肥都懒得施，结果是一年，不结果还是一年，产量低，经济效益不好。两重原因叠加，没有人愿意栽，签了字的人也不栽。曾玉才组织大家去白米乡参观康一可果园，到绵阳罗江参观果园，让大家看到实实在在的好处。回来后，部分人思想有了转变，开始开发柴山残次林，栽了一些柚树。

"我也栽了几十棵柚树。但有人还是想不通。一天，一个村民提了一包米，啪的一声丢在曾玉才面前问：'这个东西生的能吃吗？'那意思很明显：你叫我砍柴山栽柚子，没柴烧怎么办？曾玉才立马联系天然气公司，把天然气安装到家。

"2011年，遇到大旱，曾玉才亲自挑水，带领村民给柚树浇水。入冬后，县里组织检查，别的地方新栽的柚子树死掉了80%，这个村一个山头的柚树只死了5棵。他的行动感动了政府，也感动了村民。在政府的支持下，大家这才开始大面积栽柚子。"

我说："这个故事我第一次听说，跟他打交道的时候，只感觉他做事实在，不虚伪。"

"他是真实为村民着想。"刘昌质补充说，"这个村的胡学西有一块地，种粮食一年收入五六百块钱，喊他栽柚子他不栽，曾玉才跑了好多趣，说得不到原来那么多钱甘愿赔他，他这才答应栽了。"

我来了兴趣，忙问："结果怎么样？"

万思成抢过话去："这还用问，那块地的柚子第一年结果就卖了18000元，现在卖两三万元了。"停顿一下，又说，"曾玉才的努力还得到了一个结果，就是政府的支持。"

"政府不是一直都支持的吗？"我听得有些蒙，问道。

刘昌质说："是支持，可是一开始县里没有把发展真龙柚列入新农村建设规划，是曾玉才把这个村发展起来了，县里看到了希望，这才列入规划。政府出钱修水泥路，帮农民开垦土地，送果树苗，农民才大面积栽的。"

我听了好半天没说话，愣在那里想曾玉才的事。一个人做了对人们有益的事，不用张扬，人们会永远记着。万思成又说："我自己就有切身体会，说真龙柚是这么一群热心人帮着弄起来的一点儿不为过。"

刘昌质没有接万思成的话，专心干活，把要录的数据登记完毕，开始从林子里往外走。小雨已经停下来，太阳被云层遮着，空气闷热。他合上笔记本，擦了把汗，走出林子站到高处，眼前无边的柚子林让他心动，脚下有些舍不得移动。

好一会儿，他才又提起话题，对万思成说："合江真龙柚现在发展势头不错，我看着这柚子林，心里就高兴。"

他有理由高兴。经过这些年的努力，合江真龙柚种植面积已经扩展到30多万亩，产量10万余吨，年产值10亿元，农民年人均增收2000多元。真龙柚这个品种获得国家地理标志认证，2017年就被《中国农业年鉴》收录，被农业农村部列为"十三五"期间推广的主导品种。2017年还获得四川省科技进步奖三等奖，2019年又获得全国农牧渔业丰收奖三等奖。张华益、万思成他们成为最大受益者。

刘昌质说："我们是工作，完成了，大家都开心，只要不碰上抵制的人就好。"说完笑着问万思成，"你属于思想开通那一类吧？"

刘昌质问这问题的时候，万思成表情有些变化。之后，他嘿嘿一笑，有些不好意思地说："开初我对栽柚子也是不相信。特别是给柚子花授粉，我第一个不信任。数十年来，柚子都是蜜蜂传带授粉，哪个干过人工授粉？再说了，别的柚子花粉跟真龙柚杂交后，品质会不会变坏？后来是从杨建超那里选了几棵树，通过授粉后，秋后采摘比较，发现真龙柚自身的问题被弥补上了，品质变得更好，这才接受了。"

刘昌质说："转变得快好，包包整鼓胀了。"

四

在柚子林里走，在意的自然是种柚子的人及其管理方式。虽然都差不多，但还是能看出差别。比如，万利平的柚子林就与一般的林子不同，他极好地利用了山坡向阳的优势，在石谷子地上炸出一个个深坑，然后在坑里填土栽柚子。满天的阳光，全聚拢在石谷子上长出的柚子树上，那个欢实劲，一下子就扯住人的脚步。

我对刘昌质说："这柚子管理精细。"

这时候气温已经升上来，万利平躲在树荫里，拿刷子继续往树枝上刷一种白色的药剂。树枝上，挂着密密匝匝的果实，青色的果子已经有小碗般大，沉甸甸地把树枝压弯了腰。几乎每一棵树的周围，都用长长短短的竹竿支撑着，让树枝上的果子不至于着地。刷过一片，万利平又折回来，检查一片是否有漏刷的，再用手捏一下已经凝固的胶质药剂是否牢固。听到说话声，他回一句"一般化"，才从树下钻出来。

"石头上种出柚子，不容易。"我感叹。

万利平看一眼果实累累的柚子林，显出一丝得意回道："你的眼光厉害，确实不容易。"当初种的是桃子和荔枝，要么水土不服死掉，要么不结果，找不到原因。后来请农技专家来看，人家说，这土种桃子、荔枝都不太理想，适合种柚子。

一句话让万利平陷入了沉思。半天，万利平才接过话道："怪不得不结果，原来是这土不行。"

人家又告诉他说："也不全是，管理也不到位，虽然做得精细，但不少地方做错了，你今后多参加培训，能学到很多东西。"

万利平说："你这建议好，我得先把技术学到手。"后来，只要有技术培训，他都去。再后来，就有了这片林子。

这是一片约30亩的柚子园。20多年了，万利平就一直经营这片林子，全家的所有收入，都在这片林子上。

栽柚子的地方叫郭二山，属先市镇下坝村五社。万利平房子的右边就是柚子园，门口就是柚子树。站在门口，就能闻到柚子的气息，万利平很是惬意。

自家的柴山地，因为都是石谷子山，地瘦，不住肥水，柴林也长不好，每年砍不了几挑柴。20世纪八九十年代，农村经济发展滞后，万利平妻子怀了双胞胎，一下生了两个儿子，本是件大喜事，却陡增了负担。无奈之下，两口子出去打了几年工，却没挣到钱。两个儿子一天天长大，进学校读书，家里开支更大，两口子又回来养猪，栽叶子烟，也没挣到钱。1994年，当地政府鼓励农民栽种果树。面对这样一个好机会，万利平似乎看到了希望，回家就把柴林砍了，栽了几十棵荔枝树、枇杷树、桃子树。他甚至做梦都看到自己的水果卖钱了。但是，因为事前没有调查过自己那块地究竟适合种啥，全是闷着头干的，再加上缺技术，栽下的水果树无一成功。

我突然问："你一下子在哪儿整恁多苗子？"

万利平说当初栽啥品种，自己也纠结半天，多方考察后，才决定栽真龙柚。没地方弄苗子，听说远房九叔万从祖那儿有投产树，就跑去缠着说："九叔，听说你这儿的柚子很好吃，整一个来尝尝，真正好吃，我也栽点儿。"万从祖从树上摘一个柚子下来，他吃了，觉得果真不错，于是从万从祖那儿买了40棵种苗回来。成活后，他就在自家的树上压苗，一年几十棵上百棵，不几年，就把自家那点柴山地全垦出来栽了，一数，竟栽了500多棵。

刘昌质说："他这林子，现在看很不错，刚起来的时候，受了不少波折。"

我问："遇到啥情况了？"

万利平跺一下脚说："我不止一次站在这个地儿，看这绿油油的一片柚子林，不知道什么原因，远处那一声声雀鸟的叫声，经过了一层过滤，变得遥远而缥缈。其实是我自己烦躁，我抬脚往鸟叫的地方走去。准确地说，是往柚子林走去。这柚子树是栽下了，没少花心思，却不怎么挂果，产量低，品质还不好。我整天钻进林子里琢磨，寻找方法。整整10年，就在这种低产的循环中，差不多白白浪费了，你说我能不烦？"

听万利平说这话，我问刘昌质："你们县经作站没来看看？"没等刘昌质回答，万利平抢过去说："县经作站的人没少来。先是成明元、温健，后来是姚江华、周天平、刘平。每来一次，我的管理知识又积累一点。10年循环往复，我逐渐学会了管理技术，柚子产量品质双双提高。"

"我也没有想到会有这样好的结果。"谈到现在的状况，万利平一脸自豪，继续说，"还是那么500多棵柚树，现在年产四五万斤柚子，收入四五十万元。从摘柚子开始，每天仅网上销售，就要寄出几十盒。"

"真牛！"我竖起大拇指。

万利平带着我从沟边转到山顶，细数哪棵树结的果子多，哪棵树减产了。走到半坡的时候，刘昌质停下了，弯腰抓起一把泥土捏了捏，再围着树根看疏松的沙土，然后伸直腰问万利平："肥水流失严重。你一年下几次肥，下多少肥？"

万利平说:"一年下两次肥,一棵树一次下二三十斤。"

"用的什么有机肥?"

"油枯。"

"发酵过吗?"

"没有。"

刘昌质摇摇头说:"可惜了,可以减少一半的成本。"

万利平睁大眼睛,表示不明白。

刘昌质说:"油枯不发酵会烧根,肥效也不如发酵后的好。还有,你这石谷子风化地太疏松,不住水肥,在地面盖一层秸秆或谷草,既避免了大雨直接冲刷土壤,秸秆、谷草腐烂了又是肥料,改良土质,一举多得。"

看似很难的事,刘昌质几句话就轻松解决了。万利平千恩万谢。刘昌质笑道:"你这林子还有增值的空间。"

转到山顶,整个柚子林就走完了。太阳明晃晃地照着,柚树的绿闪着亮光。"我这林子今年不会减产。"万利平得意地冒了一句。一行人笑着,很肯定地点头赞同。

从万利平那儿出来,刘昌质带着我往康一可的柚子林走。

路上,他不停地夸赞,说:"康一可的柚子林十多年了,效益比万利平的林子更好。"

其实他不知道,康一可那儿我早去过了。那是去年柚子成熟的时候。我说:"我知道康一可,那儿林子不大,收入却高。一家人守着二十来亩柚子园,生活却富裕得很。"

那天是县农业农村局一位老专家带我去的。

康一可的果园在白米镇九丈坝,长江河岸边,一块小坝子里。九丈坝原是一片国有农场,因为经营不善,垮掉了,土地荒芜了好些年。2004年,康一可大学毕业后,听说这里有这一片荒地,过来看了看,直觉告诉他这是个搞种植的好地方,他便离开老家榕右乡坪岩村,到这里租了20亩地种柚子。

下车伊始,举目望去,我第一印象,这是一片荒原。除了康一可的20亩果园是绿色的,周遭全是半人高的荒草。贴近果园一侧,堆着小山一样的卵石。曲折的田埂荒径,给予我巨大的错觉,片刻,我又在这样的错觉中渐渐愉悦起来。

康一可的柚子林,黄澄澄的柚子挂满树枝,令人不由得眼前一亮。他的柚子普遍比一般人家的个大,匀称,差不多都在三四斤,很少有小个的,单斤售价也要高出市场价1元左右。林子里的柚子树不高,树冠却展得很开,树下敞亮通透,微风习习。阳光穿透树叶,在平整光秃的地面洒下点点光斑,好似河面上的波光粼粼。有鸟儿从树顶飞过,落下几声鸣叫,是那样动听。柚树上挂满的是柚子,也是乡愁。我相信,来过这里的人,一定会想念这些柚子树。县农业农村局那位老专家窜进林子,托起一个柚子说:"看看吧,这就是技术。"

七八个来游玩的人,正在林子里闹得欢。有小孩吵着要吃柚子。康一可钻进林子,不一会儿抱着几个柚子出来,说是几棵熟得早点的,先摘来尝尝。小孩们立刻围了过来。到临时搭建的"住房"坐下,康一可找来一把菜刀,三下两下去掉柚皮,一人给两片,再端来一张小桌子,将剩下的柚子摆在桌上,叫我们也尝尝。我们也不客气,抓起一片柚子,撕开透明的包层,晶莹油亮的果肉呈现出来,掰一块放进嘴里,那恰到好处的甜和脆嫩的清香,让人欲罢不能。

尝过柚子,开始闲聊。我问康一可:"一年的收入有多少?"他说:"柚子卖20万元左右,苗圃是大头,一年能卖五十来万元。"

康一可说:"你现在看到的林子的确不错,刚开始的时候,我却是死的心都有了。那个时候啥子都不懂,只晓得埋头苦干,种植的真龙柚迟迟不投产,投产的树挂果少,效益出不来,差不多都绝望了。幸好遇到了县农业农村局经作站的专家。"说到此,他微笑着指老专家,"感谢经作站派人来手把手教我水肥管理、病虫防治、修枝整形、人工异花授粉。经过规范的操作和系统的改良,种植的真龙柚才挂果率提高,个头变大,品质变优了。柚子林从2006年的30株发展到现在的300余株,产量由500多公斤增加到2万多公斤,经济收入从5000元增加到20万元。"

"施化肥吗?"冷不丁地,我冒出一句,打断了他的叙述。

"原生态是向生命的本源回归。现在的人都追求绿色,哪敢用化肥?再说,施用化肥的柚子,品质差太多,价低没人买。我用的都是有机肥。"康一可一点儿也不吃惊,似乎料定我要问这个问题。而后,他又带我去看正在发酵的肥料。

"用什么弄的?"我问。

"猪粪和草皮。我连鸡粪都不用。"他说。

"为啥不用鸡粪呢?一样的是有机肥呀!"我不明白,追问他。

"老专家能跟你解释清楚。"他没直接回答我,卖了个关子,把球踢给县经作站的老专家。

"鸡粪里含有微量重金属,会遗留在果子里,影响品质。"老专家说了缘由。

我肃然起敬,佩服小伙子的用心。绿色农业,可不是说说就行的,要有真正的理念,真诚的心。

农场边是白米镇陈湾村五社,从我们站的地方看过去,越过荒芜的草丛,能看到另一片柚子的绿。我问是哪儿,康一可说是一个叫徐志勇的农民种的。他说徐志勇开初种了10棵柚子树,多年了都无收获,陷入了自己初期种柚子树时那样的怪圈。后来看康一可的柚子年年丰收,他干脆把柚子树交给康一可管理,自己出去打工,每年分3000多元钱。康一可觉得这样不利于徐志勇的家庭发展,开始手把手教其剪枝、施肥、治虫,帮其学会了技术,把柚子树还给徐志勇自己管理。徐志勇获得了信心,回来重新干农业，新栽下了几十棵柚子树。

康一可的话让我吃惊："我在意的不仅仅是他个人投入种植业，更在意的是他用学到的技术，帮助更多的人投入农业产业。"

刘昌质听我说去过康一可那儿，就止步了，半道上拐去了望龙镇四合山村胡晓忠的林子。

路在柚子林里缠绕。整整3个社的地，1000余亩，是十多年前承包的，柚子树上缀满了青色的果实。授粉过后，是治虫的关键期，胡晓忠雇了人，在浇水、治虫。

阳光从高空照射下来，明亮亮的。眼底全是油绿滴翠的柚子树，微风下迭起层层绿浪。胡晓忠站在一株柚树前，手一碰，柚树叶摇曳起来。他像触电一样，浑身一爽，眼神落在了叶子下两个并蒂的柚子上，喜色就藏不住，出现在脸上。他冲柚子林里喊，声音瞬间消失在林子里。好一阵，才从林子深处钻出来一个手里拉水管的女人。

"喷了多少了？"胡晓忠问。

女人指着后面一片说："喷完了一个山包，开始喷前面这个山包了。"女人后面跟着一个男人，背着喷雾器。胡晓忠看过几棵柚树，往前面去了。脚下，一条平整规则的水泥路向林子深处蜿蜒。

十多年前，这儿还是一片荒芜，杂草丛生。尽管地处长江岸边，却因是斜坡地，坡上没有水库，耕地严重缺水。从长江提水上来浇地，费用太高，种出的庄稼不够成本，加上离主干公路远，不方便，年轻人都出去打工了，地大多撂荒。看到那么多地不种庄稼实在可惜，胡晓忠去考察土壤、日照、降水，发现都适合种柚子，便承包过来。现在，一年可收获柚子四五十万斤，收入300多万元。

穿过柚子林，胡晓忠和我坐在一个叫杜明辉的老村主任家的坝子里喝茶，谈起他的柚子林和一年几百万元的收入。"幸福的新型职业农民。"我调侃了一句。他正端起茶杯，听我这话又放下，说："幸福啥，全赖人家县农业农村局的技术培训，要不有屁的收成。"

胡晓忠的话里，透着对技术帮助的感激。我想到了市、县经作站的专家们，大热天还跑到乡下，记录果树生长情况、挂果成活率，教授授粉技术，几十年如一日，林子是他们足迹的最好印证。

"在想什么呢？"看我沉思着半天没说话，胡晓忠问。

我笑笑，没有马上回答他的话，端起茶杯，眼睛里满是柚子树的绿。我索性站起来，走到坝子边上。胡晓忠似乎揣透了我的心思，也跟了过来，我俩都没说话，静静地看着眼前的绿色。一眼望不到边的柚子树，那是怎样的一种壮观！林子就是财富啊！胡晓忠心情愉悦，好一阵才说："我们回吧！"